연탄재는
말한다

김의승 지음

연탄재는 말한다

김의승 지음

하이비전

연탄재는 말한다

초판 1쇄 인쇄 : 2023년 12월 13일
초판 1쇄 발행 : 2023년 12월 21일

지은이 : 김의승
교정 / 편집 : 이수영 / 김현미
표지 디자인 : 김보영
펴낸이 : 서지만
펴낸곳 : 하이비전

주소 : 서울시 동대문구 하정로 47(신설동) 정아빌딩 203호
전화 : 02)929-9313

신고번호 : 제 305-2013-000028호
신고일 : 2013년 9월 4일
주소 : 서울시 동대문구 하정로 47(정아빌딩 203호)
전화 : 02)929-9313
홈페이지 : hvs21.com
E-mail : hivi9313@naver.com

ISBN 979-11-89169-75-6

* 값 : 19,000원

머리말

지난 30여 년의 공직생활이 쏜 화살처럼 빠르게 지나갔다. 아직도 마음은 공직을 처음 시작하던 청년의 마음 그대로인데, 어느새 남들이 보는 내 모습은 중년으로 바뀌었다.

그동안 불같이 뜨겁게 살고자 했다. 만일 남들이 두 배를 해내면 나는 세 배를 해내고자 애를 썼다. 흔히 '철밥통'으로 불리는 무사안일한 공무원의 이미지에서 벗어나려고 나름으로 열심히 뛰었다. 다행히도 인복이 있어서 그런지 주변의 사람들이 그런 내 모습을 다들 좋게 봐주었다. 물론, 그런 분투의 결과로 지금 내가 원했던 목적지에 와 있는 건지는 잘 모르겠다.

돌아보면 아쉽고 안타까운 시간도 있다. 그러나, 후회는 없다. 지금 다시 그때로 돌아간다 해도 더는 잘 해낼 자신이 없기 때문이다. 서울시의 후배 공무원들은 이런 나를 두고 '정말 존경하지만, 닮고 싶지는 않다'라고 말하기도 한다. 그러나, 어차피 해야 하는 일이라면 조금이라도 더 열성을 내어 일하는 것이 내 체질에 맞았다. 미국의 사상가이자 시인인 랠프 에머슨(Ralph W. Emerson)은 성공을 정의하면서 이렇게 말했다. "자신이 한때 이곳에 살았으므로 해서 단 한 사람의 인생이라도 행복해지는 것, 이것이 진정한 성공이다." 그 말에 충실히 하고자 했으나, 아직도 갈 길이 멀게만 느껴진다.

그 중에서도, 현실정치의 초년 시무관 시절부터 기업공무원이 최고봉인 차관급 행정1부시장에 이르기까지 참 많은 일이 있었다. 초년시절의 '불타는 고구마'라는 별명에서도 알 수 있듯이, 우락부락한 얼굴에 불같은 성미까지 있어 함께 일했던 직원들이 힘들어하기도 했다. 그러나, 결단코 직원을 도구로 생각했던 적은 단 한 번도 없었다. 한 사람 한 사람 다 더없이 소중하고 귀하기만 한 존재가 아니던가. 업무에 관해서는 추상같이 대하더라도 사람 그 자체에 대해서는 진정으로 품어 안으려고 했다. 처음에는 이런 모습을 오해했던 이들도 나중에 시간이 흐르면서 조금씩 이해해 주었다. 그 과정에서 내 별명도 어느샌가 '의승 대사'로 바뀌어 있었다.

이제 그 수많은 이야기를 한 권의 책으로 엮어내고자 한다. 가장 먼저 드는 느낌은 부끄러움이다. 지나간 시간의 일들을 말로 전하면, 그때가 지나면 자연스레 잊힐 수 있다. 그러나 활자로 남길 경우, 혹여 기억에 오류가 있거나 사실과 다른 부분이 있을 때 그 흔적이 두고두고 남게 된다. 물론, 그것은 온전히 글쓴이의 책임일 것이다. 그 같은 위험을 감수하면서도 이 책을 쓴 까닭은 공직자로서 보낸 지난 세월의 기억이 결코 나 혼자의 것만은 아니라는 생각 때문이다. 비록 어쭙잖은 개인사의 조각이나마, 당대를 함께 살아낸 이들에게 잠시 뒤를 돌아보게 하는 작은 위안이 되었으면 한다.

처음 쓰는 책이다 보니 아쉬운 점도 많고, 아직은 차마 쓰지 못할 이야기도 있었다. 언젠가 기회가 된다면 그런 이야기도 끄집어내어 꼭 책으로 내고 싶은 마음이다.

책을 마무리하는 지금, 그동안 고마웠던 사람들이 많이 떠오른다. 무엇보다 먼저 말단 경찰공무원으로서 내 공직생활에 표상이 되어주셨던 돌아가신 아버지와 고향 안동에서 지금도 자식 걱정에 노심초사하시는 어머니께 이 책을 바친다. 또한, 나의 공직생활을 지극 정성으로 뒷바라지하고 늘 응원해주는 평생의 반려자인 아내 이창희와 언제나 나를 자랑스러워하는 아들 동환에게도 고마움을 전한다. 아울러, 이 책을 읽어줄 독자들과 지난 30여 년간 이끌어주고, 따라주고, 격려해준 공직의 선·후배, 동료들, 그리고 나를 기억해주는 모든 이에게 감사한 마음을 전하면서 부족한 이 책을 세상에 내보낸다.

2023년 겨울
우면동 우거(寓居)에서
김의승 씀

차 례

3부
공무원의 길

4부
공무원,
날아 오르다

5부
강연을 통해 본 김의승

6부
언론이 보는 김의승

법상동 소년

신문 배달은 나에게 신선한 자극이었다. 모두가 잠이 든 시각에도 하루를 열어가는 사람들이 많다는 사실도 알게 되었다.

캄캄한 거리를 청소하는 환경미화원 아저씨, 시장통 어귀에서 화톳불로 한기를 녹이며 좌판을 펼치는 사람들…

"껌이나 깨엿!"

아버지는 내가 태어난 그해 여름에 순경으로 임용되셨다고 한다. 당시 말단공무원은 워낙 박봉이라 우리는 살림살이가 그리 넉넉하지 않았다. 그러나, 그렇다고 어린 시절에 딱히 심한 생활고에 쪼들린 기억은 없다. 어머니는 이런 형편 때문에 우리 세 남매에게 자주 미안해하셨다. 그렇지만, 당시는 어느 집이나 다들 고만고만하게 살았기에 한 번도 우리 집이 가난하다고는 생각해 본 적은 없다. 그런 배경에는 자식들이 가난으로 불편하거나 고통받지 않도록 하기 위한 부모님의 각별한 보살핌이 있었을 것이다.

당시 학교에서는 가정통신문 같은 것을 집으로 보내 집안 소득수준을 상·중·하로 구분해 선택하게 했는데, 아버지는 항상 '하'에 동그라미를 치셨다. 어린 마음에 자존심이 상해서 굳이 그렇게까지 할 필요가 있느냐고 항변을 한 적도 있다. 아버지는 "항상 당당해야지. 우리가 못 사는 것을 부끄러워해선 안 된다"라고 하셨다. 실제로 그 시절에는 일선 경찰이 부정한 돈을 받아 챙기는 경우도 다반사였고, 승진 인사에서도 '매관매직'이 판치기도 했다고 한다.

하지만, 아버지는 그런 일에는 일체 손사래를 치고 완벽하게 철벽을 치셨다. 한마디로 선친은 청렴 강직의 대명사 같은 분이셨다. 어머니는 종종 "네 아버지가 저렇게 요령이 없어서 매번 승진에서 미끄러지신다"라고 푸념도 하셨지만, 아버지는 당신 삶의 원칙을 바꾸지 않으셨다. 아버지는 "훗날 퇴직하고 나서 사람을 피해 뒷골목으로 다니길 바라는 건가? 나는 절대 그렇게는 못 살아. 당당히 대로로 다니면서 지나가는 사람들과 반갑게 인사도 나누며 살아야지!" 하고 호통을 치셨다.

우리 삼 남매가 커 가고, 돈 들어갈 일도 많아지자, 어머니는 호구지책으로 구멍가게(당시는 '점방'이라고 불렀다)를 차리셨다. 그때가 초등학교 4학년 때쯤일 것이다. 여느 때 같았으면 아버지의 불호령이 내릴 법도 했는데, 어머니의 그 결정에는 일체 말씀이 없으셨다고 한다. 당신의 봉급만으로는 살림살이가 빠듯하다는 것을 짐작하셨기 때문이었을 것이다. 처음 구멍가게를 차리고 손님들이 찾아올 때면 우리 남매는 왠지 신이 나서 서로 손님을 맞겠다고 나섰다. 그러나, 몇 달이 지나자 그것도 시들해졌고, 나중에는 손님들이 찾아올 때면 귀찮아서 서로 나가보라고 미루기 일쑤였다. 어머니도 구멍가게를 시작한 이후 일이 많아져서 힘들어하셨다. 좋은 물건을 값싸게 떼오기 위해서는 새벽같이 장을 보러 나가야 했고, 또 매일 늦은 밤까지 가게를 보느라 개인 여유시간은 일절 가질 수 없었다. 그래도 푼돈이나마 매일 현금을 만질 수 있었기에, 이웃집에 급전을 꾸러 다니는 일이 없어져서 좋다고 하셨다.

가게를 꾸리고 나서 얼마 지나지 않아, 계몽사에서 발간한 세계 위인전집한 질이 들어왔다. 자식을 위해 어머니가 큰맘 먹고 투자하신 것이다. 나는 이내 책 속의 위인들에게 빠져들었다. 책에서 만나는 위인들의 공통점은 하나같이 어렸을 적에 매우 궁핍했고, 이후에도 어려운 환경을 끈기와 노력으로 극복한 인간승리의 주인공이라는 점이었다. 참 치기 어린 생각이지만, 나는 우리 가정환경이 그렇게 팍팍하지는 않아서 이대로 가면 위인전에 나오는 훌륭한 인물이 될 수 없겠다고 생각했다. 일종의 위기의식 비슷한 것이 생겼다. 더는 늦으면 안 되겠다는 생각에 자구책 마련에 나섰다. 쇠뿔도 단김에 뽑으라고 하지 않았던가? 우선 가게에서 팔던 껌과 깨엿을 종이상자에 주섬주섬 담아 행상에 나섰다.

어디를 가야 물건을 팔 수 있을까? 생각해 보니 금방 답이 나왔다. 사람들이 많이 모이는 곳, 시외버스 터미널이나 기차역이 제격이었다. 버스에서 각종 물건을 팔던 아저씨들 모습도 떠올라 조금의 망설임도 없이 안동 시외버스 터미널로 향했다. 추운 겨울철이라 빵모자를 덮어쓰고 집에 있는 가장 두꺼운 옷으로 단단히 챙겨입었다. 버스에 손님들이 오르는 것을 보고 따라 올라서면서, 호기롭게 "껌이나 깨엿!" 하고 외쳤다.

그런데 승객들의 시선이 미처 나에게로 향하기도 전에 어디선가 나타난 험상궂은 청년들이 내 어깨를 콱 눌러 잡았다. 그들의 완강한 팔에 이끌려 눈 깜짝할 사이에 버스에서 강제로 내동댕이쳐졌다. "야! 너 어디서 굴러먹던 놈이냐?" "못 보던 놈인데, 누가 시켜서 여까지 왔어? 여기 우리 구역인 거 몰라?" 나보다 예닐곱 살은 족히 많아 보이는 형들이었는데, 까딱하면 주먹이라도 날아올 판이었다. 금방 사태 파악이 되었다. 껌과 깨엿을 팔아볼까 하고 나온 것이고 오늘이 처음이라 이실직고했다. 그중의 한 사람이 매섭게 노려보며 한마디 했다. "야, 뒈지기 싫으면 얼른 내 눈앞에서 사라져. 그래도 나같이 좋은 사람 만났으니 망정이지, 너 오늘 진짜 운 좋은 줄 알아!" 마수걸이조차 못 해보고 시외버스 터미널을 도망치듯 부리나케 빠져나왔다. 스스로 한심한 생각이 들었지만, 그 순간 왠지 모를 오기도 생겼다. '그래, 여기서 포기하면 안 되지'하고 이번에는 기차역으로 발걸음을 옮겼다.

안동역 광장은 휑하니 뚫려 있어 더 세찬 바람이 불었다. 열차 시각에 맞춰 오가는 사람들은 제법 있었다. 시외버스 터미널에서 된통 당했던 터라, 맞이방 안으로는 선뜻 들어갈 엄두가 나지 않았다. 그냥 광장에서 행상을 시작했다. 집을 나설 때의 호기롭던 자세는 어디로 가고, 목소리도 주눅이 들었다. "껌이나 깨끗~!" 하고 외쳤지만, 곧 차가운 바람에 흩어졌고 목소리는 자꾸만 기어들어 갔다. 다시 한번 아랫배에 힘을 주어 "껌이나 깨끗!" 하고 외쳤다. 처음에는 쑥스러웠지만, 몇 번 반복하다 보니 입에 붙어 나중에는 제법 장단까지 맞출 수 있었다. 다행히도 안동역에는 시비를 거는 사람이 없었다.

지나가던 사람들이 하나둘 모여들어 물건을 사기 시작하니, 재미도 쏠쏠했다. 이내 바지 양쪽의 주머니는 동전들로 볼록해졌고, 지폐도 몇 장 모였다. 그런데, 아까부터 광장 저쪽에서 모 여고 교복을 입은 여학생 두 명이 나를 한참이나 쳐다보는 게 느껴졌다. 주변에 사람들이 없어지자, 그 누나들이 다가왔다. 꼬깃꼬깃 접은 100원짜리 지폐 두 장을 내밀면서 말했다. "날씨도 추운데 고생하네. 껌이나 깨끗은 필요 없고 그냥 이걸로 용돈에 보태 써." 순간, 내 얼굴이 화끈거렸다. 어린 마음에도 '이건 값싼 동정이구나' 하는 생각이 들었기 때문이다. '마음은 감사하지만, 사양하겠습니다'라는 말을 속으로만 웅얼거린 채, 곧바로 뒤돌아서서 집으로 돌아왔다.

추운 겨울, 오후 내내 안 보이던 아들 녀석이 집으로 돌아와 남은 껌과 깨끗, 그리고 동전과 지폐를 양쪽 주머니에서 주섬주섬 꺼내자 어머니는 기가 막힌다는 표정으로 빤히 쳐다보셨다. "이게 다 뭐냐? 지금까지 이걸 팔다가 온 거냐?" 하고 물으셨다. 나는 그렇다고 대답하고 그때까지 있었던 일을 미주알고주알 상세하게 말씀드렸다. 칭찬을 해주실 거라는 기대와는 달리 어머니는 한동안 아무 말씀이 없으셨다. 침묵이 어색해서 내가 다시 말을 이었다. "처음 나가본 장사인데, 이 정도면 잘했지요?" 또다시 아무 말씀이 없으셨다. 이윽고 어머니는 낮은 목소리로 말씀하셨다. "엄마는 지금 네가 돈을 벌어오길 바라진 않는단다. 용돈이 필요하면 언제라도 말하렴. 내가 어떻게든 마련해보마. 아무튼 추운 날씨에 고생 많았다. 그래도 좋은 경험했네. 어서 아랫목에서 몸 좀 데우고 쉬어라."

그날 밤, 늦은 시각에 이불 한구석에서 들렸던 어머니의 낮은 울음소리가 지금도 기억난다. 그저 새로운 경험을 해보려는 호기로운 마음에 나섰던 행상이었지만, 당시 어머니 마음은 그렇지 않으셨겠다는 걸 한참 나중에 철이 들어서야 짐작할 수 있었다.

복조리 장사

　예로부터 정월 초하루에 만들어 파는 조리는 복을 가져다준다고 해서 특별히 복조리라고 불렀다. 조리는 쌀을 이는 도구이므로 조리로 쌀을 일듯이 한 해의 행복도 그렇게 취하라는 의미일 것이다. 조리 장수는 섣달그 믐날 밤에 골목골목을 다니면서 조리를 팔았다. 껌이나 깨엿을 팔아본 경험이 있었던지라, 이것도 잘만 하면 벌이가 되겠다는 생각이 들었다. 우선, 신시장에 가서 조리 파는 가게들을 둘러보았다. 일종의 시장조사였다. 가장 싼 가격을 제시한 가게에서 조리 100개를 주문해 비닐 가마니에 퍼담아 둘러메고 집으로 왔다. 한지를 적절한 크기로 잘라서 '새해 복 많이 받으세요'라는 문구를 정성스럽게 적어 조리 하나하나에 묶었다. 복조리의 완성이다.

　섣달그믐날 밤늦게, 조금 떨어진 동네로 가서 집집이 담 너머로 복조리를 던져 넣었다. 나중에 수금하려면 어느 집에 복조리를 넣었는지 기억해야만 했다. 준비해간 분필로 대문 옆에 조그만 글씨로 숫자를 순서대로 적어나갔 다. 이렇게 해두고 다음 날 아침 일련번호를 따라가면 한 집도 놓칠 일이 없었다. 조리 하나에 50원씩 주고 샀는데, 집마다 못해도 100원 이상씩을 선뜻 내주었다. 당시로서는 제법 큰 돈인 500원짜리 지폐를 주는 집도 있었다. 못해도 본전의 2~3배는 남는 장사였다. 어떤 어른들은 새해 아침에 복을 전해주어 고맙다고 '새해 복 많이 받아라' 하는 덕담과 함께 용돈을 하라며 가욋돈도 주셨다.

　반면에 어떤 집들은 반응이 싸늘했다. '왜 맘대로 복조리를 넣었냐'며

벌컥 화를 내기도 했고, 내다보지도 않고 다시 가져가라며 문밖으로 복조리를 획 던져버리는 집도 있었다. 왜 그렇게 반응했을까? 그저 인심이 사나운 집이라고 생각했는데, 며칠간 수금을 마치고 돌아온 이후 그 이유를 알 수 있었다. 우리 집에 들어온 복조리를 앞에 두고 어머니가 길게 한숨을 내쉬셨다. "아이고, 올해는 세 개나 들어왔네. 복을 가져다준다니 이걸 어디 내다 버릴 수도 없고, 그렇다고 값을 조금만 쳐주자니 야박할 것 같고…. 참, 나, 이를 어쩐담?" 그랬다. 복조리 값조차도 당시 어떤 집에는 적지 않은 부담이었다. 풋내기 복조리 장사인 나를 따뜻이 대해주었던 분들은 참으로 고운 심성을 가진 사람들이었다.

신문 배달 소년

삼 남매의 맏이였던 까닭에 또래보다 웃자랐던 것일까? 어린 시절에는 왠지 스스로 돈을 좀 벌고 싶었다. 어릴 적 가겟집에서 읽었던 위인전의 영향이 남아 있었는지도 모른다. 복조리는 일 년에 한 차례만 판매가 가능한 단발성 사업(?)이었기에 좀 더 안정적인 벌이가 필요했다. 중학교 2학년 때, 같은 반 친구가 신문을 배달하고 있음을 알게 되었다. 한 달에 4천 원 정도를 받는다고 했다. 귀가 솔깃해진 나는 그 친구를 졸라 신문보급소로 함께 가서 자리를 알아보았다. 마침 전체 부수가 그렇게 많지는 않은 구역에 빈자리가 하나 나와 있다고 했다. 당장 다음 날부터 보급소 총무님의 코치를 받아 가면서 배달을 시작했다. 새벽 4시에 보급소에 도착해 배달 부수만큼 신문을 수령하고 담당구역을 돌면서 배달을 마치고 나면 6시 무렵이 되었다.

처음에는 모든 게 어색하고 손에 익지 않았지만, 며칠 지나면서 점차 적응되기 시작했다. 언덕 위에 있는 높은 담이 둘러친 집에도 신문을 몇 차례 접어 힘껏 던지면 멋지게 포물선을 그리며 담장 안으로 넘어갔다. 셔터가 내려진 가겟집에도 신문 모서리를 틈 사이로 밀어 놓고 두어 번 정도 가볍게 흔들다가 순간적으로 스냅을 세게 주면, 쑥 빨려 들어가듯이 셔터 안으로 신문이 밀려 들어갔다.

배달에 나서기 전에 보급소에 머물게 되는 시간이 오래 걸리는 경우가 있다. 신문 사이에 넣어야 할 광고 전단(당시 우린 '찌라시'라고 불렀다.)이 있을 때다. 보급소에서 신문 구독료 외에 추가 수입을 올리는 방법이었을 것이다. 전단이 한 가지가 아니고 여러 종류가 있을 때는 작업이 꽤 오래 걸렸다. 경험이 많은 이들은 한 손에 전단 묶음, 또 다른 한 손에 신문 뭉치를 잡고 자동화 기계처럼 날렵하게 착착 움직였다. 작업 과정을 한참 쳐다보다 보노라면 때로는 경이롭기까지 했다. 이보다 더한 작업은 비 오는 날, 신문이 비에 젖지 않도록 비닐봉지에 담는 작업이었다. 한동안 낑낑대며 전단 투입과 비닐봉지 포장 작업을 다 마치고 배달에 나섰는데 정작 그 무렵에는 비가 그치고 땅도 다 말라버려 허탈해한 적도 있다.

낯설기만 하던 신문 배달이 어느 정도 익숙해질 무렵, 보급소에서는 부수 확장을 강조했다. 확장은 신문을 안 보는 집에 며칠간 서비스로 신문을 넣어주고 나중에 따로 찾아가 정식으로 구독을 권장하는 방식이 대세였다. 물론, 배달원에게도 확장 수당을 주었지만, 금액은 그리 크지 않았다. 간혹 신문이 찢어질 때도 있기에 보급소에서는 보통 배달 부수보다 1~2부 정도 여유 있게 신문을 나눠준다. 어떤 아이들은 꾀를 내어 이 여유분의 신문을 가지고 '사설 확장'을 시도했다. 보급소도 모르게 구독자를 따로 확보해 신문을 넣어주고 거기서 받은 구독료를 제 주머니로 빼돌리는 것이다. 나는 원체 간이 작기도 했지만, 아무리 봐도 그건 떳떳하지 못한 일이었기에 시도할 생각도 하지 않았다.

그렇지만, 새벽 기차로 내려온 신문 뭉치를 안동역에서 보급소까지 운반 하면 수당 천 원을 더 얹어 준다고 해서 그건 하겠다고 했다. 문제는 잠과의 싸움이다. 새벽 3시에 일어나서 안동역까지 달려가는 것이 결코 쉬운 일은 아니었다. 저녁이면 탁상시계를 3시로 맞춰 두고 잠자리에 들었다. 어느 날은 자다가 잠시 눈을 떴는데, 시계를 보니 벌써 3시가 넘은 것을 발견했다. 화들짝 놀라서 씻는 둥 마는 둥 하고 안동역으로 냅다 달렸다. 너무 피곤해서 탁상시계 울리는 소리도 미처 못 들었다고 생각했다. 그런데 집에서 안동역까지 가는 거리 풍경이 평소와는 좀 달라 보였다. 길거리도 그랬고 시장통 골목의 모습도 그랬다. 이른 시각이면 일찍 새벽을 열던 사람들의 모습도 보이질 않았다. 뭔가 이상하다고 생각했지만, 그렇다고 걸음을 멈출 수 없었다. 안동역에 도착해서야 그 이유를 알게 되었다. 맞이방의 큰 벽시계가 12시 30분을 가리키고 있었다. 아까는 밤 12시 15분 언저리였는데, 잠결에 큰 바늘과 작은 바늘을 혼동해 이미 3시가 넘은 것으로 본 것이다.

아무튼 신문 배달은 나에게 신선한 자극이었다. 생각보다 많은 또래 친구들이 새벽 시간에 신문을 돌리며 생계를 꾸려간다는 사실도 알게 되었고, 또 그들만의 돈벌이 비법도 가까이서 지켜볼 수 있었다. 또 모두가 잠이 든 시각에도 하루를 열어가는 사람들이 많다는 사실도 알게 되었다. 캄캄한 거리를 청소하는 환경미화원 아저씨, 시장통 어귀에서 화톳불로 한기를 녹이며 좌판을 펼치는 사람들…, 그들의 분주함 속에서 세상의 어둠이 한 겹 한 겹 벗겨지며 새벽이 깨어나고 있었다. 보급소에서 신문과 전단을 정리해 본격 배달에 나설 무렵이면, 이른 시각에 벌써 시장을 보러 나온 부지런한 주부들 모습도 보였다. 세상 사람들의 아침 밥상을 준비하는 성스러운 시간이다. 그렇게 만난 분들은 각자의 팍팍한 삶 속에서 때로는 이웃들과 다투고 악다구니 치는 분들도 있었지만, 대개는 선량하고 순박한 사람들이었다.

중2의 신문 배달은 하루하루가 잠과의 싸움이었고, 무엇보다 학업성적의 급락으로 이어졌다. 초등학교 때는 별다른 노력 없이도 줄곧 선두권이었고, 중1 때까지도 상위권이었는데 신문 배달을 시작한 뒤로 성적이 슬슬 뒷걸음질 치기 시작했다. 처음에는 전교 50위권 밖으로 밀리나 싶더니, 이내 200위권 밖으로 밀려났다. 한창 잠이 많을 시기였는데 매일 새벽 3시에 일어났으니, 낮에 학교 수업에 집중한다는 건 사실상 불가능한 일이었다. 오전에는 쏟아지는 잠 때문에 수업 시간 내내 꾸벅꾸벅 졸기 일쑤였다. 그런 결과로 받아든 충격적인 성적표를 들고 망연자실했던 기억이 난다. 이 무렵 성적이 부진했던 다른 과목은 그 후 어느 정도 따라잡았지만, 수학 과목은 이때 튼튼하게 기초를 잡지 못한 까닭에 오랫동안 고생했다. 훗날 학력고사에서 유독 수학 성적만 낮았던 것이 어쩌면 이때의 후유증이 아닐까도 여겨진다. 나의 신문 배달은 그런 우여곡절 끝에 1년도 채 못 채우고 막을 내리게 되었다.

장사꾼 기질?

초등학교 시절의 껌과 깨엿 행상이나 복조리 장사는 벌이를 위한 것이라기보다는 호기심에서 시작되었다. 어린 마음에 스스로 뭔가를 해냈다는 성취감을 느낄 수 있다는 것도 좋았다. 부모님은 어린 자식에게 못 할 일을 시킨다는 주변의 오해를 받을 수 있었을 텐데도, 내가 하려는 일들을 굳이 말리지는 않으셨다. 이런저런 시행착오를 거치면서 다양한 경험을 해보는 것이 결코 나쁜 일은 아니라고 오히려 격려해주셨다. 어떨 때는 가게 한쪽에 연탄불 화덕을 놓고 어묵 장사에 도전해보기도 했다. 마침 친한 친구네 집이 '구시장'에서 부산 어묵 도매를 하고 있었는데, 그 친구를 통해 질좋은 어묵을 값싸게 떼올 수 있었다. 그 친구는 부모님이 안 보실 때면 어묵을 한 움큼 더 얹어 주기도 했다. 그럴 때면 흡족한 거래를 마친 사업가라도 되는 양 우쭐해졌다. 부산 어묵은 다른 어묵보다 맛도 좋고 크기도 훨씬 컸다. 한 개에 10원을 주고 가져와서 가운데를 세로로 어슷하게 썰어 두 개로 만든다. 연탄불에 냄비를 얹어두고 물을 붓고 간장을 풀어 어묵을 끓이면 반쪽짜리 어묵을 10원에 팔 수 있었다. 말 그대로 하나 팔면 하나 남는 곱절 장사였다.

설날이나 추석을 앞두고서는 풍선 뽑기 세트를 몇 개씩 가져다 놓기도 했다. 문방구 도매점에서 시중보다 저렴한 가격으로 샀다. 아이들이 10원을 내고 아래에 붙어 있는 50개 번호표 가운데 하나를 뜯어내게 한다. 그러면 번호표 뒷면에 적힌 숫자에 해당하는 선물을 받아 가는 식이다. 대개 5원짜리 풍선이 걸리고 말지만, 운 좋으면 20원짜리 긴 풍선 등 고가 상품이 당첨되기도 했다. 그중 남자아이들이 가장 탐을 냈던 것은 1등 상품인 장난감 권총이다. 여자아이들은 예쁜 인형을 기대하고 게임에 참여했다. 굳이 따지자면 사행성 오락이었지만 그 정도는 애교로 봐줄 만했다. 명절에 용돈을 두둑이 받은 아이들에게는 더없이 흥미로운 게임이었다. 그런데, 문제는 1등 상품이 일찍 당첨되어버리면 아이들이 더는 참여하지 않는다는 것이었다. 자주 있는 일은 아니었지만, 때로는 고가의 상품이 초반에 뽑혀서 아이들의 참여 열기가 금방 시들해져 버리기도 했다. 이럴 때는 도매점에서 가져올 때의 원가조차 충당하지도 못한 채 뽑기 세트를 걷어야 했다.

여기서 나는 꾀를 하나 내었다. 물건을 가져올 때는 1등 상품에 해당하는 번호표의 위치를 알 수 있었기에, 미리 그 번호표를 떼어 버리면 될 것으로 생각했다. 이럴 경우, 마지막까지 1등 상품이 남아 있어 아이들이 기대를 걸고 계속 참여하게 된다. 그러나 나의 이런 엉성한 꼼수(?)는 금방 보기 좋게 들통나고 말았다. 번호표가 10여 개 남짓 남아 있을 무렵, 20원을 내고 번호표 2개를 뽑겠다던 한 아이가 남은 번호표와 상품 개수를 찬찬히 세어보더니 서로 개수가 맞지 않는다는 사실을 발견했다. "야, 너 무슨 짓을 한 거야? 어떻게 남은 상품하고 번호표 개수가 달라? 권총은 네가 따로 빼돌린 거야?" 아이는 거칠게 항의했다. 나는 귀까지 빨개진 채 사실을 인정할 수밖에 없었다. 남은 뽑기 선물 전체를 그 아이에게 다 주고 손발을 싹싹 빌며 사과했다. 정말 쥐구멍이라도 찾고 싶었다. 스스로 장사꾼 기질이 있나 보다 하고 짐짓 흐뭇해했는데, 망신도 그런 망신이 없었다. 그 소동을 통해서 내가 얻은 교훈은 절대로 돈은 정직하게 벌어야 한다는 만고불변의 진리였다.

1박 2일의 가출

지금 생각하면 참으로 어이없는 일이지만, 학창 시절 가출을 했던 적이 있다. 변화가 없는 단조로운 학교생활, 미래에 대한 막연한 불안감으로 일종의 탈출구가 필요했던 것 같다. 중학교 2학년 여름방학 때의 일이다. 같은 반 친구 하나가 대구로 가자는 제안을 했다. 그 친구네 집안은 몹시 어려웠다. 평소 아버지의 주사와 폭력도 심했고, 수입이 시원치 않아 분기마다 등록금 내는 것도 버거워했다. 어느 날, 친구 집에 놀러 갔더니 그 친구가 아무렇지도 않게 불쑥 대구로 가자고 제안을 했다. 그 친구는 오래전부터 가출을 준비해왔던 것 같다. 하지만, 나는 너무도 뜻밖의 일이라 머뭇거릴 수밖에 없었다. "왜, 겁나?" 친구의 말에 나는 우물쭈물 대답했다. "겁은 무슨…, 그런 생각을 해본 적이 없어 그냥 좀 당황스러운 거지." 그러자 친구는 "너는 공부도 잘하고 부모님도 널 이뻐해 주시니 굳이 가출할 필요는 없겠지. 가보고 재미없으면 너는 그냥 다시 돌아오면 되지, 뭐"라고 말했다. 가보고 아니다 싶으면 돌아와도 괜찮다고까지 하는데 끝까지 싫다고 할 수가 없었다. 물론 나 자신도 그 무렵 남들과 다르게 사는 것에 관한 호기심도 많았고, 학교생활 자체도 무미건조하다고 생각했기에 살짝 마음이 끌렸다. 우리의 가출 작전은 다음 날 곧바로 진행되었다.

용돈으로 모아둔 얼마간의 돈을 챙겨 버스정류장에 집결했다. 대구까지 버스로 이동했고, 도착과 동시에 동성로 일대를 마구 돌아다녔다. 부산과 함께 영남의 최고 대도시였던 대구 거리는 시골스러운 안동의 그것과는 판연히 달랐다. 심지어 거리를 오가는 사람들의 모습도 달라 보였다. 마치

인종이 다른 사람들이기라도 한 것처럼. 그 거리에서 우리를 주목하는 사람은 아무도 없었다. 당시 우리의 모습은 누가 봐도 촌닭 그 자체였을 것이다. 그런 건 생각조차 못 한 채 둘은 마냥 신이 나서 거리 곳곳을 쏘다녔다. 앞으로 새롭고 멋진 인생이 펼쳐질 거라는 생각에 살짝 흥분도 했다. 날이 저물어갈 무렵, 간단한 거리 음식으로 끼니를 대충 해결하고, 우리는 서둘러 대구역 인근의 허름한 여인숙에 방을 잡았다.

그날 여름밤의 열기는 대단했다. 종일 작렬하는 태양의 집중포화를 받은 슬래브집 여인숙은 밤이 되자 한증막처럼 후끈거렸다. 앉아만 있어도 목에서 땀이 주르륵 흘렀다. 거기에 모기까지 기승을 부렸다. 여인숙에서 제공한 모기향을 두 개씩이나 피워도 모기들의 활동은 잦아들지 않았다. 그렇게 밤새 무더위와 모기의 공격에 시달렸다. 새벽녘 겨우 살포시 잠이 들 무렵, 불현듯 집 생각이 몰려왔다. 순간 어머니가 간절하게 그리워졌다. 잠은 달아났고 나는 자리에서 벌떡 일어났다. '아, 내가 지금 무슨 짓을 하는 거야?' 하는 후회가 일었다. 거의 뜬눈으로 날이 밝기만을 기다렸다.

다음 날 아침, 친구는 이제 일자리를 구하러 나가보자 했다. 그 무렵에는 어린아이들도 몰래 받아주는 곳이 더러 심심치 않게 있었다. 그러나 나는 이미 마음이 돌아선 채 그저 친구를 따라만 다녔다. 친구는 어느 중국집으로 들어갔고, 잠자리도 내줄 테니 같이 일해보자는 승낙을 받았다. 나는 거기서 좀 떨어진 어느 함석집으로 갔다. 아주 잠깐이었지만, 거기서 일하는 분들의 거친 언행을 접하면서 이건 아니라는 생각을 더욱 굳히게 되었다. 당시에는 어떤 분야든 기술을 배운다는 것은 폭력을 수반하는 엄격한 도제식 훈련을 전제로 했다. 까까머리를 한 중2 가출 소년에게도 거침없이 육두문자가 날라왔다. "야, 이 XX야, 넌 뭐 일 배우러 왔다는 놈이 동작이 왜 이리

굼떠? 이렇게 X만 한 놈이 비리비리까지 하니 이걸 어디다 써먹지?" 연장을 가져오라고 하면서도 연신 뒤통수에 손이 올라왔다.

채 반나절도 안 지났을 즈음, 중국집에 있는 친구 보러 간다고 하고 뒤도 안 돌아보고 그 집에서 나왔다. 친구한테 가보니 벌써 오래전부터 중국집에서 일한 종업원처럼 행주를 손에 쥐고 손님이 떠난 빈자리를 열심히 닦고 있었다. 힐끗 나를 보더니, 친구가 물었다. "어, 왔니? 거긴 어땠어?" "응, 나랑은 안 맞는 것 같아" 나는 힘없이 대답했다. 그리고는 내 생각을 전했다. "난 안동으로 돌아갈래. 여긴 아무래도 내가 있을 곳이 아닌 것 같아." 그 친구가 뭐라 뭐라 한참을 이야기했지만, 그 뒤로 내 귀에는 아무것도 들리지 않았다. 왠지 까닭 모를 서러움만 왈칵 밀려와 눈물을 흘리고 말았다. 그렇게 나는 안동으로 돌아왔다. 여름방학 때의 일이라 학교에서도 알 수 없었다. 집에서도 그저 친구네 집에서 놀다가 자고 온 줄로만 알고 있어 지금껏 나만 간직하고 있는 비밀이다. 1박 2일의 가출 아닌 가출을 끝내고 온 그날 밤, 우리 집 홑이불의 사각거리던 촉감을 지금도 또렷이 기억한다. 내가 얼마나 복 받은 삶을 살고 있는지, 가족과 함께하는 평범한 일상이 얼마나 소중한지를 뼈저리게 느꼈다. 앞으로 정말 공부도 열심히 하겠다는 그 나이 때의 뻔한 다짐도 빠뜨리지 않았다.

대학원에 적을 두고 고시 공부하던 시절, 대구로 함께 가출했던 그 친구를 안동 거리에서 우연히 마주친 적이 있다. 설날인지 추석인지 명절을 앞두고 안동에 내려갔을 때의 일이다. 세월이 흐른 까닭에 서로 왠지 어색했다. 그 친구는 이후로도 계속 대구에 남았었고, 얼마 전엔 작지만 자기 명의로 된 중국집도 열었다고 했다. "너는 요즘 뭐해? 공부를 잘했으니 대학은 갔을 테고…." 그 친구가 물었다. 순간 뭐라고 답해야 할지 몰랐다. "응,

대학 졸업하고 공무원 시험 준비하고 있어." 굳이 고시 공부한다고 하지 않은 것은 그 친구에 대한 배려였는지도 모른다. 그렇게 서로의 근황만 묻다가 더는 대화가 이어지지 않아 그렇게 헤어졌다. 그날 친구와의 조우는 공부에 대한 자신이 없어 잠시 흔들리던 내 맘을 다잡는 계기가 되었다. 이젠 기억 속에서 이름조차 희미해진 그 친구를 그날 이후로 다시 만난 적은 없다.

공부에 눈을 뜨다

초등학교 때는 공부를 곧잘 했다. 4학년 때부터 학급 반장을 맡았고 졸업 때까지 한 번도 반장 타이틀을 놓친 적이 없었다. 그러나 중학교에 진학한 이후에는 세상에 대한 호기심이 많아 이리저리 방황하고 공부를 게을리한 까닭인지 학업 면에서 그렇게 두각을 드러내진 못했다. 초등학교 때는 따로 공부란 것을 해본 기억이 없다. 그저 수업 시간에만 집중해서 잘 따라가도 시험에서 풀리지 않는 문제는 거의 없었다. 그러나 중학교에 진학하니 이전보다 과목도 많고, 공부해야 할 범위도 넓어서 따라가기 버거웠다.

그나마 중1 때는 상위권이었지만, 중2가 되면서 신문 배달을 하는 등 다른 일에 몰두하다 보니 성적은 급전직하로 떨어졌다. 내심 '아, 이게 아닌데' 하는 생각은 들었지만 달리 방법은 없었다. 나 혼자만의 '가출 소동'을 겪은 이후, 공부를 잘해보고 싶은 마음이 다시 생겨났다. 본격적으로 공부에 취미를 붙인 것은 중3 올라가던 겨울 방학 무렵이었다. 나이는 두 살이 많지만 학교로는 1년이 빠른 길안 사촌 형이 나의 '롤 모델'이었다. 길안 천지리에 있는 큰집에 갔다가 형이 고등학교를 대구로 가게 되었다는 것을 알게 되었다. 형은 길안중학교가 알아주는 수재였다. 그해 겨울, 형이 보던 참고서와 문제집 일체를 몽땅 받아왔다. 그리고 학교 시험을 앞두고는 이들을 빠짐없이 훑어 나갔다. 기본적인 공부 머리는 있었는지 성적이 조금씩 오르기 시작했다. 사촌 형의 조언을 받기 전까지는 친구들이 이런 참고서나 문제집으로 공부한다는 사실조차 몰랐다는 사실이 참 한심하게 느껴졌다. 그렇지만, 수학이 늘 문제였다. 수학은 다른 과목들과 달리 앞 단계에 대한 충분한 이해가 있어야 그다음 단계로 나아갈 수 있었다. 잠깐의 공부 공백이 있다 보니, 단기간에 그 차이를 메꾸는 게 쉽지 않았다.

내 성적이 조금씩 오르는 걸 지켜보시던 3학년 담임 선생님이 5월 어느 날, 나를 불러 조용히 제안하셨다. "너, 과외 안 받을래?" 당시에는 현직 교사도 과외가 허용되던 시절이었고, 담임 선생님 과목은 수학이었다. 그날 어머니께 선생님이 과외를 받으라고 하셨다고 말씀드렸다. 어머니는 한동안 말씀이 없었다. 어머니의 긴 침묵의 의미를 단박에 짐작할 수 있었다. 담임 선생님의 제의를 거절하기도 쉽지 않거니와 과외비 부담 또한 적지 않을 터였기 때문이다. 아무튼 그렇게 담임 선생님이 직강하는 수학 과외를 받기 시작했다.

새벽 6시에 선생님 댁에 아이들이 모여서 1시간 남짓 과외를 받고 하루의 일과를 시작했다. 그 과외 교실에는 전교 1등부터 학교에서 내로라하는 성적의 아이들이 참여하고 있었다. 다들 나로서는 '넘사벽'의 아이들이라 내가 거기에 낀 사실이 스스로 의아하기조차 했다. 전교 1등을 비롯한 몇몇 아이들은 나에 대해 아예 노골적인 경멸과 경계심을 드러냈다. 내가 들으라는 듯 "야, 이제 이 과외에 아무나 다 참여하네" 또는 "선생님은 얘를 왜 여기 데려왔지?" 하는 식이었다. 이런 반응은 시간이 갈수록 더 커져만 갔다. 과외를 받는다고 해서 딱히 성적이 더 좋아지지도 않았다. 아이들 견제가 더 견디기 힘들어질 즈음 기쁜 소식이 들려왔다. 다달이 나가는 과외비가 부담스러웠을 부모님께도 분명 희소식이었을 것이다. 1980년 7월 국가보위비상대책위원회에서 모든 재학생의 과외교습과 입시 목적 학원 수강을 일절 금지하는 이른바 '과외 전면 금지조치'를 단행한 것이다.

평생의 첫 과외는 그렇게 두 달 남짓으로 끝났다. 그렇지만, 공부를 잘하고 싶은 마음과 더 잘해야겠다는 의지는 커져만 갔다. 한때 전교 200위권 밖으로도 밀려났지만, 중3을 마칠 무렵에는 반에서 2등, 전교 6등의 성적을 거두게 되었다. 내가 전교 6등을 하자, 전교 1등은 바로 부정행위 의혹을 제기했다. 그 친구의 자리와 내 자리는 아주 멀찌감치 떨어져 있었는데도 자기 답안지를 베낀 것으로 의심된다며 선생님께 신고까지 했다. 선생님은 끝까지 나를 믿고 응원해주셨다. 하도 억울하고 분해서 반드시 전교 1등을 하고 싶었다. 하지만, 너무 늦게 공부 발동이 걸린 까닭에 중학교 졸업할 때까지 그 친구를 따라잡지는 못했다. 그렇지만, 나도 맘먹고 공부하면 잘하는 사람임을 확인할 수 있었고 자신감을 찾을 수 있었다.

힘만 세면 다니?

어려서부터 싸움을 잘 못했다. 그때는 반에서 중간 정도 가는 키에 운동신경도 그리 좋지 않아 몸을 쓰는 것이 매우 서툴렀다. 무엇보다 어렸을 적에는 누구와 다투는 자체가 체질적으로 싫었다. 옛날 머슴으로 태어났다면 아마도 밥 빌어먹기 딱 좋았을 것 같다는 이야기도 들었다. . 그런데 중2 후반에 접어들면서 빠르게 자라기 시작했다. 중3 때는 반에서 서너 번째 갈 정도의 키로 폭풍 성장을 했다. 껄렁껄렁한 친구들이 별 이유 없이 나를 건드리는 횟수도 줄어들었다.

중3 때 같은 반 친구가 있었다. 한때는 반에서 부회장 감투도 쓰고 공부도 어느 정도 하던 친구인데, 헛바람이 들었는지 옆길로 새고 있다는 소문이 돌았다. 1·2학년을 상대로 '빵'을 뜯기도 했고, 술을 먹고 담배를 피운다는 이야기도 들렸다. 주변의 친구들도 그 친구가 나타나면 슬슬 피했다. 내가 주번이던 날 쉬는 시간이었다. 다음 시간 수업 준비를 위해 칠판을 닦고 있는데, 이 친구가 웬일로 나를 도와주겠다며 칠판 지우개를 잡았다. 특별히 분필 자국이 많은 칠판 부위를 지우개로 박박 문질러 닦더니, 갑자기 그걸로 내 뒤통수를 세게 내리쳤다. 퍽 소리가 났다. 예기치 못한 불의의 일격이었다. 내 뒷머리에 포연처럼 분필 가루가 피어올랐다. 영문을 알 수 없어 잠깐 멍해졌다. 그러다가 이내 울컥 화가 치밀어 올랐다. 바로 나도 칠판 지우개에 분필 가루를 잔뜩 묻혀 그 친구의 뒤통수를 내리쳤다. 순식간의 일이었다.

그 친구는 눈을 치켜뜨며, "야, 이 XX야, 왜 이래?" 하고 소리 질렀다.

나는 물러서지 않았다. "넌 왜 그랬는데?" "아, 장난으로 그런 거잖아" "그래, 네가 하면 장난이고 내가 하면 장난이 아닌 거냐?" 거침없이 대들었다. 그 친구는 어이없다는 듯이 나를 쳐다보더니 바로 내 멱살을 움켜잡았다. "이 XX가 아주 겁대가리가 없네, 따라 나와, 이 개XX야!" 그렇게 둘은 엉겨 붙은 채 복도로 나갔다. 그 친구의 손과 발이 등으로 배로 쉴 새 없이 날라왔다. 나는 그저 엉거주춤하게 양손으로 그 친구의 상반신을 부여잡은 채, 온몸으로 버텨내고 있었다. 그러다 더는 못 참을 것 같았던 순간, 그 친구를 향해 나도 모르게 힘껏 주먹을 내 뻗었다. 크고 둔탁한 소리가 들리더니 이내 그 친구가 얼굴을 잡고 앞으로 고꾸라지는 모습이 보였다. 수업 시작종이 울렸다. 수업 시간 내내 주먹이 덜덜덜 떨렸다. 온몸의 관절은 욱신거렸고, 그 친구에게 걷어차인 종아리는 부어올랐다. 힐끗 그 친구 쪽을 쳐다보았다. 그 친구는 내내 얼굴을 잡고 있었다. 그 친구 옆에 앉은 짝꿍이 놀리듯 말하는 소리도 들렸다. "야, 너 개한테 얻어맞은 거야? 와, 진짜 쪽팔리네." 수업이 끝나고 그 친구 얼굴을 보니 왼쪽 눈 주변이 시커멓게 멍들어 있었다.

다음 날 아침 학교에 도착하니 우리 반 교실에 어떤 아주머니 한 분이 매우 화난 얼굴을 하고 서 계셨다. 내가 들어서자 아주머니 옆에 서 있던 밤탱이 얼굴의 그 친구가 눈짓을 보냈다. 아주머니는 천둥같이 큰 목소리로 "야, 김의승이 너야?" 하고 소리쳤다. "예, 접니다. 어머니, 그게 사실은…" 저간의 사정을 설명하려 했지만, 도무지 들으려 하지 않았다. "야, 이놈아! 친구하고 사이좋게 지내야지. 힘 좀 세다고 애를 이렇게 두들겨 패면 돼? 힘만 세면 다야?" 주변 친구들은 눈앞의 광경이 다들 생경하다는 표정이었다. 평소 애들 괴롭히던 인간이 누구였는데 하는 표정으로 신기한 듯 보고 있었다. 어쩔 수 없이 "예, 죄송합니다. 앞으로는 안 그러겠습니다" 하고 연신 머리를 숙였다. 사과하는 나도 이런 광경이 믿기지 않았다. 럭키 펀치 한 방으로 나는 대표 일진을 잡은 '떠오르는 별'이 되어 있었다. 그날 이후로 나에게 시비를 거는 친구들은 없었다.

호적을 바꿔주세요

고등학교 때까지만 해도 내 출생연도는 1968년이었다. 그 무렵에는
출생신고를 한두 해 늦게 하는 게 그리 드문 일은 아니었다. 그때만 해도
영아 사망률이 높았기 때문에 생겨난 현상일 수도 있었다. 늦은 출생신고
때문에 나는 초등학교 입학할 무렵에 나오는 '취학통지서'를 받지 못했다.
옆집에 살던 친구는 '취학통지서'를 받고 곧 학교에 간다며 좋아했다. 그게
그렇게 부러울 수 없었다. 옆집 사는 친구가 학교에 가지고 갈 가방이며,
필통 등을 준비하는 모습을 보고 더욱 몸이 달았다. 급기야 어머니를 졸라
입학식 날에 나도 손수건을 왼쪽 가슴에 달고 가방을 챙겨 따라나섰다.
학교에서 선생님은 생년월일을 확인하더니 무척 난감해했다고 한다.
"얘는 지금 만 네 살인데, 제대로 학교 다닐 수 있겠어요?" 어머니의 기억에
따르면 선생님의 질문에 어머니 대신 내가 대답했다고 한다. "예, 선생님,
저 다닐 수 있어요. 선생님 말씀 잘 듣고 공부도 열심히 할게요." 대답이
하도 기특해서 그냥 얼마간 좀 다녀보고 나중에 가서 다시 판단하자고
했다고 한다. 아마도 한 달도 채 못 가서 포기하겠거니 했는데, 그렇게
들어간 곳이 안동 중앙국민학교였다. 1학년을 마칠 무렵에는 반에서 1등도
하면서 곧잘 다녔다.
다시 출생연도가 문제가 된 것은 고등학교 때의 일이다. 고등학교 2학년이
되자 또래 친구들은 하나둘 주민등록증을 받기 시작했다. 가뜩이나 1월생이
어서 한 해 일찍 학교에 들어간 나로서는 출생신고마저 2년 늦게 되어
있으니 주민등록증 발급은 먼 훗날의 일이었다. 그런데 그 '쫑'이 뭐라고

그리도 마음이 급해졌을까? 호적을 늦게 올린 부모님이 원망스러웠다. 한시라도 빨리 주민등록증을 받고 싶은 마음에 그때부터 매일같이 호적을 바꾸어 달라고 어머니께 졸랐다. "이미 호적이 그렇게 되어 있는데 나보고 어쩌라는 거냐? 네 아버지한테나 말씀드려라." 어머니 대답은 한결같았다.

하지만 어린 시절의 아버지는 한없이 어렵기만 한 존재라서 그런 말을 선뜻 꺼낼 수가 없었다. 아버지가 모처럼 일찍 귀가하신 어느 날, 나는 용기를 내서 아버지께 말을 꺼냈다. "아버지, 제 호적을 좀 바꿔주시면 안 되나요?" 아버지는 나를 한참 쳐다보시더니 말씀하셨다. "네가 굳이 지금 호적을 바꿀 필요가 뭐 있어? 그냥 놔두면 나중에 정년도 늦게 돌아오고 여러모로 좋을 텐데…." 그때는 무슨 생각에서였는지 이렇게 답했다. "아버지, 제가 나중에 커서 고시를 봐야 하잖아요. 만 20세부터 응시 자격이 주어지는데, 이대로 가면 대학 졸업할 때까지 시험 한번 못 볼 것 같아서요." 그 말이 주효했는지, 아버지는 호적 정정을 위한 절차를 이리저리 알아보셨다.

병원에서 키, 머리둘레 등을 재고, 치아 개수도 세어 기록한 일종의 신체 검사서를 증빙으로 붙여 법원에 재판을 신청했다. 지금도 그렇지만, 생년월일을 정정하기 위해서는 법원의 허가 절차를 거쳐야 했는데, 그때는 지금처럼 잘 정정해주지는 않았다고 한다. 아무튼 그렇게 생년월일을 고쳤고, 고3 올라가는 겨울 방학 때 마침내 주민등록증을 발급받게 되었다. 흔히 말이 씨가 된다고 했다. 나중에 고시를 보기 위해 호적을 바꾸겠다던 그 말이 결과적으로는 앞날에 드리운 운명처럼 일종의 '자기충족적 예언(self-fulfilling prophecy)'이 되었다.

사실 아버지가 당시 내 호적 정정을 망설이셨던 이유가 또 있었던 것 같다. 나중에 알게 된 사실이지만, 부모님의 혼인신고일도 실제보다 1년 정도 늦은 1966년 11월로 되어 있었다. 내 출생연도를 1966년 1월로 정정했더니, 호적상으로 나는 부모님이 결혼도 하시기 전에 세상에 먼저 나온 자식으로 바뀌어버렸다.

청운의 꿈을
품다

고시 공부는 단거리 달리기가 아니라 마라톤과 같은 것이다. 나름의 페이스를 유지하며 자신의 주법으로 골인 지점까지 달려야 하는 고독한 레이스다. 그 과정에서 슬럼프가 찾아올 때도 있고, 때로는 절망하기도 한다. 결국, 그 모든 상황을 이겨야 하는 것은 자기 자신이다. 열심히 준비했던 사람이 떨어지기도 하지만, 열심히 하지 않은 사람이 합격하는 것은 사실상 불가능했다. 그러므로 합격을 꿈꾼다면 열심히 하는 것 외에 다른 방법이 없었다.

동맹휴업 모의(?)

추첨제(이른바 '뺑뺑이')로 바뀐 고교입시 제도에 따라 경안중학교를 졸업하고 내가 배정받은 학교는 경안고등학교였다. 경안중학교와 같은 교가를 사용하고 있었다. 1954년 미국 북장로회 반피득(Peter Van) 선교사의 노력으로 세운 미션 스쿨이라 '성경'이 필수과목이었고, 일주일에 한 번 '경건회'라는 예배 시간도 배정되었다. 신앙심이 그다지 깊지는 않았어도 이 같은 학교 분위기는 자신을 차분하게 돌아보는 기회를 주었고, 인격 함양과 함께 미래에 대한 꿈을 길러주는 배경이 되었다.

학교와 재단은 고교 입시제도 변경을 계기로 학교의 대외적 위상을 올리고자 각별한 노력을 전개했다. 우수 학생을 선발해 선교관에 입교시켜서 밤늦은 시각까지 공부할 수 있도록 배려했고 별도의 진학 상담도 진행해주었다. 이렇게 모든 것이 순탄하기만 했던 고교생활이었지만, 1983년 3학년 봄에는 작은 소동이 일어났다.

그 무렵, 학교에서는 문과반 국어 선생님이 곧 떠나신다는 소문이 돌았다. 고3인 우리에게 청천벽력과도 같은 소식이었다. 국어 선생님은 연세는 좀 있으셨지만, 나긋나긋한 서울말을 쓰는 남(男)선생님이었다. 학생들에게 깊은 애정을 보여 주었고, 무엇보다 국어 과목을 정말 알기 쉽게 잘 가르쳤다. 수업 시간에 설명해준 내용만 따라가면 웬만한 시험 문제는 저절로 풀리는 마법 같은 실력의 소유자였다. 그런데 학교 법인의 부당한 조치에 항의하다가 눈 밖에 났다는 확인되지 않은 소문이 들려오더니, 곧 사표를 낸다는 이야기까지 들렸다.

그때가 5월 무렵이었기에 선생님이 떠나면 학력고사 준비에도 차질이 생길 것이 뻔했다. 이후 속속 전해지는 소식에 다들 뒤숭숭했다. 마냥 손 놓고 있을 수도 없어 수업 시간에 몇몇 아이들이 선생님께 직접 물어봤다. "선생님, 학교를 떠나신다는 소문이 있던데, 맞아요?" 선생님은 대답 대신에 사람 좋은 미소만 지으셨다. 이윽고 "혹 무슨 일이 있더라도 너희들은 신경 쓰지 말고 그저 공부만 열심히 하면 된다. 알겠지?"라고 하셨다. 그제야 우리는 그간의 소문이 전혀 허무맹랑한 것은 아니란 것을 알 수 있었다.

학교 재단과 국어 선생님 사이에 구체적으로 어떤 갈등이 있었는지 알 수 없었지만, 이대로 좋은 선생님을 뺏겨서는 안 되겠다는 생각이 들었다. 공부 잘하는 친구들 몇몇이 모여 대책을 논의했다. 훗날 국정원에 다니게 된 친구가 우선 교장 선생님을 찾아가서 건의하는 게 어떻겠냐고 제안했다. 다들 그 의견에 수긍하고 우리는 곧바로 교장실로 내려갔다. 교장 선생님은 우리를 쳐다보더니 하고 싶은 이야기가 뭐냐고 물으셨다. "교장 선생님, 우리는 고3입니다. 지금 국어 선생님이 학교를 떠나시면 한동안 수업에 지장이 생길 게 뻔합니다." "그동안 선생님이 우리를 잘 이끌어주셨고, 주요 과목인 국어 성적을 올리는 데도 큰 도움을 주셨습니다." "선생님이 계속 학교에 남도록 해주세요." 차례대로 우리의 입장을 조목조목 말씀드렸다.

교장 선생님은 연신 고개를 끄덕이면서 이야기를 차분하게 들었다. 그리고는 "그래, 제군들 입장은 잘 알겠네. 학교에서도 선생님이 남으시도록 잘 이야기해볼 테니 일단 돌아가게나."하고 말씀하셨다. 우리는 서로 쳐다보면서, 역시 교장 선생님을 찾아오길 잘했다고 생각했다. 함께 공손하게 인사드리고 교장실을 나왔다.

　교장실 밖에는 학생주임 선생님이 기다리고 있었다. "어이, 자네들. 이리로 좀 와 봐." 평소 학생들의 규율을 엄격하게 관리하는 선생님이었다. 교장실 옆에 있는 상담실 같은 곳으로 우리를 데려갔다. "평상시 우리도 잘 못 들어가는 교장실을 너희들이 뭐라고 함부로 들어가나? 교장실이 너희 안방이냐? 다들 엎드려뻗쳐!" 그제야 뭔가 일이 잘못 돌아가고 있음을 알게 되었다. 엎드려 뻗친 상태에서 우리는 돌아가면서 차례로 몽둥이로 엉덩이를 흠씬 두들겨 맞았다. 눈물이 왈칵 쏟아졌다. 얻어맞은 것도 속상했지만, 무엇보다 너무 억울한 생각이 들었다. 선생님이 학교에 남아 계시도록 해달라는 고3 학생들의 요구가 어디 몽둥이로 대응할 일인가? 학생주임 선생님의 매를 맞고 나오면서 우리는 딱히 누구에게 향한 것인지도 모를 악다구니를 쳤다.

　그날 이후 3학년 교실 곳곳에서 수시로 심상치 않은 기류가 흘렀다. 이따금 쉬는 시간에 애들 몇몇이 가방을 챙겨 들고 복도로 뛰쳐나오면서 "집에 가자!" 하고 크게 소리 지르기도 했다. 그러면 아이들이 우르르 복도까지 다들 나갔다가 다시 교실로 돌아오곤 했다. 대부분 장난조였지만, 그날 이후에는 꼭 그런 그것만도 아니었다. 뭔가 분출구가 필요했다. 당시의 진실이 무엇이었는지는 지금도 알 수 없다. 하지만, 가뜩이나 공부 스트레스에 쌓인 고3 청춘들에게 그 사건은 불만 해소의 좋은 표적이 되고 말았다. 실낱같은 희망을 끝까지 버리지 않았건만, 국어 선생님은 결국 그해 5월 말에 학교를 떠나셨다. 대체할 교사가 없어 한동안 이과반 국어 선생님이 문과반 5개 학급까지 함께 맡으셨다. 반별 수업이 어렵게 되자 시간표를 바꾸어 강당에서 5개 반이 합동 수업의 형태로 국어 수업이 진행되었다.

그 수업이 제대로 진행될 리 없었다. 교장실을 찾아갔던 우리는 이대로는 안 된다고 의견을 모았다. 행동으로 우리 의사를 확실히 보여주어야 한다고 생각했다.

행동을 위해서는 치밀한 준비가 필요했다. 우선 어느 특정한 날을 디데이로 잡고 날짜를 역산해서 준비상황을 점검하기로 했다. 모월 모일 모시에 3학년 학생 전체가 학교를 뛰쳐나오는 것이 최종 그림이었다. 왜 우리가 학교 밖으로 뛰쳐나오게 되었는지를 설명하는 유인물도 제작하기로 했는데, 안동 시내에 있는 모 사찰의 불교학생회에 관여하는 친구를 통해 그곳에 있는 등사기를 사용할 수 있다는 것도 파악해두었다. 사뭇 진지한 진행이었고 모두 비장한 마음이었다. 지금 생각해봐도 80년대 초반의 엄혹한 시절에 고교생이 '동맹휴업'을 시도하는 결코 작은 일이 아니었다. 그러나, 호기롭던 교내 시위 계획은 행동에 채 돌입하기도 전에 뒷덜미가 잡히고 말았다. 담임 선생님들이 관련 학생들을 추궁하기 시작했다. "너네, 요즘 뭐 이상한 꿍꿍이를 벌이고 있다면서? 누가 꾸민 일이냐?" 우리는 모두 어리둥절했다. 비밀리에 점조직 방식으로 도모한 일인데, 유인물 한 장 제작하기도 전에 어떻게 이런 일이 일어났을까? 그 이유는 머지않아 밝혀졌다. 일을 같이 도모하던 친구 하나가 중간에 덜컥 겁이 나서 선생님께 이실직고했다고 한다.

자칫 큰일로 비화 될 수도 있는 일이었지만, 학교에서도 학생들의 순수한 동기를 너그럽게 이해한 까닭에 '동맹휴업' 소동은 그렇게 조용히 묻혔다. 모두가 고3이었고 주동자들도 공부를 그럭저럭 잘하는 모범적인 친구들이었다는 점이 어느 정도 참작되었을 것이다. 그렇지만, 학교에서 관련자의 부모에게 별도의 기별은 했던 모양이다. 평소 학교 일에는 일절 관여하시지 않는 아버지가 어느 날은 조용히 나를 찾으셨다. 자초지종을 한참 동안 말씀드렸다. 묵묵히 듣고 계시던 아버지는 침묵을 깨고 조용히 입을 여셨다. "네가 불의라고 생각한 일에 항의하려 했던 마음은 충분히 이해한다. 하지만, 지금은 때가 아니다. 아직 너희들은 어리지 않느냐. 더군다나 너도 진실이 무엇인지는 모른다고 하지 않았느냐? 더 실력을 키워라." 대략 이런 취지의 말씀이셨다. 그리고 한 마디를 덧붙이셨다. "지금 고3인데 벌써 이러면 나중에 대학 가서 맨날 데모만 할까 봐 정말 걱정이다." 아버지의 이 말씀은 그 이후 대학에 가서도 줄곧 머리에 남았다.

고교 졸업

그렇게 질풍노도의 시절을 보내면서 마침내 고교를 졸업하게 되었다. 중학교 3학년 때부터 점차 오르던 성적은 이후로도 계속되어 고등학교 2학년부터는 줄곧 전교 1등을 놓치지 않았다. 그러나 정작 1983년 11월에 치른 학력고사에서는 성적이 기대만큼 나오지는 않았다. 최종 모의고사 때 보다 20점 이상 떨어졌는데, 수학 과목이 문제였다. 뭐라도 썼는지 시험 볼 때는 다 맞았다고 생각했던 문제까지 우수수 오답으로 채점되었다. 시험 전날까지도 홍성대 선생이 지은 '수학의 정석' 교재의 '확률과 통계' 편까지 훑어가며 공부했었건만. 평소 모의고사 성적 등을 고려할 때 내가 S대로 진학하는 것을 다들 당연하게 생각하는 분위기였다. 그러나, 막상 받아든 학력고사 성적표는 그 대학에서 내가 원했던 학과를 들어갈 정도는 아니었다.

다음 날 아침 교장 선생님은 성적상위자들의 사전채점 점수를 직접 확인하셨다. 그러다 문과 1등을 해온 내 성적을 확인하고는 "너 도대체 점수가 왜 이 모양이냐?" 하고 실망스럽게 쳐다보셨다. 그리고는 "재수해야지, 뭐!"라고 가볍게 툭 던지듯이 말씀하셨다. 우리 1년 앞 기수부터 이른바 '뺑뺑이'로 고교 입학을 했었다. 당시 학교에서는 상위권 아이들을 집중적으로 지원했고 학교 위상을 위해 '서울대 몇 명 합격'에 목을 매는 분위기였다.

이런 점을 충분히 고려한다고 하더라도, 위로의 말씀은 한마디 없이 아무렇지 않게 재수를 하라는 말씀에 서운한 맘이 들었다. 실망해도 본인이 훨씬 더 실망했을 텐데, 수험생 본인의 심정은 조금도 헤아려주지 않는 것 같아 그때는 참 속상했다. 물론, 지금 생각하면 교장 선생님의 심정도 충분히 이해가 간다. 무엇보다 안동의 특정 고교보다 더 실력이 있는 학교라는 평판을 얻고 싶어 하셨다. 재단과 학교 차원에서 이를 위해 물심양면으로 재학생들을 지원했다. 선교관에서 밥까지 제공하며 별도의 야간자습도 시켰다. 고교 평준화의 실시는 우리 모교의 위상을 새롭게 끌어올릴 수 있는 절호의 기회였기 때문이었다.

아무래도 불안한 성적 때문에 대학은 안정 지원을 하기로 하고 고려대 행정학과에 입학원서를 내기로 했다. 원서를 내려고 서울로 가던 길이 내 생의 첫 상경 길이었다. 세찬 북풍이 몰아치던 날, 중앙선 밤 열차를 타고 서울로 향했다. 열차로 이동하는 내내 한 치 앞을 내다볼 수 없는 미래에 대한 불안감이 몰려왔다. 마침내 '84년 1월, 고대 운동장에 합격자 명단이 붙었다. 다행히도 거기서 내 이름 석 자를 찾을 수 있었다. 고교 3년 과정을 모두 마친 그해 2월, 나는 경안고등학교 전교 수석의 영예를 안고 졸업했다.

'캠퍼스의 낭만'은 어디에?

대학생이 되면 완전히 새로운 세상이 펼쳐지는 줄 알았다. 그러나 3월에 시작한 대학 생활은 그때까지 꿈꿔왔던 '캠퍼스의 낭만'과는 한참이나 거리가 멀었다. 입학하자마자 병영집체훈련으로 문무대를 다녀왔다. 캠퍼스 안팎에는 매캐한 최루탄 내음이 그칠 날이 없었다. 권위주의 정권의 폭압에 맞선 젊은이들의 항거는 어쩌면 너무도 당연한 시대적 숙명이었는지도 모른다. 그동안 철저하게 통제된 극히 한정된 정보만을 접하다가 진실을 새롭게 알게 된 순간, 가슴 저 깊은 곳에서 치올라오는 분노를 감출 길이 없었다. 언론에서도 진실을 알리지 않았기에 청년들이 나서야 한다는 사명감마저 생겼다. 대학 1학년 내내 학습모임과 시위에 참여하는 경우가 많았다.

또 다른 한편에서는 막 시작하는 대학 생활에 대한 설렘과 기대감도 있었다. 1학기 초부터 이런저런 명분으로 미팅, 소개팅이 주선되었다. 나의 첫 미팅은 서울교대 여학생과의 단체 미팅이었던 것으로 기억한다. 지금은 서울교대 일대가 강남에서도 핵심지역의 하나가 되었지만, '84년 무렵만 해도 안암동에서 버스로 1시간 이상을 가야 하는 서울 외곽 지역이었다. 주변에 높은 건물이 보이지 않는 허허벌판이었다. 첫 미팅 상대의 얼굴과 이름은 기억 어디에도 없지만, 한 가지 뚜렷한 기억은 지금도 남아 있다. 미팅 장소였던 카페의 메뉴 가격이 너무나도 비쌌다. 잠시 나가서 실없는 이야기를 나누다가 돌아온 대가치고는 너무도 큰 금액이었다.

부모님이 어렵게 마련해 보내준 용돈을 그렇게 함부로 쓸 수는 없었다. 대학 생활 내내 나의 미팅 참여는 그렇게 서너 번을 끝으로 막을 내렸다.

안동에서 힘들게 뒷바라지하시는 부모님을 생각하면 대학에서 그저 공부나 열심히 하는 게 마땅했지만, 당시의 시대적 상황이 결코 그럴 수만은 없었다. 도서관에서 책을 펼치고 있다가도 집회 소리가 들려오면 '이건 아니다' 싶어 가방을 챙겨 합류하기도 했다. 그때는 시위에 참여해 돌을 던지든 책과 씨름하며 공부를 하든, 누구나 시대적 아픔에 공감하고 있었다.

향우회 명사회자

학과에서도 이런저런 모임에 참여했지만, 역시나 고향 모임이 가장 편하고 좋았다. '재고대안동향우회' 모임은 대학 생활의 작은 활력소였다. 보통 두어 달에 한 번씩 전체 모임이 있었는데, 처음에는 왠지 어색해서 참석을 꺼렸다. 그러나, 일단 참석해보니 다 같은 안동사람이라는 푸근함이 있어 선후배들에게는 어떤 고민거리를 털어놓아도 어색함이 없었다. 당시 대학가 모임이 다 그랬듯이, 사람들이 모이면 으레 음주 가무가 따랐다. 다른 자리에서는 운동가요가 주를 이루었지만, 향우회에서는 대중가요도 허용되는 특징이 있었다.

1학년 2학기에 들어서서 처음으로 향우회 모임에 참석했는데 이내 사람들의 주목을 받게 되었다. 자리에 앉은 사람들이 죽 돌아가면서 이야기도 하고 노래도 불렀다. 순서가 되었을 때, 그냥 생각나는 대로 주저리주저리 떠들었던 게 나름 재미있었던 모양이다. 점차 발전하여 때로는 사회 풍자적인 만담도 하고 노래도 부르고 성대모사도 했더니 반응이 폭발적이었다. 초등학교 4학년 때까지는 '색시'라고 불렸는데, 나에게 이런 엄청난 '끼'가 있다는 것을 나 자신도 새롭게 알게 되었다.

그 후로 자연스럽게 향우회 모임에서는 사회를 도맡아 보게 되었다. 입소문이 났는지, 평소 향우회 모임에 잘 참석하지 않던 선배들도 하나둘 모여들기 시작했다. 학교 정문 앞 '태평양'이라는 식당이 향우회의 단골 모임 장소였는데, 모임이 있는 날에는 식당 전체가 통으로 꽉 찰 정도로 사람들이 모였다. 당시 유행하던 코미디언 이주일의 말투를 흉내 내자면

이렇게 요약되었다. "쇼도 보고, 향우회도 하고!" 어릴 적 숫기 없던 성격은
그렇게 조금씩 바뀌었고, 사람들과 만나는 자리가 즐거워졌다.

'고대의 밤' 행사

'85년 여름, 향우회 선배들 사이에서는 모종의 음모(?)가 진행되었다. 당시 군부정권의 억압에 제대로 된 항거의 목소리를 내야 한다는 뜻을 모았다고 들었다. 거사 날짜는 85년 12월, 장소는 고향 안동으로 정했다. 그 무렵에는 광주의 아픔을 이야기하는 것조차 금기시되던 때였다. 그런 상황에서 이른바 '시국 집회'를 연다는 것은 상상조차 하기 어려웠다. 이 때문에 외부로 표출하는 행사의 명칭은 '고대의 밤'으로 정했다. 당시 고대는 학력고사가 끝난 우수 고교생과 재수생을 유치하기 위한 재학생의 홍보활동을 장려했다. 행사 성격을 위장하기에 딱 좋았고 학교 홍보 팸플릿과 함께 일부 재정지원을 받을 수도 있었다.

그러나 소액의 학교 지원만으로는 불충분했기에, 행사 자금을 마련하기 위해 여름방학 이후에는 사회 진출한 선배들을 한 분 한 분 찾아다니면서 모금 활동을 전개했다. 그 무렵에 만난 사람들 가운데에는 훗날 도의원과 국회의원을 지낸 권오을 선배는 상공회의소에서 일하고 있었다. 그때 많은 회사를 돌아다니면서 졸업한 선배들이 어떤 직장에서 어떤 일을 하는지 가까이서 볼 수 있었던 것도 좋았다. 다들 반갑게 맞이하면서 행사 비용 외에 후배들이 고생한다고 가외로 밥값까지 쾌척해 주신 분들이 많았다.

초청 연사는 해직되었다가 84년 복직한 이상신 교수님으로 정해졌고, 고려대 노래패인 '노래얼'도 섭외되었다. 하지만 이런 일련의 움직임은 이내 공안당국의 레이다 망에 걸렸다. 안동경찰서에도 비상이 걸렸다. 하필이면 당시 정보 형사로 일하시던 아버지가 이 집회를 담당하게 되었다.

원래 정보과에서는 그 같은 행사를 하지 못하게 막는 것이 목표이지만, 아버지는 정부 비판적 성격은 수위를 조절시키면서 행사는 어떻게든지 성사하는 쪽으로 검토하셨다고 한다.

아버지와의 관계로 인해 나는 서울 심부름을 주로 했고 안동에서 벌어진 행사 준비 과정은 직접 관여할 수 없었다. 나중에 들은 이야기지만 당시 아버지와 만났던 선배들은 다들 아버지를 좋게 평가했다. 그때 아버지와 주로 접촉하셨던 사람은 나중에 국회의원과 대구시장을 역임한 권영진 선배, 문재인 정부에서 대통령 직속 정책기획위원회 위원장으로 일한 조대엽 교수 등이었다.

정보과 형사로서 아버지의 남다른 인품은 대학가 시위가 한창이던 80년대 후반 안동대학 담당 시절에도 이미 정평이 나 있었다고 한다. 퇴직하신 이후에도 안동대 운동권의 주역이었던 분들이 아버지를 찾아와 당시의 세심한 보살핌과 배려에 감사 인사를 전했다고도 한다. 이런 사정을 가족들은 잘 몰랐지만, 2021년 아버지 빈소로 찾아온 분들이 어머니께 전했다고 한다.

나는 '고대의 밤' 행사일을 며칠 앞두고 안동으로 내려갔다. 아버지는 집회와 관련해서 아무런 말씀이 없으셨다. 행사가 있는 당일 아침에 아버지는 집을 나서면서 나를 불렀다. "오늘 행사장에서 나를 만나더라도 절대 아는 체하지 마라. 너는 그저 네 할 일만 해라." 아버지의 당부는 그게 전부였다. 그 무렵 운동권 아들을 둔 경찰 간부의 사직 권고 등이 기사화되는 일이 종종 있었다. 내가 그렇게 극렬 운동권은 아니었고 아버지도 평범한 정보과 형사일 뿐이었지만 시대의 아픔은 우리 가족에게도 긴 그림자를 드리우고 있었다.

운동권의 어두운 그림자

1980년대의 학생운동은 확실히 그 이전과는 다른 양상을 보였다. 물론 그 이전에도 좌파적인 운동권 단체들이 아예 없지는 않았지만 주로 음지에서 활동했고 대세를 이루지는 않았다. 1970년대까지만 해도 재야와 대학생 등 민주화 운동 세력 대다수는 미국을 박정희 정권의 폭주를 저지하는 고마운 우방으로 보았다. 그나마 미국이 있어 정권이 함부로 권력을 휘두르지 못한다고 인식하였다. 유신 말기, 미국 카터 정권이 인권과 민주화를 중시하여 박정희 정권과 껄끄러운 사이였던 것도 이러한 흐름에 일정한 영향을 주었을 것이다.

민주화 운동 세력 내에서도 북한은 통일을 이루어야 하는 같은 민족이자 대화와 협력의 대상으로 인식했지만, 한편으로는 호시탐탐 적화통일을 노리는 위험한 집단이라는 반북·반공 정서도 동시에 공존했다. 전반적으로 볼 때 언론 자유나 인권, 공정선거와 같은 보편적이고도 제도적인 민주주의를 요구하는 것이 그 당시 학생운동의 명분이었다.

그러나, 1980년대에 접어들면서 운동권의 성격은 크게 바뀌기 시작했다. 80년대에 들어와서 학생운동의 성격이 급변한 결정적인 계기는 광주 5·18 민주화 운동이었다. 운동권 그룹에서는 민주 세력의 우군이라고 믿었던 미국이 오히려 민주주의를 탄압한 군부를 지원했다고 인식하면서 큰 충격을 받았다. 이후 '이 한국 땅에서 반정부·반독재 저항운동을 전개하기 위해서는 현 정세를 어떻게 볼 것인가?'라는 '사구체(사회구성체) 논쟁'이 활발하게 전개되었다. 그 과정에서 운동권은 NL(National Liberation, 민족해방파)

과 PD(People's Democracy Revolution, 민중민주파) 계열로 크게 양분되었다. NL 계열은 민족 문제를 중시해 북한과 힘을 합쳐 미 제국주의 축출하는 것을 핵심적인 과제로 보았고, PD 계열은 우리 사회의 핵심 문제를 계급 문제로 보고 노동운동과 연계하여 자본주의 그 자체를 극복할 것을 주장하였다. 그 밖에도 CA(Constituent Assembly Group, 제헌의회 그룹)와 같은 여러 분파가 생겨났다.

이 가운데 운동권의 주류였던 NL 계열은 스스로 NL이라는 약칭보다 자민통(자주·민주·통일의 약어) 또는 통일운동 진영으로 불리는 것을 선호했다. 대한민국 사회의 근본적인 문제는 한국이 미국에 종속되어있는 민족 모순이라 판단하고 외세에 반대하며, 북한과 협력하여 통일로 나아갈 것을 주장하였다. 이는 종북 성향으로 이어지게 되는데, 급기야 김일성의 주체사상을 신봉하는 흐름(주사파)으로까지 이어졌다. 그러나, 적어도 표면적으로는 그런 배경을 노골적으로 드러내지 않았기에 당시의 시대적인 상황에서는 학생들이 민주주의를 회복하기 위해 분투하는 것으로 인식되었고 일반 시민들의 광범위한 지지도 얻을 수 있었다.

민주주의를 위해 탄압을 뚫고 행동에 나서는 것은 어쩌면 젊은이가 갖춰야 할 마땅한 모습이라고 할 수도 있다. 그러나 이념의 몽상에 빠져 현실과는 전혀 동떨어진 주장을 하고 이를 폭력적인 방법으로 관철하려는 것은 전혀 차원이 다른 문제였다. 이념화된 학생운동에 대해 점차 회의감이 들 무렵, '위수김동·친지김동(위대한 수령 김일성 동지·친애하는 지도자 김정일 동지)'을 운운하던 어느 선배의 모습을 보았다. 그게 무슨 말이냐고 물었고 놀라운 답변을 들었다. 그 자리에서는 질려서 아무 내색조차 할 수 없었지만, 확실히 이 길은 나의 길이 아니라는 생각을 굳힐 수 있었다.

80년대 학생운동을 주도했던 이들은 1990년대 중 후반에 '386 세대'로 불리면서 정계에 진출했고, 우리 사회의 각 분야에서 주력으로 성장했다. 80년대에 대학을 다닌 60년대생, 그 무렵에는 다들 30대였으니 숫자의 앞 글자를 따서 인텔의 CPU 80386을 탑재한 386 컴퓨터에 빗대 '386 세대'라는 이름이 붙여졌다. 세월의 흐름에 따라서 그 세대들이 나이를 먹게 되자 '486세대', '586세대'로 앞자리만 바뀌면서 진화해왔다. 대한민국이 지금처럼 이념적으로 분열되고 극심한 사회적 갈등 양상을 보이게 된 불행의 씨앗은 어쩌면 80년대 당시에 이미 뿌려진 것인지도 모른다.

군 입대

1985년 12월 안동에서 열렸던 '고대의 밤' 행사는 그나마 온건하고 합리적인 저항이었다. 그러나 이후 대학가의 학생운동 이념화는 점차 그 강도를 더해갔다. 특히 NL 계열 주사파의 종북 움직임은 불의에 항거한다는 명분도 잃게 되었다. 죽기 살기로 학생운동을 했던 것은 아니었지만, 마음 한구석에는 늘 '어떤 삶을 살 것인가'에 대한 근원적인 물음이 자리하고 있었다. 아무리 생각해도 그 무렵의 NL이나 PD 계열의 주장에는 가슴 속 깊이까지 공감할 수 없었다. 특별히 큰 관여를 하지도 않았지만, 그래도 그 바닥을 과감하게 떠나기로 했다.

막연하게나마 앞으로의 진로는 행정고시를 준비할 생각이었다. 행정학이 전공이기도 했고, 우리 사회가 안고 있는 문제들을 해결하기 위해 좋은 정책들을 만들어 보고 싶었다. 운동권 언저리와의 연결고리를 끊는 탈출구는 군 입대였다.

1986년 봄 카투사(KATUSA) 시험을 보고 그해 11월 논산으로 입대했다. 그런데 안동지역은 보충역이 부족해서 그 시기에는 일부 현역 자원도 보충역으로 돌렸다. 11월 논산 입대 영장을 받아둔 상태인데, 비슷한 시기에 50사단에 보충역 훈련 입소를 하라는 영장이 또 나왔다. 두 개의 영장을 받아들고 난감해서 병무청에 물어보았다. "이런 경우, 저는 어디로 가야 하나요?" 하지만, 누구도 이에 대해 정확하게 답해주는 이가 없었다. 여기 가면 저기로 가라 하고, 저기 가면 다시 여기 가보라는 식이었다. 결론은 먼저 나온 영장에 따르자는 것이었다.

머리를 깎고 논산 훈련소로 들어갔더니 거기서는 보충역으로 가야 할 자원이 왜 여기로 왔냐고 타박을 놓았다. 일 복잡하게 한다고 짜증을 내더니 곧 귀향증을 끊어준다고 했다. 그런데 며칠 뒤, 북의 김일성이 죽었다는 소문이 들려왔다. 훈련병들 사이에 이러다 전쟁이라도 나면 총알받이로 끌려가는 것 아니냐는 불안감이 퍼져갔다. 보통 귀향 자원은 1박 2일이면 훈련소를 나오는데, 이때는 김일성 사망 소동 때문에 4박 5일이나 걸렸다. 입소 때 깎은 빡빡머리를 한 채로 서울로 올라가 친구들을 만났더니, 친구들은 내가 탈영이라도 한 줄 알고 난리가 났다. 자초지종을 설명하고 하룻밤 친구 집에서 신세를 지고 안동으로 내려갔다. 안동에서도 작은 소동이 있었다. 내가 논산으로 입대한 사이에 50사단에서는 입소자원이 행방불명이라고 집까지 찾아왔다고 한다. 우여곡절 끝에 세 번째 영장을 받고 1987년 2월, 대구에 있는 50사단 훈련소로 입소했다. 남들은 일생에 딱 한 번 받아들고도 가슴이 무너져 내린다는 '청춘 차압장'을 나는 세 번씩이나 받게 되었다.

방위 생활

　1987년 2월, 대구 50사단 훈련소로 입소하여 기본적인 군사훈련을 받았다. 4주간의 훈련을 마치고 안동에 있는 70사단(육군 제1956부대) 본부대로 배속받았다. 흔히들 '방위병' 하면 동사무소 방위를 생각하기 마련인데, 당시 후방 동원사단에서는 부족 인력을 보충역 자원으로 배정하는 일이 많았다. 방위지만 유격훈련을 받기도 하고, 을지연습 기간에는 강원도까지 부대이동 훈련에도 참여했다. 같이 근무하던 현역들도 '이럴 바엔 차라리 현역으로 근무하는 게 더 낫지 않느냐'고 동정하기도 했다. 그래도 편안한 집에서 출퇴근할 수 있다는 것만으로도 엄청난 복을 받은 것으로 생각했다. 퇴근 이후에는 대학을 휴학하고 방위 생활을 하는 또래들이 영어 공부 모임을 하기도 했다. 18개월 동안 모질게 마음먹고 독하게 공부하리라 생각했지만, 그게 말처럼 쉽지는 않았다. 당시에는 사병들끼리의 '얼차려'도 흔했고, 87년 민주항쟁 시기에는 폭동 진압 훈련인 '충정훈련'에 동원되느라 영내에서 대기하는 날이 많았다. 특히 '6.29 선언'이 나오기 직전에는 곧 위수령이 내려질 것이라는 소문이 돌기도 했다.

　방위병으로 입소한 자원들 가운데에는 평소에는 좀처럼 만나보기 힘든 부류의 사람들도 있었다. 집안이 어려워 낮에는 부대에서 근무하고 밤에는 나이트 업소로 일하러 나가는 후임도 있었다. 아직 한글을 제대로 깨치지 못한 어느 선임은 그저 자기 귀에 들리는 대로 한글을 적었다. 이를테면 선풍기를 '소풍기'라고 쓰거나, 자신이 관리를 맡은 장교 숙소 BOQ를 '비큐'라고 적는 식이었다. 더욱 안타까웠던 것은 과거의 범죄행위로 실형을 살았음에도 그런 경우 병역면제가 된다는 사실을 알지 못하고 입영한 사례였다. 내가 행정적으로 도와주겠다고 했을 때, 해당 선임은 오히려 군 면제를 받으면 앞으로 살아가는 데 걸림돌이 될 것이라며 그냥 두라고 말렸다.

처음에는 이들과 단체 생활을 같이해야 한다는 사실에 난감하기만 했지만, 점차 이들의 삶에 대해 깊이 이해할 수 있었고, 내가 할 일들도 조금씩 생겨났다. 일부 고위층 자제들이 부정한 방법으로 군 면제를 받은 사실이 심심찮게 언론에 나오던 시절에 이들은 자신에게 주어진 부당한 군 복무까지 묵묵히 감내하고 있었다. 만일 이들에게 누군가 도움의 손을 내밀어주었다면 그 억울함도 덜했을 것이다. 나중에 내가 공무원이 되었을 때, 어려운 사람들 사정을 남들보다 조금은 더 잘 헤아릴 수 있었던 것은 바로 이때의 경험 덕분이라고 생각한다.

이들 외에도 안동 70사단에서 방위로 근무하는 동안 만났던 사람들 가운데에는 훗날 사회적으로 잘 알려지게 된 사람들도 많이 있었다. 국회의원을 지낸 권택기 티머니 부사장, 서울대 로스쿨 이효원 교수, 신보섭 변호사, 안동에서 한우집을 하는 권영준 사장 등도 비슷한 시기에 같이 근무했고, 당시 사단 법무장교로 근무했던 채동욱 중위는 훗날 검찰총장에까지 오르기도 했다.

한국 사회에서 군대 이야기를 오래 해서 결코 좋을 게 없다. 특히 방위 근무 경험은 어디 가서 말하기도 창피하다고 한다. 그럴 때면 나는 종종 이렇게 너스레를 떨었다. "당시에 국민 모두 방위성금도 내고 방위세도 냈는데, 그게 다 방위들 힘내서 잘 근무하라고 냈던 거 아닌가?" 그리고 또 '잘 키운 방위 하나, 열 공수 안 부럽다'라는 표어를 제시하기도 했다.

그런데 내 말이 채 끝나기도 전에 누군가가 다음과 같은 표어로 반박했다. '슬그머니 받은 방위, 아들딸이 비웃는다.' 할 말이 없었다. 그러나, 어떤 형태로든 신성한 국방의 의무를 다하는 것은 존중받아야 마땅하다.

고시 공부와 대학원 진학

남들보다 짧은 군 복무를 마치고 1988년 가을에 3학년 2학기로 복학했다. 복학 후 이제 더는 진로 문제를 고민만 하고 있을 수는 없었다. 막연하게만 생각하고 있던 행정고시를 준비하려고 정경대 고시반인 '호림원'에 들어갔다. 그해 가을에는 역사적인 서울올림픽이 치러졌다. 대회 기간 전부터 서울 시내 곳곳을 누비는 선수단과 관광객들의 모습을 보면서 우리 대한민국에 뭔가 커다란 변화가 시작되었음을 감지할 수 있었다. 그때 호림원에서 만난 선후배들과 대화하면서 비로소 고시의 실체를 어렴풋이나마 더듬어 볼 수 있었다. 4학년 때는 최소 1차 합격이라도 해야겠다는 앞뒤를 재지 않은 각오로 공부를 시작했다. 그러나 선택한 길에 대한 확신이 없었던 까닭인지 공부를 제대로 한 날보다는 놀면서 보낸 날이 많았다. 그 결과 '89년 제33회 행시 1차에서는 합격선과 현격한 차이를 보이면서 보기 좋게 낙방했다.

이후에 진로를 놓고 고민하며 취업반 모임에도 기웃거려 보았다. 지금은 상상하기도 어려운 일이지만, 그 무렵만 해도 민간기업에 취직하는 것은 그다지 어려운 일이 아니었다. SKY 상위권 학과 재학생들은 별도의 공채시험을 치르지 않고 대학 추천만으로도 취업할 수 있었다. 보수도 좋고 사회적 평판도 좋은 기업체들의 추천원서는 서로 가져가겠다고 난리였다. 어느 선배는 "야, 너까지 이러면 어떡하냐? 너는 학점도 좋고 공부에 취미도 있어 보이니 고시를 하든가 대학원을 가야지"라고 말했다. 선배들에게 좋은 기업을 양보하라는 취지의 말이었지만, 내겐 달리 들렸다. 스스로 물어보았다. 어떤 길을 갈 것인가? 지금 그대로 고시를 떠날 수는 없었다. 제대로 모든 것을 걸고 매달려 보지도 않은 채 그냥 물러선다는 것은 자신이 도저히 용납할 수 없었다. 평소 실패에 대한 두려움이 정말 많았던 나로서는 고시를 본격적으로 준비하기로 한다는 것은 큰 용기가 필요했다.

취업을 미루고 고시를 본격적으로 준비해야겠다고 다짐하자 새로운 의욕이 생겼다. 실패를 무릅쓰고 전진하지 않고서는 아무것도 이룰 수 없다는 평범한 진리를 되새겼다. 우선 서울대 행정대학원 석사과정에 응시키로 했다. 아무래도 무적(無籍)으로 있는 것보다는 그나마 생활도 짜임새 있게 잡히고 시험정보를 얻기도 쉬울 거라고 판단했기 때문이다. 솔직히 집안 형편을 생각하면 대학원 진학은 언감생심이었다. 부모님은 괜히 사서 고생하지 말고 취직이나 했으면 하는 눈치도 은근히 비추셨다. 그러나 내 결심이 확고한 것을 확인하고는 열심히 해보라고 격려해주셨다. 다행히 대학원 시험에 합격했고, 1990년부터 신림동 생활이 시작되었다.

'특별 초빙 강사'

서울대 행정대학원 시절은 나에게 새로운 활력을 제공했다. '이제 나도 고시 공부를 하는구나' 하는 느낌을 가질 수 있었다. 이렇게 시작하면 되는 걸 그동안 왜 그리 주저하고 망설였었나 하는 생각도 들었다. 공부는 주로 학교 도서관에서 했다. 1990년 제34회 행시 1차 합격은 곧 눈앞에 있는 것만 같았다. 그러나 그해 운명의 여신은 나를 살짝 비껴가고 말았다. 합격선에서 1점이 모자랐다. 기대가 컸기에 실망도 그만큼 컸지만, 수험생활을 되짚어 보면 문제점은 명확히 드러나 있었다. 요령 있는 공부가 되지 못한 채 방만하기만 했고, 특히 막바지에 제대로 박차를 가하지 못한 것이 패인이었다.

문제는 대학원 학비와 생활비였다. 안동에서는 빠듯한 살림에 어렵게 마련한 생활비를 보내줬지만, 그것만으로는 턱없이 부족했다. 어머니는 삼 남매를 모두 대학에 보내기 위해 집에서 하숙을 쳤다. 안동여고 학생들을 받아 점심 저녁 도시락 두 개씩을 매일 같이 챙기고 건사해주는 것은 여간 어려운 일이 아니었다. 그런 사정을 뻔히 알기에 돈을 더 보내달라는 이야기를 입 밖에 낼 수도 없었다. 다행히 대학 동기 노현종의 소개로 강남 일대에서 몇 군데 개인과외도 하며 그럭저럭 학자금을 마련했다. 대학원 첫 여름방학에는 아예 월세방을 다른 사람들에게 단기로 내주고 짐을 싸서 안동으로 내려갔다. 방학 기간 중의 월세라도 아껴야 했다. 안동에서 기거하는 동안 시간제 일감을 찾던 중에 한 입시학원에서 영어 강사를 구하고 있다는 소식을 들었다. 그날부로 면접을 보고 여름방학 특강부터 투입되었다. 학원 측에서는 강사진을 소개하는 광고 전단에서 내 이름 앞에 '특별 초빙'이라는 타이틀까지 붙여주었다. 본 강의 시작 전 공개강좌에는 학원 측의 대대적인 홍보 덕분인지 아니면 서울대 행정대학원 재학생이라는 타이틀 때문인지 많은 학생이 모였다.

어차피 행시 1차 과목에는 영어도 포함되어 있었기에 내 공부도 겸해서 성실하게 준비하고 정성을 다해 가르쳤다. 평소보다 많은 수강생이 몰리자 학원 측에서도 나를 고맙게 생각했다. 한 달간의 여름방학 특강이 2주째 진행될 무렵, 원장이 나를 따로 불렀다. 별도 포상이라도 하려나 생각했는데, 원장의 이야기는 전혀 뜻밖이었다. "저, 미안하지만 재학증명서를 한 통 제출해줄 수 있나요?" 알고 보니, 경쟁 학원에서 수강생들이 빠져나가자 나에 대해 악소문을 냈다고 한다. '가짜 대학원생이다. 저 정도 학력을 가진 사람이 왜 안동까지 와서 학원 일을 하겠느냐'는 식의 악성 소문을 만들어서 뿌렸다. 수강생 중에서도 어디선가 그런 이야길 들었는지 "선생님, 진짜 고대 졸업하고 서울대 다니는 것 맞나요?"라고 노골적으로 묻기도 했다.

학원 측에 서류를 제출하여 논란을 차단했다. 수강생들에게도 강의 중에 내 뜻을 전달했다. "학원 강사에게 학력이 결코 중요한 건 아니다. 잘 가르치기만 하면 그게 최고 아니겠는가? 그렇지만 사실을 왜곡해서 소문까지 내는 것은 정말 참기 어렵다." 그리고 "나도 영어 공부를 열심히 해야 할 이유가 있어서 나름대로 열심히 준비해 여러분에게 전달하는 것이다. 강의로 평가해주길 바란다"라고 덧붙였다. 고시 1차 낙방이라는 아픔을 겪고 학비라도 벌어보려고 시도했던 학원 강사 일이었는데, 거기서도 세상살이의 험악한 꼴을 경험한 셈이다. 그렇게 여름방학을 안동에서 보내고 대학원 2학기를 다니기 위해 상경했다. 그 이후 한동안 방학 때 내 강의를 수강했던 아이들이 정성스럽게 써준 감사 편지가 신림동 자취방으로 속속 배달되었다. 그 편지들을 읽어보면서 가난한 고시생의 시름을 잠시나마 잊을 수 있었다.

아무도 듣지 않는 노래

　대학원 2학기도 어떻게 지나갔는지 모르게 후딱 지나가고 다시 겨울을 맞이했다. 더 이상의 시간 유예는 없다는 비장한 각오도 생겨났다. 그해 겨울방학은 안동의 '마리스타' 독서실에서 주로 보냈는데, 그 무렵의 두 달간이 전 수험기간을 통틀어 가장 열심히 공부한 시간이었던 것 같다. 어떤 날은 하루 16시간을 완전히 몰입해서 공부하고 그날 잠자리에 누우면서 이보다 더 완벽하게 하루를 보낼 수 없다고 생각하기도 했다. 자신의 모든 것을 걸고 제대로 한번 부딪혀보지 않고서는 결코 목표를 달성할 수 없다는 평범한 진리를 새기고 또 새겼다. 방학이 끝나고 서울로 올라가는 안동발 중앙선 밤 열차에서도 다시 한번 마음의 각오를 다졌다. 열차의 객차와 객차를 연결하는 틈새 공간에 몸을 맡긴 채 나지막한 목소리로 옛 노래 한 소절을 불러보았다.

　어머님의 손을 놓고 돌아설 때엔
　부엉새도 울었다오 나도 울었소
　가랑잎이 휘날리는 산마루 턱을
　넘어오던 그날 밤이 그리웁고나

　덜컹거리는 열차 바퀴 소리에 노랫소리는 이내 묻히고 말았지만, '비 내리는 고모령'의 가사가 마치 내 신세를 이야기하는 것만도 같았다. 아무도 듣지 않는 노래를 몇 번이고 계속 반복해서 불렀다. 뼈 빠지게 고생해서 자식 뒷바라지하는 부모님께 죄를 짓고 있다는 생각도 들었다. 노랫소리는

점점 더 커져만 갔고, 어느샌가 나는 통곡을 하며 목이 터지라고 노래를
부르고 있었다.

고시 합격

　와신상담의 결과로 '91년 불광중학교에서 치른 제35회 행정고시 1차 시험에서는 합격선보다 6점을 초과한 성적으로 합격했다. 그해 여름에 치러진 2차 시험에서는 공부가 턱없이 부족했기에 이른바 '동시 합격'은 물 건너갔다. 당시에는 일단 1차를 붙으면 다음 해에는 객관식인 1차 시험을 면제하고 바로 논술식 2차 시험을 볼 수 있었다. 이제 최종 목표는 제36회 행정고시가 되었다. 그야말로 본격적인 고시생의 길로 접어든 것이다.

　인간의 불안에는 전염성이 있다. 누군가 미처 일어나지도 않은 미래의 일로 걱정하고 불안해하면, 이를 지켜보던 사람들도 처음에는 그렇지 않다가도 점차 같이 불안해지는 속성이 있다. 고시 공부가 딱 그랬다. 1차에 합격했다고 누구나 다 2차에 붙는 게 아닌 것은 분명하다. 차라리 1차에서 떨어졌다면 '이 길이 아닌가 보다' 하고 미련 없이 고시를 떠날 텐데, 애매하게 매번 1차에는 붙는 바람에 고시 낭인의 길로 빠졌다는 사람들도 적지 않았다. 혹시나 내가 그런 부류의 사람이 되는 것은 아닐까? 늘 불안했고, 이런 불안감은 수험생들끼리 서로 전염되는 것 같았다. 그러나 그런 불안과 고민은 시험 준비에 아무런 도움이 되지 않는다. 진로와 미래에 대한 모든 걱정은 시험이 다 끝난 이후로 미루기로 마음먹었다. 이런 식의 마음 가다듬기가 오히려 공부보다 중요한 것인지도 모른다. 또한 남들과 섣부른 비교를 하는 것도 금물이었다. 자신의 공부 방식을 믿고, 자기에게 맞는 시간 관리가 최선이었다. 끝없는 자신과의 싸움을 치열하게 전개하며 시험 준비에 몰입했다.

92년 뜨거운 여름, 5일간의 2차 시험이 끝났다. 시험장이었던 성균관대 교정을 나올 때 들었던 생각은 한마디로 여한이 없다는 것이었다. 다시 고시를 본다 해도 이 이상 더 해낼 수 있는 자신이 없었다. 이제 결과에 연연해하지 않고 미련 없이 고시를 떠날 수 있을 것 같았다. 가을에 곧바로 대학원에 복학해서 졸업논문을 준비했다. 시간이 부족했기에 24시간을 쪼개어 썼다. 수면시간은 오히려 고시 준비할 때보다도 부족했다. 또한 논문과 관련된 주제의 연구보고서를 지도교수였던 조석준 선생님이 준비하고 계셨기에 그것을 도와 드리기도 하면서 바삐 지냈다. 시험이 끝난 후의 정신적 허탈감이나 여유로운 휴식은 미처 느껴볼 겨를도 없었다. 어느덧 2차 합격자 발표일이 다가왔다.

그해는 연초부터 종말론을 신봉하는 '다미선교회'라는 종교단체에서 '휴거(携擧, 공중으로 끌어 올려짐)'를 설파했다. 10월 28일 밤 자정이면 구원을 얻게 될 자들은 다 같이 하늘로 끌어 올려지는 기적이 일어난다고 예언했다. 지하철역을 비롯해 사람들 왕래가 잦은 거리 곳곳에는 신자들이 '휴거'라고 쓰인 커다란 피켓을 들고 돌아다녔다. 시험에 합격 안 될 것 같으면 휴거라도 당해야 하나 하는 농담이 돌기도 했다. 2차 합격자 발표일에는 정작 신림동 '상원서점' 앞에 나붙게 될 합격자 명단을 직접 확인할 엄두가 나지 않았다. 그저 자취방에서 초조히 발표 시간만 기다렸다. 두 가지 가능성 모두를 생각해봤을 때, 특히 안되는 쪽으로 생각이 더 기울었다. 결과는 겸허히 받아들이리라 마음먹었다. 스스로 그간의 시행착오를 누구보다도 잘 알고 있었기에….

저녁 무렵에 신문사나 고시 잡지사의 전화가 모두 불통이어서 안절부절하고 있을 때, 같이 시험을 본 박용철이 전화로 합격 소식을 알려왔다. 그제야 서점 앞으로 달려가 합격자 명단에서 내 이름 세 글자를 확인하고 기쁨을 만끽할 수 있었다. 맨 먼저 고향에서 못난 자식 뒷바라지하시느라 고생하신 부모님 얼굴이 떠올랐다. 그리고 영화필름처럼 순식간에 머릿속을 스쳐가는 고마운 사람의 얼굴들…. 무엇보다 땅끝으로 꺼져 들어갈 것만 같던 기분에서 헤어날 수 있어서 좋았다. 3차 면접시험을 치른 후 최종 발표는 더욱 피를 말렸다. 그 전 해에 3차에서 떨어진 경험이 있는 후배 이정원(같은 해에 합격하여 지금은 국무조정실 제2차장으로 일한다)과의 대화는 일반행정직에서 떨어질 세 명 중에 꼭 내가 포함될 것만 같은 불안감을 증폭시켰다. 다행히도 11월 27일 발표된 제36회 행정고시 최종합격자 281명의 명단에 포함되었고, 이제는 정말 긴긴 여행에서 안식처로 돌아왔다는 안도감을 느낄 수 있었다.

'1인 미디어'

고시 공부는 단거리 달리기가 아니라 마라톤과 같은 것이다. 나름의 페이스를 유지하며 자신의 주법으로 골인 지점까지 달려야 하는 고독한 레이스다. 그 과정에서 슬럼프가 찾아올 때도 있고, 때로는 절망하기도 한다. 결국, 그 모든 상황을 이겨야 하는 것은 자기 자신이다. 열심히 준비했던 사람이 떨어지기도 하지만, 열심히 하지 않은 사람이 합격하는 것은 사실상 불가능했다. 그러므로 합격을 꿈꾼다면 열심히 하는 것 외에 다른 방법이 없었다. 그런 와중에 스트레스 관리를 위해 독특한 시도를 해본 적이 있다. 신림동 자취방에 룸메이트가 오디오를 들여놨는데, 시간이 날 때 음악을 감상하는 것만으로는 왠지 부족했다. 그 오디오 세트에 당시에 잘 나가던 더블데크 카세트 플레이어가 장착된 것을 확인하고 스스로 녹음작업을 시도했다. 왼쪽 카세트에는 요즘 말로 '브금(BGM: background music 배경음악)'을 깔아둔 채 마이크를 연결하여 멘트를 하면 오른쪽 카세트 테이프에 음성과 배경음악이 함께 녹음되는 방식이었다.

마치 라디오 DJ처럼 프로그램 하나를 만들었다. 제목은 이름하여 "김의승과 함께!"였다. 먼저 잔잔한 배경음악이 서서히 깔린다. 그러다가 음악 소리가 잦아들면서 "김의승과 함께!"라는 멘트가 들어가고 다시 잠시 음악이 흐른다. 이어서 낮은 음악 위로 "신림동의 고시생 여러분, 안녕하십니까? '김의승과 함께'의 진행을 맡은 김의승입니다"라는 나레이션이 주욱 이어진다. 중간중간 내가 만든 광고와 유머도 나갔고, 가라오케식으로 직접 노래를 부르기도 하고, 당시 유행하던 노래들을 내보내기도 했다. 그렇게 해서 카세트 A, B면을 꽉 채운 60분짜리 작품이 탄생한 것이다. 공부 스트레스가 심할 때 틈틈이 만들었는데, 그 시간만큼은 수험생활의 모든 시름을 잊을 수 있었다.

그렇게 만든 나만의 테이프를 같이 신림동에서 공부하는 고대 선배에게 선물했다. 혼자만 갖고 있기에는 아까웠기 때문이다. 그날 혼자 테이프를 듣던 선배는 배꼽을 잃어버릴 뻔했다고 감상을 전했다. 선배가 테이프를 주변에도 돌려 여러 고시생의 애환을 달래준 것까지는 좋았다. 당시 신림동 고시촌에는 강의 테이프 대량 복제 시스템이 작동하고 있었다. 어느새 내가 만든 테이프가 고시촌 일대에 대량 유포되고 있었다. 개인 유튜브가 대세를 이루고 있는 지금 생각하면 격세지감의 느낌이 들지만, 어떤 의미에서 '1인 미디어'를 당시에 이미 선도적으로 구현하고 있었던 셈이다.

나중에 시험에 합격하고 연수원에 들어갔을 때, 많은 이들이 그 테이프를 기억하고 있었다. 처음 만나서 "안녕하세요? 김의승입니다" 하고 인사를 하면, 많은 이들이 짐짓 놀라며 '김의승과 함께'를 만든 그 김의승이 맞냐고 물었다. 덕분에 고시 공부를 할 때 크게 웃을 수 있었다고 고마워하는 사람도 있었다. 그런데 어떤 사람은 편안한 저녁 자리에서 속내를 털어놓기도 했다. "참, 고마운 일이었다. 그런데 솔직히 그 테이프 들을 때만 해도 너는 여기 못 올 줄 알았는데…"라고.

공무원의 길

종종 '공무원은 영혼이 없느냐?'라는 비난을 받기도 한다. 그러나, 이 말은 다시 한번 곰곰이 생각해 볼 필요가 있다.

수장의 요구가 법령에 어긋나거나 심히 부당한 경우라면야 마땅히 이에 대해 본인의 의견을 피력하고 끝까지 반대해야 할 것이다. 그러나, 공무원에게도 영혼이 있다면서 자신의 이념지향에 반한다고 상사의 정당한 명령까지 거부한다면 이야기는 완전히 달라진다.

튀는 공무원? 천생 공무원!

'93년 4월 19일, 사무관 시보로 임용을 받고 과천 중앙공무원교육원에 입교했다. 젊은 날의 방황과 시련을 모두 딛고 이제 공직자로서의 출발선에 섰다는 생각에 감개무량했다. 문서 기안 방법부터 관리자로서의 기초 소양까지 정말 많은 것을 배웠던 시간이었다. 특히 오래 기억에 남는 것은 연수 기간 초반의 합숙 교육이다. 분임을 나누고 서로를 알아가는 자리인데, 이미 나는 신림동 고시촌의 '테이프' 파동(?)으로 일약 유명인사가 되어 있었다. 자연스럽게 자치회 조직의 '오락부장'으로 임명되었다. 그게 원래부터 계획되어있던 자리인지, 아니면 나를 위해 특별히 만들어진 '위인설관'이었는지는 아직도 잘 모르겠다.

합숙 교육이 끝나는 날, 분임 별로 공직자로서의 다짐을 겸한 장기자랑 대회가 열렸다. 우리 분임은 전날 연습한 율동과 노래로 좌중을 압도했다. 나는 머리를 넥타이로 질끈 동여매고 연수원에 뒹굴고 있던 장구를 둘러메고 나섰다. 무슨 용기가 나서 그랬는지 모르겠지만, 사실 그날 난생처음 장구를 잡았다. 장구를 치는 채도 어떤 게 '궁채'이고 어떤 게 '열채'인지도 알지 못한 채, 어렴풋이 배운 세마치장단을 그냥 맘 내키는 대로 쳐댔다. 그런데, 그 모양새는 나름대로 그럴싸했던 것 같다. 박수도 많이 받았고, 평가도 후했던 까닭에 우리 분임은 단체상을 받았다. 당시 시상을 맡았던 교수부장(나중에 민선 초대 동작구청장으로 당선)은 특히 나를 지목하며 "도저히 공무원이 될 것 같지 않은 사람이 이번에 한 사람 들어온 것 같다. 앞으로 관심있게 지켜보겠다"라는 심사평을 했다.

그해의 연수는 기술고시와 외무고시 합격자들도 함께 참여해 교육생 숫자가 특히 많았다. 부득이 '갑반'과 '을반'으로 나누어 분반 수업을 받았다. '갑반'에 속했던 나는 '오락부장' 직책을 맡았으니 뭔가 역할을 하긴 해야 했다. 점심 식사 후 오후 수업을 시작하기 직전의 10여 분이 온전히 나에게 할애되었다. 식곤증도 쫓을 겸 해서 이런저런 재미있는 이야기도 하고, 다 같이 율동과 노래를 따라 부르는 시간을 보내기도 했다. 당시 연수원 동기들 가운데에는 이때의 내 모습을 지금껏 기억해주는 이들이 많다. 우리 기수보다 2년 늦은 38회 행시에 합격한 노정열이 공직을 그만두고 개그맨 전업을 선언했을 때, 동기들은 정작 그쪽 방면으로 나가야 할 사람은 김의승이 아니냐는 이야기를 하기도 했다.

지금 생각하면 내가 어찌 그렇게 했나 싶다. 공무원 하면 떠오르는 왠지 고리타분한 이미지를 벗어던지고 싶은 마음이 컸던 것 같다. 발령이 나서 구청에서 근무하는 동안 어디선가 이런 이야길 들었던 기자가 나의 이야기를 취재하기도 했다. 공직사회에 신바람을 불어 넣을 '튀는 공무원(?)' 정도로 좋게 봐주었던 것 같다.

돌이켜 보면 공직 입문 초기에는 나름 신선한 면이 없지 않았다. 첫 근무지였던 구청에서는 젊은 간부임에도 나이 든 직원들과 소통도 곧잘하고, 뻣뻣한 권위 의식이 없었던 점도 나름대로 호평을 받았다. 구청 기획예산과장 시절에는 당시로서는 획기적이었던 개인 홈페이지도 운영했다. 기획예산과 업무 가운데 정보화 업무도 포함되어 있었는데, 업무를 진두지휘해야 할 담당 과장이 정작 인터넷에 대해 별로 아는 것이 없다는 반성에서 시작한 일이었다. 그때는 지금처럼 홈페이지 작성을 위한 서식이 따로 제공되지 않던 시절이라 민간 서버를 임대하고 HTML 언어, 포토샵

등을 일일이 익혀서 작업해야만 했다. 공무원 생활 30년이 지나가면서 이제 그런 참신함은 다 어디로 갔는지 모르겠다. 가까운 친구들의 평가도 그렇지만, 스스로 물어봐도 이제는 누가 뭐래도 천생 공무원이 되어버린 것 같은 느낌이다.

대전 엑스포 파견

서울올림픽이 열린 지 불과 5년 만에 한국에서 개최된 대규모 국제 행사가 '1993년 대전 세계 박람회'이다. 대전 엑스포의 주제는 "새로운 도약으로의 길", 부제는 "전통기술과 현대과학의 조화"와 "자원의 효율적 이용과 재활용"이었다. 행사는 1993년 8월 7일부터 11월 7일까지 93일 동안 개최되었다. 행사진행요원이 태부족인 상황에서 수습사무관들의 투입이 결정되었다. 전반기와 후반기 2개 조로 나뉘어 과천 중앙공무원 교육원에서 연수를 받던 수습사무관들이 조직위원회 각 부서로 배정되었다.

대전 엑스포는 올림픽을 개최한 많은 국가가 대규모 박람회 개최를 통해서 선진국의 반열에 진입했다는 점을 고려하여 큰 의미가 부여되었다. 일본이 1964년 도쿄 올림픽 이후 1970년 오사카 만국박람회를 성공적으로 개최함으로써 국가의 위상이 달라진 것을 벤치마킹한 것이다. 이런 사례는 중국에서도 마찬가지다. 2008년 베이징 올림픽 이후 2010년에 상하이 엑스포를 개최한 것이 이런 영향을 받은 것으로 보인다.

대전 엑스포는 노태우 정부 당시 우여곡절 끝에 유치했지만, 개최는 문민정부가 출범한 김영삼 정부 때의 일이다. 1893년 시카고 엑스포 당시 8칸 규모의 기와집으로 처음 참가했던 한국이 100년 만에 주최국으로 당당하게 행사를 개최하게 된 것이다. 특히 문민정부의 첫 대규모 국제 행사였기에 대한민국의 모든 역량을 결집하는 행사로 치러졌다. 조직위원회에는 정부 각 부처에서 차출된 인력이 파견형식으로 배치되었고, 기업들도 전시관을 만들어 막대한 예산과 인력을 투입했다.

대전 엑스포는 유치 초기에 있었던 행사 성공 여부에 대한 불안감을 말끔히 씻어내고, 전시 규모나 내용, 관람객 유치면에 있어 엄청난 성공을 거두었다. 마땅한 볼거리가 없었던 시절, 우리의 전시 박람회 수준을 한 차원 높였다고 해도 과언이 아니다. 지금은 다소 부정적인 의미로 그 뜻이 바뀌어버렸지만, 행사 진행을 돕는 요원들을 '도우미'라는 신조어를 부여해 선발했다. 당시 이들은 젊고 참신한 이미지로 관람객들의 인기를 한 몸에 독차지했다. 그뿐만 아니라, 대전 엑스포를 세계에 알리기 위한 목적으로 여대생 303명이 응모한 홍보 사절 선발대회를 열어 외국어 등 기본적인 소양을 갖춘 3명을 최종 선발했다. 중고생들이 졸업사진을 엑스포 현장에서 찍는 것이 유행처럼 번져가기도 했다. 엑스포 기간에 추석 명절이 끼는 바람에 귀성길과 엑스포 관람 차량이 겹쳐 역대 최악의 교통체증을 빚을 정도였다. 당시 서울에서 대전까지 무려 17시간이 걸리기도 했다.

나는 경북도청에서 수습을 마치고 행사 후반기에 투입되었다. 배치부서는 축제행사부. 부서 이름은 그럴 듯했지만, 실제로는 하루에 두 차례 국제 전시구역에서 1.5km에 이르는 거리를 이동하면서 공연을 펼치는 퍼레이드 공연행사 관리가 주된 임무였다. 대전 엑스포의 총관람객 수가 1,400만을 넘었으니 하루 평균 15만 명이 박람회장을 찾은 셈이다. 사정이 이렇다 보니 행사장 내 전시관을 하나 구경하려면 두세 시간 대기하는 것은 기본이었다. 그런 점에서 퍼레이드는 엄청난 인파가 몰린 행사장에서 관람객 동선을 자연스럽게 분산시키는 역할도 맡게 되었다. 대전 엑스포 퍼레이드는 당시로서는 매우 획기적인 기획으로 공연과 음악이 한데 어우러신 움직이는 송합 이벤트였다. 해외 부용단을 포함한 공연단과 군악대, 그리고 연기자 등이 함께했다. 전기자동차에 화려한 장식을 한 행렬이 박람회장을 곳곳을 돌아다녔고, 첨단 과학기술과 세계 각국의 문화와 풍습을 소개하면서 큰 인기를 끌었다.

내가 맡은 임무는 퍼레이드가 원활하게 지나갈 수 있도록 미리 이동로 양쪽에 로프를 설치하고 관람객을 밖으로 내보내 동선을 미리 확보하는 일이었다. 이를 위해 투입되는 자원봉사자 관리도 내 임무에 포함되어 있었다. 인파가 몰리는 현장에서 뒤에 따라오는 퍼레이드의 등장을 알리고 관람객을 분산시키는 것은, 말이 좋아 축제 행사 지원이지 실상은 막일에 가까웠다. 동기 수습사무관들은 행사기획이나 홍보, 전시관 관리 등 나름대로 우아한 업무를 맡았지만, 나는 목장갑을 손에 끼고 인파를 밀치며 로프를 치고 걷는 일을 해야만 했다. 수많은 인파를 헤치며 목소리를 높이다 보니 하루 두 번의 퍼레이드를 마치면 녹초가 되기 일쑤였다. 동기들은 이런 나를 한심하다는 듯 쳐다보기도 하고 안됐다고 동정하기도 했다. 그저 맡은 일에 최선을 다하겠다는 나만의 다짐에서 열심히 일한 것밖에 없었는데….

수습이 끝나고 첫 보직을 용산구청 청소과장으로 받게 되자 다들 그럴 줄 알았다는 반응을 보이기도 했다. 사무관 수습 기간 중 처음으로 접했던 일이 이후 나의 공직생활이 절대 녹록지만은 않을 거라는 전조이기라도 했던 것일까?

서울시 배치, 마지막 수습

중앙공무원교육원의 기본과정과 지방수습, 엑스포 파견 등을 거쳐 1년의 수습과정이 마무리될 무렵에 부처 배정을 받게 되었다. 지금과 달리 당시 연수생들의 부처 배치는 시험성적과 연수원 성적을 합산한 성적으로 순위를 정하고 그 순서대로 자신의 희망 부처를 선택하는 방식이었다. 전체 연수생이 집합하는 대강당에는 앞에 대형 칠판이 놓여 있다. 거기에 부처 이름과 그 밑에 해당 부처가 받을 수 있는 신임사무관 T/O만큼 빈칸을 만들어 두었다. 직렬별 성적순으로 한 사람씩 나와서 본인이 희망하는 부처 이름 아래에 있는 빈칸에 자신의 이름을 기재한다. 부처별로 할당된 빈칸이 다 채워지면 그 부처에 더는 지원할 수가 없다. 칠판에서 아예 지워버린다.

그해에는 전체 수석과 2위가 모두 서울시를 지망했다. 우리 동기들이 문민정부의 출범과 함께 공직을 시작했고, 그해에 부활한 지방의회 선거에 이어 2년 뒤인 1995년에는 단체장을 직선으로 뽑기로 되어 있었다. 이에 따라 이제 곧 본격적인 지방시대가 열릴 것이라는 기대감도 부처 선택에 상당 부분 반영되었을 것이다. 성적 상위그룹에서 서울시, 총리실 등을 선택했고, 나도 겨우 서울시의 남은 자리에 이름을 올릴 수 있었다. 과거 관선 시대에는 행시 출신이 승진해서 시장·군수·구청장으로 나갈 수 있었다. 자리만을 생각한다면 지방자치의 부활이 소속 공무원들에게 반드시 반가운 소식이 아닐 수도 있었다. 그런데도, 지방정부의 안정적인 활착을 위해 청춘을 바쳐보리라는 다짐들이 있었다.

그해 겨울 최종 배정을 받은 서울시에서 마지막 수습 기간을 보냈다.

당시 하수국에서 잠시 근무하고 곧 동작구청으로 배치를 받았다. 당시는 수습사무관 신분인 만큼 부서에 고정배치를 하는 것이 아니라 부서를 순회하면서 근무하도록 배려를 받았다.

주택과에 근무할 때의 일이다. 주택과장 자리 앞에 책상 하나를 놓고 '수습사무관'이라는 명패도 놓아 주었다. 아직 정식 부임한 것은 아니지만, 곧 서울시로 배치될 자원인지라 최대한 신경을 써주는 모양새였다. 그런데, 어느 날인가는 아직 점심시간도 되지 않았는데, 직원들이 하나둘 자리를 비우기 시작했다. 이내 사무실이 텅 비고 여자 사환과 나 혼자만 덩그러니 남게 되었다. 무슨 일인지 가늠조차 할 수 없었다. 나만 빼놓고 어디 다 같이 회의하러 간 것일까? 무슨 점심 회식이라도 있나? 혼자서 어리둥절하고 있는 사이에 사무실 문을 박차고 들어오는 한 무리의 사람들이 보였다.

이들은 머리에 '무슨 무슨 동 몇 구역 재개발 조합'이라고 쓰인 붉은 띠를 두르고 다 같이 구호도 목청껏 제창했다. 아마 재개발 사업인가를 둘러싼 집단 민원이 있었던 것 같다. 그제야 왜 주택과 직원들이 하나같이 일시에 사무실에서 사라졌는지 어렴풋이 짐작할 수 있었다. 사무실을 점거한 이들은 "다들 어디 갔어? 주택과장 나오라고 해!"하며 고함을 질렀다.

그중 주민대표로 보이는 어떤 사람과 눈이 마주쳤다. 발걸음을 크게 하며 성큼성큼 내 앞으로 다가왔다. "그래! 여기 한 사람이 있었네." 그리고는 내 명패를 쓱 쳐다보더니 말을 이었다. "오호라, 마침 잘됐네. 수습사무관, 좋았어! 그래, 이 건은 어떻게 수습할 거야?" 명패에 적혀 있는 수습이 그런 수습이 아님을 설명할 수도 없어 그의 얼굴만 멀뚱멀뚱 바라볼 수밖에 없었다.

첫 발령, 용산구청 청소과장

1994년 4월 19일, 총무처에서 서울시로 공식 발령이 났다. 서울시로 오면서 신분도 국가사무관에서 지방사무관으로 변경되었다. 서울시에서는 다시 용산구청으로 배치되었다. 첫 보직은 용산구청 청소과장이었다. 수습 사무관의 신분과는 달리 내 책임과 권한 하에 한 부서의 업무가 맡겨진 것이다. 당시 용산구청은 원효로에 있었다. 구청 본관 건물 옆에 조그마한 별관이 따로 있었고, 청소과는 거기에 있었다. 첫 발령을 받고서 청소과 사무실을 찾아갔을 때 열악한 사무환경에 짐짓 놀랐던 기억이 지금도 남아 있다.

신임 부서장이 부임하면 흔히 있을 법한, 누군가 나서서 직원들과 인사를 나누도록 하는 안내조차 없었다. 직원들의 얼굴에는 다들 '왜 하필 우리 부서에 저렇게 새파란 애송이 과장이 왔지?' 하는 표정이 역력했다. 당시에 행시 출신들은 첫 보직으로 구청 민방위과장이나 국민운동지원과장과 같은 비교적 업무부담이 적은 부서장을 맡고 업무환경에 적응하는 시간을 주는 것이 관례였다. 그러나 청소과처럼 누구나 가기 싫어하는 부서에 젊은 사람을 떠밀어 넣는 일도 있었다. 첫 근무일에 그 흔한 업무보고도 없었고, 오히려 주무 계장(당시 구청 6급은 지금과 같은 팀장이 아닌 계장이 라고 불렀다)과 차석 계장은 서류 더미와 도장 함을 서로 집어던지며 격렬한 몸싸움을 벌이기도 했다. 그제야 전임 청소과장이 해준 말이 생각났다. "여기 직원들은 발령을 받아 오는 순간부터 '떠나면 영전'이라는 생각을 하는 것 같더라." 암담한 생각이 들었다.

그때 내가 결심한 것이 이곳에서는 직급을 떠나 딱 내 나이만큼의 대접만 받겠다는 것이었다. 우선 업무 파악이 시급했다. 직원들에게 일하는 동기를 부여하고 이들이 적극적으로 움직이게 하려면, 과장이 업무를 잘 알고 있어야만 가능할 것이기 때문이다. 따로 업무보고를 해주지 않으니, 역으로 내가 물어보고 파악해야 했다. 논어에서도 불치하문(不恥下問)이라고 하지 않았던가? 모르는 게 있을 때 아랫사람에게 물어보는 것은 결코 부끄러워할 일이 아니다. 신임과장이 자세를 낮추고 업무를 하나하나 물어보고 살피는 게 신기했던지 젊은 직원들은 이내 마음을 열어주었다. 다만 나이가 지긋하신 분들은 나를 귀찮게만 하지 말아 달라는 듯한 태도를 보이기도 했다.

매일 새벽에 순찰차를 타고 용산구 관내 구석구석을 돌면서 청소상태를 점검했다. 고생하는 환경미화원분들을 격려하는 것도 빼놓을 수 없는 일이었다. 작업이 끝나면 간단하게 아침 식사를 같이하기도 했는데, 몸 쓰는 일을 하시는 분들이기에 꼭 반주를 곁들였다. 고주망태로 마시는 것이 아니라, 맥주 글라스에 소주를 팔 부까지 붓고 딱 그 한 잔만 마셨다. 힘든 노동을 이겨낸 스스로에 대한 격려 같은 것이었다. 언제 한번은 과장도 한잔하라는 강권에 못 이겨 술을 입에 댔다가 그날 낮 근무 시간 내내 힘들었던 기억이 있다. 그렇게 조금씩 다가갔더니 청소작업 현장에서도 젊은 과장이 붙임성도 있고 일도 곧잘 한다는 평판을 얻게 되었다.

어느 해, 체육행사에서의 일이다. 그동안 일반 직원들과는 돌아가면서 한 번씩 자리했던지라 이번에는 환경미화원들의 행사에 참여하기로 했다. 이름은 체육대회였지만, 대개는 등산을 간단히 하고 하산 후에는 그간의 소회를 나누는 술자리로 이어졌다. 미화원분들이 다들 술이 세다는 이야기를 일찍이 들어왔던 까닭에 그날은 사뭇 긴장하고 나섰다. 그런데 나중에 들어보니 미화원분들도 나름 긴장을 했다고 한다. 보통 환경미화원 체육대회에는 과장 대신 계장이나 주임을 보낸 것이 그간의 관행이었는데, 과장이 직접 합류하겠다고 하니 무슨 일인가 했다는 것이다. 그것도 늙수그레한 과장 같으면 이런저런 이야기도 가능할 텐데 새파란 젊은 과장이고 보니 분위기가 굉장히 어색할 것만 같았다는 것이다. 그러나, 그런 걱정들은 한낱 기우에 불과했다는 것을 아는 데 시간이 오래 걸리지 않았다. 함께 산을 오르며 땀을 흘리고 나서 술이 몇 순배 돌고 나니 분위기가 금세 화기애애 해졌다. 미화원 어르신들이 고생이 많다고 격려의 말을 건네자 그분들은 오히려 '자식뻘 같은 과장이 수고가 많다'라며 덕담을 건네주었다.

자리를 파하고 일어서는 순간, 나는 이분들의 철두철미한 직업의식을 목격할 수 있었다. 분명히 바리바리 싸 들고 왔던 음식들도 꽤 남아 있었고, 빈 술병들도 여기저기 나뒹굴었는데, 작업반장이 수신호를 보내자 다들 일어나 일사불란하게 정리를 시작하더니 앉았던 자리는 금세 티끌 하나 없을 정도로 깨끗해졌다. 한때 공중화장실에서 많이 보이던 '아름다운 사람은 머문 자리도 아름답습니다'라는 표어를 몸소 실천하는 분들이었다. 헤어지기 전에 마지막으로 담배를 나눠 피웠는데, 다 피운 꽁초를 오랜 습관으로 나도 모르게 바닥에 휙 던졌다. 남은 담뱃불을 끄려고 발을 내딛으려는 순간, 함께 이야기를 나누던 환경미화원 한 분이 눈 깜짝할 사이에 몸을 앞으로 숙여 꽁초를 주워 들었다. 내딛으려던 내 발이 엉거주춤해진 바로 그 순간, 그분과 눈이 마주쳤다. 아무리 취중이었지만, 이내 사태 파악이 되면서 얼굴이 화끈 달아올랐다. 그분은 알 듯 말 듯 가벼운 미소를 짓고는 마치 아무 일도 없었던 듯이 이야기를 이어 나갔다. 그날, '나는 아직도 멀었구나'하는 자책에 자취방에 돌아와서도 오래도록 잠을 이루지 못했다.

전달 회의

1992년 12월 18일 실시된 제14대 대통령 선거에서 당선된 김영삼 정부가 1993년 2월 25일에 공식출범하였다. 지금은 여·야가 서로 권력을 주고받는 정권교체가 자연스러운 한국 사회가 되었지만, 그 당시에는 '5.16' 이후 32년 만에 문민정부가 출범하게 되었다는 점만으로도 모든 국민은 감격해했다. 문민정부 5년의 성과들은 임기 말 IMF 구제금융 신청이라는 충격적인 경제실패로 귀결되어 그 빛이 가려지긴 했지만, 이전 정부에서는 시도하지 못했던 여러 과감한 개혁정책이 추진되었다. 금융실명제, 하나회 척결 등이 대표적인 사례이다. 군부의 군사 쿠데타 가능성에 대한 우려를 불식시켰고, 정보기관에 의한 정치개입을 차단한 것은 결코 폄훼할 수 없는 업적이라고 할 것이다.

일련의 개혁 조치 연장선에서 공직사회에도 새로운 개혁의 바람이 불었다. 공직사회의 부정·부패를 엄히 다스리려는 강도 높은 사정 조치가 진행되었다. 아울러, '공무원 보수 현실화 4개년 계획'을 발표하고 하위직 공무원을 위한 사기진작책도 함께 추진되었다. 공직사회에 남아 있던 이른바 '생계형 비리'를 뿌리 뽑기 위한 선제 조치적 성격이었다. 그런 가운데, 공직사회에 만연한 비능률과 비효율을 걷어내기 위한 다양한 시책도 발굴되었다. 그 대표적인 사례가 S.O.S 운동이다. 보고 절차를 단순화(Simple)하고, 의사결정을 신속화(On-time)하며, 문서작성을 간소화(Slim)하자는 것으로 영문의 앞 글자를 따서 S.O.S 운동이라고 불렀다. 보고 절차를 단순하게 만드는 방안으로는 구두보고와 메모 보고를 정착시켜 보고 원가 의식을 높이고,

의사결정을 신속하게 하기 위해 당일 결재를 원칙으로 하는 식이었다. 보고자가 상관의 방을 찾아 직접 얼굴을 맞대고 보고하는 대면 결재 방식을 서면 결재로 바꾸는 것도 중요한 과제였다.

보고 간소화 운동과 함께 회의문화를 개선하자는 움직임도 거셌다. 당시만 해도 관선 단체장 시절이라서 중앙정부 차원에서 어떤 시책이 새롭게 도입되면 이를 전국에 전파하기 위한 시도 관계관 회의가 소집된다. 중앙부처 회의에 참석했던 서울시 관계관이 시청으로 돌아오면, 서울의 각 구청 관계관을 불러 회의를 개최한다. 시 주관 회의에 참석한 구청 관계관은 해당 구청의 부서장과 동장들이 참석하는 회의를 다시 소집하여 전달받은 내용을 전파한다. 이른바 '전달회의'이다. 이런 회의에서 진지한 토론이 이루어지는 경우는 좀처럼 없었다. 대개는 회의주재자가 주로 혼자서 이야기를 하고, 나머지 참석자들은 토씨 하나도 놓치지 않으려는 기세로 각자의 수첩에 이를 열심히 받아 적는 것이 전부였다.

한번은 민간기업의 효율적인 경영기법을 행정에도 도입하자는 서울시 주재 회의가 열렸다. 구청에서 내무국장이 본청 회의에 참석했다. 다녀온 뒤에는 전 실·과·동장을 대상으로 전달 회의를 개최할 예정이라고 미리 통보가 되었다. 기획상황실에서 다들 오후 5시에 열릴 전달 회의를 기다리고 있는데, 당초 예정 시각을 살짝 넘겨 내무국장이 회의실로 들어왔다. 국장은 자리에 앉자마자 비장한 목소리로 첫 일성을 날렸다. "우리 회의 진행 방식을 이제 완전히 새롭게 바꾸어야 합니다. 앞으로 모든 회의는 원칙적으로 30분을 넘기지 않는 것으로 진행합시다." 나로서는 귀가 번쩍 뜨이는 내용이었다. 구청에서 간부회의를 하면 보통 각 부서장은 누가 듣든 말든 순서대로 회의자료에 있는 내용을 무미건조하게 낭독하고, 나중에 기관장이 일장 훈시를 하는 방식으로 마무리가 되었다. '관공서 회의는 왜 늘 이렇게 지루하게 진행되어야만 할까?' 의문이 있었는데 앞으로 회의방식을 바꾸겠다고 하니 그 내용이 궁금해졌다.

　계속해서 국장은 전달받은 내용을 쭉 읽어 내려갔다. "모든 회의는 30분 이내 결론을 내는 것으로 하고, 회의자료는 미리 배포해서 참석자들이 회의 안건을 미리 파악하고 준비하도록 한다. 회의자료 표지에는 회의 시작과 종료 시각을 명확히 기재한다. 또한 회의 소요 비용을 함께 표기한다. 회의자료 작성비용, 참석자의 시간당 인건비 등을 산출해 회의자료 표지에 기재한다. 예를 들면…" 그날 있었던 회의 개요를 일차적으로 전달했다. 그리고 나서 이번에는 배포된 회의자료를 펼쳐 한 줄 한 줄 읽어 나가기 시작했다. 필요한 대목에서는 장황한 부연 설명도 했다. "만일 당일 회의에서 결론을 내지 못하더라도, 일정한 시간이 지나면 회의를 무조건 멈추는 것이 효율적으로 회의를 진행하는 방법이다." 공직사회 회의문화를 개선하기 위해 앞으로 모든 회의는 30분 안에 끝내는 것을 골자로 했던 전달 회의는 어느덧 1시간을 훌쩍 넘어가고 있었다.

쓰레기 종량제 도입

청소과장으로 일하면서, 힘들었지만 그래도 보람 있었던 일은 '쓰레기 종량제'의 전면 시행에 일조했던 일이다. 종전에는 배출되는 쓰레기의 양과 관계없이 각 가구에 일정한 금액의 폐기물 수수료가 부과되었지만, 쓰레기 종량제는 종량제 규격 봉투를 도입해, 버리는 쓰레기의 양에 비례하여 비용을 부담하게 하는 제도였다. 1994년 4월 서울 중구 소공동 등 전국 35개 지역(그 후 45개 지역으로 확대)을 대상으로 '쓰레기 종량제' 시범 도입이 결정되었다. 5개월여의 시범 시행 결과, 폐기물 배출량이 40% 가까이 줄어드는 등 나름대로 성과가 있는 것으로 나타났다. 그러나 재활용 시스템이 제대로 가동되지 않는 등, 고쳐야 할 점도 많이 제기되었다.

환경부는 94년 9월, 그간의 시범 실시 결과를 바탕으로 1995년 1월 1일부터 쓰레기 종량제 전국 확대를 전격적으로 발표했다. 일부 지역에서만 시행하던 제도를 전국으로 일시에 확대한다는 것은 막대한 행정력을 필요로 하는 일이었다. 우선 쓰레기 종량제의 개념을 홍보하는 게 급선무였다. 소수집단을 대상으로 하는 정책은 그 집단만을 상대로 집중적인 홍보가 가능하므로 상대적으로 쉽지만, 전 국민을 상대로 한꺼번에 기존 행동 변화를 요구하는 것은 정말 어려운 일이었다. 당장에 규격 봉투를 제작해야 하는 것은 물론이었고 종량제 봉투를 판매할 지정 판매업소 선정도 손이 많이 가는 작업이었다. 달라질 정책 환경에 따라 청소 인력의 재배치와 장비 도입 등 작업 여건의 개선도 시급한 과제였다. 이 모든 일을 불과 4개월 만에 그야말로 전광석화처럼 해치워야 했다.

전국의 모든 지자체에서 일제히 봉투 제작에 들어가니, 비닐류 제조업체들은 즐거운 비명을 질렀다. 봉투 제작을 입도선매한다 해도 공장의 생산여력이 따라가지 못하는 상황이었다. 용산구 관내에서 최소 1~개월 사용할 규격 봉투 물량을 미리 제작하기 위해 수도권의 비닐류 제조업체들을 백방으로 뛰어다녔다. 관내의 20개 전 동(洞)을 돌면서, 새해부터 달라지는 청소행정을 안내하는 것에도 상당한 발품을 팔아야 했다. 매일 매일 전쟁을 치르듯 보냈다. 다행히 청소과 직원들이 이 모든 작업을 묵묵히 지원해주어 큰 힘이 되었다.

그 무렵, 언론은 연일 쓰레기 종량제 시행 준비의 미비점을 집중적으로 다루었다. 한번은 국내에 거주하는 외국인들에 대한 종량제 홍보가 부족하다는 기사가 나왔다. 그러자, 환경부에서는 각 시도로 이에 대한 협조공문을 보냈다. 내용은 아주 간단했다.

'국내 거주 외국인들이 95. 1. 1 전면 시행되는 쓰레기 종량제에 대한 인식이 부족하다는 우려가 제기되고 있습니다. 특히 외국인이 많이 거주하고 있는 서울시 등 각 시·도에서는 각국 언어로 홍보물을 제작하는 등 제도 시행에 따른 홍보에 만전을 기하시길 바랍니다.'
-끝-

서울시에서도 같은 내용을 이기시행(移記施行, 옮겨 적음)하면서 '서울시 등 각 시·도에서는'을 '용산구 등 각 구에서는'으로 바꾼 것이 전부였다. 용산구가 이태원을 중심으로 외국인 거주가 비교적 많은 곳이니 정작 안내를 위한 홍보물은 용산구가 자체적으로 제작하는 수밖에 없었다. 지금 같았으면 아마도 외국어 전문 감수기관을 활용할 생각이라도 했을 텐데,

당시에는 경험이 없는 초보 공무원이었기에 종량제 영문 안내문을 직접 손수 제작해보기로 했다. 쓰레기 종량제를 영어로 번역하는 것에서부터 막혔다. Volume-rate Garbage Disposal system이라고 해야 할지, Volume-based Waste Fee System이라고 해야 할지 도무지 자신할 수가 없었다. 그렇게 겨우 한 장짜리 홍보물을 만들어서 관내에 거주하는 외국인들에게 배포하기 시작했다. 이 소식을 들었는지 환경부의 관련 부서에서 해당 홍보물을 가지고 당시 과천에 있던 사무실로 들어오라고 연락이 왔다. 부리나케 달려가 용산구 관내 배포현황과 함께 해당 홍보물을 전해주고 돌아왔다. 그로부터 보름쯤 지났을까? 환경부 공문이 다시 시달되었다. 외국인에게 홍보할 때 참고할 표준문안이라면서 첨부물 형태로 쓰레기 종량제에 대한 영문 안내문이 부착되어 있었다. 내가 전해준 홍보물보다 훨씬 정교해지긴 했지만, 내용은 거의 대동소이했다. 그렇게 우여곡절을 겪으며 마치 폭풍이 휘몰아치는 것 같았던 준비기간 4개월이 후딱 지나갔다.

남은 문제는 시민들이 과연 '95년 1월 1일부터 쓰레기를 규격 봉투에 담아 각자의 집 앞에 내놓을까 하는 것이었다. 크리스마스부터 12.31까지는 마지막 홍보전에 총력을 다했다. 통·반장 조직까지 동원하여 각 가정에 달라질 쓰레기 배출 방법을 가가호호에 전파했다. 아무리 행정력을 총동원했다고 하더라도 모든 시민에게 전파하는 일은 사실상 불가능에 가까웠다. 시행 초기부터 불법 배출에 대한 강력한 단속과 과태료부과를 단행한다는 엄포에 가까운 안내도 있었지만, 내심은 불안했다. 새해 1월 1일 아침, 첫 청소 순찰에 나서는 심경은 자못 비장하기까지 했다. 길거리에 종전처럼 검은 비닐봉지에 담겨서 아무렇게나 버려져 있을 것만 같았던 쓰레기는 예상과 달리 깨끗한 종량제 규격 봉투에 담긴 채 얌전하게 하나둘 나와 있었다. 청소과 직원들은 마치 갓 태어난 신생아를 조심스럽게 안아보듯, 쓰레기가 담긴 봉투를 얼싸안고 감격해했다. 이후로도 완전히 정착되기까지는 상당한 보완 노력이 투입되긴 했지만, 이제는 너무도 자연스러운 일상이 된 쓰레기 종량제 정책의 뒤꼍에는 이들의 땀과 눈물이 녹아 있다.

'철없는 풋내기'

"김 과장, 잠깐 나랑 어디 좀 갑시다." 국장의 호출이었다. 곧 채비를 갖추어 국장실로 올라갔다. 함께 차를 타고 도착한 곳은 관내에 소재한 어느 제과회사 앞이었다. 회사 직원이 안내를 위해 현관에 나와 있었다. 안내를 받아 어느 임원실 앞에 도착하니, 그 임원분이 문밖까지 나와서 반겨주었다. "아이고, 국장님! 바쁘실 텐데 이렇게 회사까지 찾아와 주셔서 감사합니다. 들어가시지요." 손님맞이 테이블에 앉자마자, 그 임원은 회사 바로 앞에 있는 쓰레기 적환장의 문제점에 대해 한참을 설명했다. 명색이 아이들이 좋아하는 과자를 만드는 회사인데, 회사 바로 앞에 쓰레기 적환장이 있으니 기업 이미지에도 문제가 있다는 것이다. 충분히 일리가 있는 하소연이었다. 청소과장으로서 미안한 생각이 들었다. "정말 송구합니다. 이런 시설은 될 수 있는 한 생활공간에서는 멀리 떨어져 있어야 하는데, 우리 구청이 도심에 위치하다 보니 대체 공간을 확보하기 어려워 참 고민입니다." 하고 말씀드렸다.

임원도 그런 사정을 모르는 바는 아니라고 했다. 당장에 옮기는 건 쉽지 않더라도 구청이 좀 더 적극적으로 움직여달라는 취지로 받아들여 달라고 했다. 그러면서, 국장을 넌지시 쳐다보며 말을 이어갔다. "그래도 과장님이 적극적으로 움직이면 좋은 해법이 있지 않겠습니까?" 하고 사람 좋은 웃음을 지어 보였다. 국장은 "김 과장이 우리 구청에서 능력을 제대로 발휘하고 있습니다. 곧 대안을 만들 겁니다." 그렇게 대화를 나누고 우리는 일어섰다. 우리를 현관에서 안내하던 직원이 국장과 나에게 커다란 서류 봉투 하나씩을 나눠주었다. "이번에 나온 우리 회사 사보입니다. 시간 되실 때 한번 읽어보시지요." 인사를 나누고 다시 구청으로 돌아왔다. 사무실에 돌아와서 서류 봉투에 들어있던 사보를 꺼내 보았다. 그런데 그 책자 안에서 작은 봉투 하나가 빼꼼히 얼굴을 내밀었다. 느낌이 이상해 조용히 살펴보니 그 안에 적지 않은 액수의 돈이 들어있었다. 생전 처음 겪어보는 일이라 가슴이 쿵쾅쿵쾅 뛰었다. 말로만 듣던 뇌물을 내가 직접 받아들었다는 생각에 얼굴이 화끈 달아올랐다. 쓰레기 적환장 이전을 이런 방식으로 요구하는 자체도 몹시 불쾌한 일이었다.

서류 봉투에 사보와 돈 봉투를 다시 담아서 국장실로 뛰어 올라갔다. 국장은 석간신문을 펼치고 있었다. 단도직입적으로 말했다. "국장님, 이게 그냥 사보가 아니던데요. 바로 돌려줘야겠습니다." "응? 그래, 그랬었나?" 얼떨결에 국장은 책상 서랍에서 봉투를 꺼내 주섬주섬 나에게 건넸다. "그래, 그럼, 이건 김 과장이 알아서 처리해." 그 길로 바로 회사로 달려가 담당 임원을 찾았다. 아까 우리 일행을 안내해주던 사람이 내려왔다. "이거 아까는 사보라고 해서 받았는데, 단순히 사보가 아니네요. 이건 아닌 것 같습니다." 최대한 공손하게 양해를 구하고 봉투를 다시 돌려주었다. "아이 쿠, 뭘 이렇게까지 하세요? 전혀 부담 가질 필요 없는데…." 그 사람이 계속 뭐라 뭐라 이야기했지만, 귀에 잘 들어오지 않았다. 인사를 하고 사무실로 돌아왔다.

돈 봉투를 돌려주고 왔다는 보고를 위해서 국장실을 찾았는데, 국장실 비서가 지금 통화하시는 중이라고 했다. 비서 방에서도 국장의 목소리가 새어 나왔다. "아이쿠, 정말 죄송합니다. 철없는 풋내기 과장이 큰 결례를 했네요. 저는 그런 줄도 몰랐습니다." 아마도 아까 그 임원과의 통화인

듯했다. "제가 단단히 교육하도록 하겠습니다. 정말 송구합니다. 예, 예…, 마음 푸시고 다음에 뵙겠습니다." 맥이 탁 풀렸다. 그 이야기를 듣고 나서는 도저히 그 방으로 들어갈 수가 없었다. 이후로 한동안 국장과는 볼 때마다 서먹서먹해졌고 점점 서로의 거리가 멀어져만 갔다.

집안의 경사

평생을 말단 경찰공무원으로 일하셨던 아버지께는 내가 행정고시에 합격했다는 사실 그 자체가 하나의 커다란 위안이 되셨던 것 같다. 잘 풀리지 않던 당신의 인생이 뒤늦게나마 보상을 받으신 듯한 느낌이 아니었을까 싶다. 평소 가족들에게 속 감정을 잘 드러내지 않으셨던 아버지셨지만, 아들의 고시 합격 소식을 접하셨을 때는 확실히 다르셨다고 한다. 그 무렵, 아버지 손에 이끌려 안동 본가의 다락방에 올라간 적이 있다. 뽀얗게 먼지 쌓인 원통형 상자 하나를 찾아내시더니 뚜껑을 열어 상장 같은 것을 꺼내 보여주셨다.

그것은 아버지가 고등학교에서 수석을 하셨다는 증서였다. 그때까지 막연하게나마 아버지도 학창 시절에 공부를 곧잘 하셨을 것으로 생각했었지만, 안동고등학교에 다니던 시절, 수석을 하셨다는 사실은 몰랐었다. 아버지는 왜 그 증서를 나에게 보여주셨을까? 지금에 와서 생각하면, 아버지 마음속에 응어리졌던 오래된 한을 내가 풀어주었다고 생각하셨던 것 같다. 그날 아버지는 이례적으로(?) 어머니 칭찬도 하셨다. "아들 머리는 엄마를 닮는다고 하잖아. 너희 엄마가 머리는 좋으셨던 거야. 그게 다 네 복인 줄 알고 살아라."

1966년 7월 1일 순경으로 경찰에 입문하신 아버지는 1982년 10월에 진급하셔서 경장이 되셨다. 그리고 다시 마지막으로 1990년 3월에 경사로 승진하셨다. 1994년 정년퇴임 하실 때까지 28년 경찰 생활에서 딱 두 번 승진을 경험하신 것이다. 내가 세상에 태어나서 고등학생이 될 때까지 아버지는 언제나 순경이셨다. 같이 경찰에 입문했던 동기분들은 그사이 몇 직급 더 올라가신 분들도 많았다. 어머니로서는 그게 늘 불만이기도 하셨고, 걱정거리이기도 하셨다. 당신의 내조가 부족해서 그런 것인가 자책도 하셨다고 한다. 아무튼 정기 인사철이 되면, 어머니는 언제나 조마조마했고, 승진에서 미끄러진 날이면 한동안 아버지의 화를 받아내느라 고생하셨다. 열심히 일하셨던 아버지가 승진이 안 됐던 이유는 여러 가지가 있었을 것이다. 물론, 아버지의 대쪽 같은 성품도 단단하게 한몫했을 것이다. 불의를 참지 못하시는 까닭에 상사의 잘못된 지시를 결코 눈감고 지나가는 법이 없었다. 당시는 '매관매직'이라는 것도 공공연히 있었지 않은가? 그렇지만, 아버지는 승진을 위해 갖다 바칠 돈도 없으셨고, 그럴 생각 또한 전혀 없으셨다. 아버지의 능력을 아까워하시던 주변 분들이 넌지시 누군가를 찾아가 보라는 제안도 하셨지만, 절대 아버지는 생각을 굽히지 않으셨다.

내가 행시에 합격해 1년간 연수를 마치고 용산구청 청소과장으로 처음 임용되었던 1994년, 아버지는 그해 하반기에 57세의 연세로 정년퇴임을 하시게 되었다. 마치 아버지와 내가 공직을 인수인계하는 듯한 느낌이었다. 당시 공무원 하위직은 57세, 상위직급은 60세가 정년이었다. 지금으로서는 도저히 이해하기 힘든 차별이었지만 그때는 그랬다. 안동경찰서에서 그해 하반기에 정년퇴임을 하실 분은 아버지 한 분이셨다. 대상자가 1명이어도 퇴임식은 평소와 다름없이 정식으로 진행된 것은 감사한 일이었다. 퇴임식이 열리는 날, 행사에 참석한 가족들이 서장 집무실에서 미리 차를 한잔 같이하게 되었다. 서장은 내 임용 소식을 전해 들었는지, 내 손을 잡으면서 무척 반가워했다. 그간 아버지 사정도 잘 헤아려주셨던 분이라고 들었다.

서장이 나에게 차를 권하면서 말했다. "야, 정말 축하하네! 아버지 마음속

응어리를 아드님이 완전히 풀었구먼!" 그리고는 아버지를 보시면서 말씀하셨다. "자식 농사 하나는 참 아무지게 잘 지으셨네요. 부럽습니다!" 아버지는 겸연쩍은 표정으로 대답하셨습니다. "예, 감사합니다." 서장이 한 말씀 더 보태셨다. "아무튼 김씨 집안에 경사 났네! 정말 축하합니다!" 그때, 아버지는 일순 표정이 달라지며 정색하고 말씀하셨다. "무슨 말씀을요, 집안의 경사는 저 하나로 족합니다." 처음에는 다들 뭔 말인가 어리둥절했지만, 이내 그 뜻을 알아챘다. 아버지의 마지막 경찰 계급이 경사였다.

퇴임식에서 아버지는 그간의 소회를 담담하게 밝히는 짤막한 퇴임사를 하셨다. 자세한 내용은 기억이 안 나지만, 도입부에서 하셨던 말씀은 지금도 귀에 생생하다. "사랑하는 동료 여러분, 이제 저는 물러갑니다. 그동안 저에게 보내주셨던 여러분의 관심과 성원에 깊이 감사드립니다. 그리고 저같이 고지식하고 앞뒤가 꽉 막힌 사람을 말없이 뒷바라지하느라 고생했던 또 한 사람이 저기 앉아 있습니다. 만일 저 사람이 없었다면 저에게 오늘의 이 순간도 없었을 것입니다. 여러분, 다 같이 우리 집사람을 위해 큰 박수를 보내주시길 바랍니다." 아버지는 어머니 계신 쪽을 향해 손을 펴고 팔을 쭉 뻗으셨다. 아버지의 돌발 발언에 잠시 당황하셨던 어머니는 이내 맘을 추스르고 자리에서 일어나서 청중을 향해 공손하게 인사를 하셨다. 식장에는 우레와 같은 박수가 쏟아졌고, 어머니 눈가도 어느새 촉촉이 젖었다. 살아생전 아버지가 그토록 로맨틱하게 보였던 거의 처음이자 마지막 순간이었다.

삶의 체험 현장, 구청 근무

그 무렵 서울시에서는 고시에 합격하고 들어온 신규 사무관들을 일단 구청으로 전진 배치하는 것이 하나의 관행이었다. 어떤 사람들은 2~3년 만에 바로 시 본청으로 전입하기도 했지만, 대체로 2~3년 내에 본청으로 들어갔다. 그런데 변수가 하나 생겨 버렸다. 민선 자치단체장의 출범이었다. 1987년 개정 헌법에 따라 지방의회는 1991년에 구성되었다. 자치단체장 직선은 이보다 4년이 늦은 1995년 제1회 전국 동시 지방선거 도입을 통해 이루어졌고 마침내 온전한 지방자치의 형태를 갖추게 되었다.

종전에는 인사권이 서울시에 집중되어 있었기에 구청 직원들을 서울시가 임의로 쉽게 뽑아낼 수 있었지만, 지방자치가 실시되면서 서울시 인사권의 범위가 축소되었다. 광역단체와 기초단체 간의 인사교류도 기관끼리 동의가 있어야 가능하게 되었다. 구청에서는 고시 출신 사무관이 상대적으로 희귀했기에 새로 당선된 초대 민선 구청장은 선뜻 나를 서울시로 보내줄 생각이 없었던 것 같다. 그러는 사이에 동기들은 하나둘 서울시의 부름을 받아 들어갔다. 그때마다 왠지 나만 뒤처지는 것 아닌가 하는 불안감도 있었다. 그렇지만, 구청에 근무하면서 시민의 삶의 현장을 생생하게 체험하는 것은 나름대로 큰 의미가 있었다.

청소과장을 2년간 맡은 후에 맡게 된 다음 보직은 건설관리과장이었다. 주요 건설사업의 보상업무와 도로 및 하천 점용 허가 등이 주된 임무였지만, 역시 가장 부담스러운 업무는 노점관리였다. 불법 노점을 단속해서 수거해 온 짐을 구청 마당에 부려 놓으면, 한 푼이라도 악착같이 벌어보려던 노점상들이 때로는 눈물로 읍소하고 때로는 거친 폭력으로 항의했다. 엄연히 따지면 허가받지 않은 노점은 명백한 불법이지만, 법에도 눈물이 있는 법이다. 그렇다고 해서 모든 노점을 느슨하게 관리한다면 거리는 곧 무질서로 엉망이 되고 만다. 무차별적인 단속과 무책임한 방치, 그 사이 어디쯤인가에서 합리적이고 적절한 접점을 찾는 것이 현실적이었다.

건설관리과장 이후에는 민원행정담당관을 맡아 구청장 직소 민원을 처리했고, 그 과정에서 시민들이 겪는 현장의 애로에 대한 생생한 목소리를 접할 수 있었다. 여전히 많이 부족했지만, 주변에서는 '될성부른 나무는 떡잎부터 알아본다'는 속담까지 인용하면서까지 나의 노력을 알아주고 크게 격려도 해주었다. 그런 덕분이었는지, 97년 7월 기획예산과장으로 발령을 받게 되었다. 당시 고시 출신으로서는 상당히 파격적인 인사였다.

IMF 구제금융과 기획예산과장

구청 기획예산과장으로 근무하는 동안 한국 경제는 큰 어려움에 봉착하게 되었는데, 바로 IMF 외환위기 사태였다. 당시 아시아의 전반적인 금융위기 국면에서 그간 무분별한 차입에 의존하던 한국 기업의 외국자본 단기부채 상환 만기가 도래하자, 불안감을 느낀 외국 자본들이 급격히 빠져나가기 시작했다. 그 결과, 외환 보유고가 바닥을 보이게 되었고, 이로 인해 기업의 파산이나 부도, 대량 실직 사태가 연이어 발생했다. 단기부채의 연장은 요원한 일이었고 만기가 올 때마다 상환을 독촉받는 피 말리는 상황이 이어졌다.

마침내 정부는 이러한 충격을 극복하기 위해 IMF에 구제금융을 신청하게 되었다. IMF 구제금융은 1997년 말에 시작되어 2001년 8월까지 약 4년간 지속되었다. 대한민국에서 내로라하던 대기업들도 맥없이 쓰러지고, 절대 망할 일이 없을 것만 같던 은행들도 하나둘 무너졌다.

IMF는 6·25 전쟁과 오일쇼크 등을 제외하면 대한민국 역사에서 사실상 처음으로 당해보는 경제위기였다. 물론, 세계 어느 국가보다 빠르게 사태를 일단락지으면서 전반적인 경제 체질을 개선하고, 글로벌 스탠다드 도입을 가속화하는 계기가 되기도 했다. 하지만, 지금도 'IMF' 하면 암울했던 당시를 떠올릴 정도로 우리 국민에게는 충격적이었다. 또한 그 무렵 '평생직장'의 신화가 깨지면서 발생한 고용불안의 후유증은 지금도 우리 사회에 긴 그림자를 드리우고 있다.

'국가부도 위기 사태' 속에서 구청 살림살이를 맡은 기획예산과장의 역할은 불요불급한 재정소요를 최대한 줄이는 일이었다. 1998년에는 막대한 세수 결손이 예상됨에 따라, 이미 편성되어 있던 예산사업이라고 해도 우선순위를 다시 따져 규모를 대폭 축소한 '실행예산'을 편성하는 등 비상조치에 나섰다. 그 과정에서 지방의 살림살이에도 곳곳에 군살이 끼어 있음을 체감하게 되었다. 사업부서에서는 일단 예산을 왕창 요구하고 보는 경향은 지금껏 잘 고쳐지지 않은 관행이기도 하다. 꼭 필요한 사업에 적절한 규모의 예산만을 알뜰하게 편성해야만 다른 시급한 사업들도 함께 추진할 여력이 생긴다. 이 때문에 예산부서는 늘 사업부서들의 각 사업을 모니터링하고 효과성을 따지게 된다.

예산 과정은 정치적 기능도 함께 가지고 있다. 예산을 편성하고 심의하고 집행하는 과정에서 사회의 다양한 세력과 집단들이 자신의 요구를 관철하고, 자신들의 이익을 조금이라도 더 예산에 반영하려고 한다. 예산의 편성은 지방자치단체 집행부가 하는 일이지만, 제출된 예산을 심의·의결하는 권한은 어디까지나 지방의회에 있다. 집행부는 여러 사회집단의 이해를 조정하여 예산에 반영하려 하고, 의회는 심의과정을 통해 행정부가 편성한 예산을 재검토하여 주권자의 요구를 반영하려 할 것이다. 이런 점에서 예산을 둘러싼 일련의 과정은 정부 자원의 배분하는 일이므로 당연히 정치적일 수밖에 없다. 문제는, 이러한 예산 과정이 합리적이고 투명하게 이루어져야 하는데, 왕왕 특정 단체나 집단의 이익만을 반영하려고 해서 말썽이 생긴다는 점이다. 오늘날에도 지방의원의 자질에 대한 이런저런 비판이 나오고 있지만, 지방자치 부활 초기에는 그 정도가 심했다고 볼 수 있다. 이로 인해 종종 웃지 못할 촌극이 연출되기도 했다. 그 대표적인 사례가 예산심의 때마다 자주 볼 수 있는 '불요불급'(不要不急 : 긴요하지도 급하지도 않음)

이라는 용어의 오남용이다.

A 의원: "아니, 과장님…. 지금 한가롭게 이런 예산을 편성하고 있어요?"

B 과장: "의원님, 저희 부서는 지금까지 나타난 문제점을 해결하기 위해 꼭 필요하다고 보고…"

A 의원: (말을 중간에서 자르고 버럭 목소리를 높이며) "아니, 이게 그렇게도 불요불급한 예산이냐구요? 불요불급하지도 않은 예산을 왜 지금 편성하느냐, 저는 이걸 지적하는 겁니다."

B 과장: ??? (불요불급한 사업만을 예산에 편성하라는 건가?)

또한 문화공보과에서 발행하는 관보에 얽힌 이야기도 있다. 관보는 정부나 지자체에서 국민에게 널리 알릴 사항을 편찬하여 간행하는 공문서 성격을 지닌 기관지다. 지자체의 경우 보통 조례나 규칙, 각종 고시·공고나 인사발령 사항 등을 게재하는데 이를 위해 책정된 예산이 문제가 되었다.

C 의원: "과장님, 관보가 뭡니까?"

D 과장: "네. 관에서 발행하는 것으로 조례나 각종 고시 등을 게재하는 기관지입니다."

C 의원: "아니, 그걸 제가 몰라서 물어보는 게 아니에요." (표정을 보니 정말 몰랐던 눈치다.)
"그리고 그걸 어디에 배포합니까?"

D 과장: "예, 구청 각 부서와 동 사무소 등에 배포합니다. 민원실에도 비치하구요."

C 의원: (대뜸 호통을 치며) "어허! 내 그럴 줄 알았어요. 금년 예산에도 똑같은 항목으로 2천만 원이 편성되어 있던데, 그건 다 어디에 쓰고 내년 예산에 다시 편성하는 겁니까? 이래도 되는 겁니까?"

D 과장: (한숨을 쉰다.) "⋯." (이윽고 결심한 듯이) "네. 방금 의원님이 지적하신 사항은 예산을 좀 더 내실있게 집행하라는 말씀으로 알고 업무에 적극 반영하겠습니다." (속으로 '당신은 올해 신문을 봤다고 내년엔 안 볼 거냐?'라는 답변을 기대했는데 확실히 내공이 다르다.)

C 의원: (득의만면하여) "진작에 그렇게 나왔어야지."

정보의 바다, 인터넷에 눈 뜨다

　구청 기획예산과장에게 부여된 업무는 예산의 편성과 운영 외에도 중요 기획과 정보화 관련 업무도 포함되어 있었다. '민선 2기(1998~2002) 구정 운영 5개년 계획'을 몇 날 며칠을 직원들과 고생하면서 수립했던 기억도 새록새록 떠오르지만, 개인적으로 보람이 있었던 일의 하나로 정보화 업무를 빼놓을 수 없다. 당시는 인터넷이 일반 대중에게 막 보급되기 시작하던 때였다. '인터넷 혁명'이라고 불릴 만큼, 본격적인 인터넷 시대로의 진입은 인류사회에 이제껏 없던 거대한 변화를 이루어냈다.

　이전까지 외국 사람과 교류할 수 있는 수단은 국제전화라든가 편지, 전신 등의 수단뿐이었고, 그마저도 매우 제한적이었다. 인터넷(Internet)은 인터넷 프로토콜 스위트(TCP/IP)를 기반으로 하여 전 세계가 연결되어있는 컴퓨터 네트워크 통신망이다. 지금은 이렇게 설명하는 것이 어색할 정도로 평범한 일상생활의 일부가 되어버렸다. 여기에 축적된 정보가 기하급수적으로 늘어나면서 인류에게는 전례 없는 거대한 정보의 바다가 열렸다. 어디에 정보가 있는지 찾아내는 것이 더 중요해졌고, 이전에 강조되던 노하우(know-how)보다 노웨어(know-where)가 더 긴요한 세상이 되었다. 지금은 안방 침대에 누워 지구 반대편의 사람과 실시간으로 대화하는 것이 너무도 당연한 일이 되었지만, 당시만 해도 급속한 기술 발전에 현기증을 느낄 지경이었다.

　정보화의 물결이 행정 영역에 끼친 변화의 파고 또한 어마어마하다. 무엇보다 중요한 정보들이 인터넷에 속속 공개되면서, 과거에 정보를 독점하면서 생겨난 공무원의 일방적이고 우월적 지위는 점차 약화되었다. 법령 개정 사항을 담당 공무원보다 소상히 꿰뚫고 있는 민원인도 등장했다. 아주 예전에 주민등록 등·초본을 수기로 작성하던 시절에는 급행료가 없으면 일부러 느릿느릿 서류를 떼어주는 횡포도 있었다고 한다. 그러나 인터넷 시대에는 안방에서도 간단한 민원서류 발급은 간단한 클릭 몇 번으로 가능하게 되었다.

지금은 너무도 당연하게 느껴지는 서비스지만, 처음에 인터넷을 행정에 접목하는 과정은 그리 간단한 일이 아니었다. 1인 1PC가 채 달성되지 않았던 시절에 구청 직원들에게 인터넷의 필요성을 역설한다는 것은 매우 어려운 일이었다. 무엇보다 정보화 업무를 총괄하는 과장이 스스로 이에 대해 완전히 문외한이었다. 그래서 직접 관련 업무를 익혀보기로 했다. 먼저 개인 홈페이지 만들기에 도전했다. 지금은 포털사이트에서 간단한 템플릿을 제공하고 있어, 개인 홈페이지는 물론 각종 블로그까지 척척 만들어낼 수 있지만, 그때는 네이버나 다음과 같은 포털사이트도 없던 시절이다. HTML(Hyper Text Mark-up Language), 포토샵과 같은 프로그램을 직접 배워서 일일이 수작업을 통해 개인 홈페이지를 만들었다. 용산구의 관내 맛집 소개, 동명 유래 등의 메뉴도 만들었다. 그간의 시행착오를 바탕으로 개인 홈페이지 만드는 방법까지 포함하니 제법 그럴싸한 구색이 갖추어졌다. 그런 과정을 통해 행정의 정보화는 어떤 방향을 지향해야 할 것인지 내 나름의 관점이 생기는 부수적인 효과도 얻었다.

과장 보직의 꽃, 총무과장

구청에서 몇 차례 다른 보직을 거치면서 신참 티를 조금씩 벗게 되었고, 일하는 재미를 느끼게도 되었다. 하지만, 구청에서 계속 근무해야 하는지에 대한 의문은 날이 갈수록 커져만 갔다. 마치 우물에 갇힌 개구리 신세 같은 느낌이었다. 1999년 연말 어느 하루는 구청장실에서 보고를 마치고 구청장에게 인사 문제를 조심스럽게 꺼냈다. "청장님, 인제 그만 저를 놓아주시면 안 되겠습니까? 저도 이제 좀 더 큰물에서 일을 배우고 싶습니다." 당시 구청장은 한참을 물끄러미 내 얼굴을 쳐다보더니 고개를 끄덕였다. "예, 과장님 생각은 잘 알겠습니다. 나가서 일 보세요." 어렵게 말을 꺼냈던 지라 내심 긴장했는데, 구청장의 선선한 반응에 마음이 놓였다. 시청으로의 입성은 시간문제인 것만 같았다.

그해 연말에 발표된 2000년 1월 1일자 인사에서 나는 총무과장으로 발령이 났다. 보통 총무과장은 구청장 최측근 인사가 가는 자리였고, 특별히 문제가 없는 한 차기 승진이 유력시되는 자리였다. 평소 구청장과는 업무적인 이야기만 나누었을 뿐 내밀한 이야기까지 공유할 정도의 사이는 아니었기에 인사 결과가 의아했다. 무엇보다도 고시 출신이 그 자리에 보임되는 것 자체가 이례적인 일이었다. 구청장의 뜻을 물어보진 못했지만, 어쩌면 내가 시청으로 갈 생각을 하지 못하도록 '거절할 수 없는 제안'의 성격으로 단행한 인사였는지도 모른다. 아니면, 내가 꺼낸 이야기를 좀 더 중요한 보직을 원했던 것으로 잘못 이해한 것일 수도 있다.

총무과장으로서의 첫 업무는 2000년 새해 첫 아침 남산에서 열기로 했던 '새천년 해맞이 행사'였다. 당일 남산은 그야말로 인산인해였다. 남산을 끼고 있는 구청들이 자체 행사를 준비했던 까닭도 있었지만, 평범한 일반시민들도 새로운 천년이 시작되는 날의 첫 일출을 감상하기 위해 다들 가까운 남산으로 몰렸다. 채 돌도 지나지 않은 아들을 안고 새벽 댓바람에 함께 나섰던 집사람에게는 참으로 미안한 일이 되고 말았다. 그날은 가족들도 다 데리고 나오라는 구청장의 지침이 있었기 때문이다. 남산으로 올라가는 길이 사람으로 넘치자, 아무래도 정상적인 진행이 어렵고 안전사고도 우려가 되어 구청장에게 현장에서 행사취소를 건의했고 다들 하산하도록 했다.

총무과장으로 일한 지 넉 달이 채 안 되었을 무렵, 구청장이 그 직을 상실하게 되었다. 1998년 지방선거 직후부터 이어져 오던 선거법 위반 사건의 상고심 결과가 나온 것이다. 구청장은 1998년 6·4 지방선거를 한 달여 앞두고 선거구민에게 44만 원 상당의 향응을 제공하여 선거법 위반 혐의로 불구속 기소 상태였다.

상고심에서 대법원은 벌금 100만 원을 선고한 원심을 확정했다. 공직선거법에서 현직을 상실하는 기준은 벌금 100만 원 이상의 선고이다. 1심에서 벌금 100만 원이 나왔을 때도, 구청장은 여기서 10원만 깎이면 직은 유지할 수 있지 않겠냐며 낙관하는 분위기였다. 그러나 2심, 3심에서도 원심의 형은 그대로 유지되었다. 누구나 법은 지켜야 한다. 그렇지만 훨씬 더 중한 혐의를 받았던 이들도 항고나 상고심에서 벌금 100만 원 이하로 선고되는 경우도 허다했다. 44만 원의 향응 제공 혐의로 직을 상실하고, 막대한 비용이 드는 보궐선거를 치러야 하는 상황이 선뜻 이해되긴 어려웠다. 떠나는 구청장을 위해 총무과장으로서 해야 할 마지막 역할은 구청장 이임식에서 사회를 보는 일이었다.

영혼 없는 공무원?

그해 6월에 실시된 보궐선거에서 새로운 구청장이 당선되었다. 새 구청장은 직전까지 구의회 의장을 했던 사람이라서 일찍이 안면은 있었다. 보궐선거는 당선 즉시 임기가 개시되는 까닭에, 선거 다음 날, 첫 출근을 하게 되었다. 비록 전임 구청장이 임명한 총무과장이긴 했지만, 새로운 구청장의 첫 출근을 돕는 것은 총무과장의 마땅한 임무였다. 자택에서 당시 원효로에 있던 구청사로 향하는 관용차에서 신임 구청장은 옆에서 앉은 내가 들릴 듯 말 듯 낮은 목소리로 혼잣말을 했다. "아, 내 팔자에 이런 것도 있었구나!"

전임 구청장과 가까이 있었던 총무과장은 새로운 구청장이 오면 흔히 교체 1순위로 거론된다. 나도 어느 정도 마음의 준비를 했다. 마침 이런 사정을 잘 알고 있는 시청 행정과에서 연락이 왔다. 그간 구청 경험을 많이 한 자원이니 이번 기회에 행정과로 들어오라는 것이었다. 간절히 시청으로 들어가길 원했을 때는 그게 그리도 어렵더니 결국 이런 일을 통해 시청으로 들어가게 된다는 게 아이러니했다. 신임 구청장도 내심 스스로 알아서 떠나 주길 바라는 눈치였다. 그 과정에서 인간 군상들의 여러 이면을 접할 수 있었다. 그렇게 앞에서는 잘해주던 과장·팀장들도 상황이 달라지자 안면을 몰수하고 뒤에서 날 험담한다는 이야기도 들려왔다. 민주당 출신 구청장에게 잘 보이려 알랑거렸다는 없는 이야기를 꾸미기도 했다. 앞에서 승진이 막히면 줄줄이 인사 적체가 발생하는 까닭에 젊은 총무과장이 눈엣가시 같았던 간부들도 많았을 것이다. 그런 시각에서 보면 응당 나는 진즉에 시청으로 들어갔어야만 했는지도 모른다.

직업공무원은 누가 주민의 선택을 받아 수장으로 오느냐와 관계없이 법령에 따라 맡은 바 직무를 성실히 수행할 의무를 진다. 대한민국 헌법 제7조 제1항은 '공무원은 국민 전체에 대한 봉사자이며, 국민에 대하여 책임을 진다'라고 규정하고 있다. 종종 '공무원은 영혼이 없느냐?'라는 비난을 받기도 한다. 그러나, 이 말은 다시 한번 곰곰이 생각해 볼 필요가 있다. 수장의 요구가 법령에 어긋나거나 심히 부당한 경우라면야 마땅히 이에 대해 본인의 의견을 피력하고 끝까지 반대해야 할 것이다. 만일 위법이나 부당함의 정도가 심하다면 굳이 정무직이 아니더라도 직을 걸고 이를 막아서는 기개가 있어야 한다. 헌법 제7조 제2항에 '공무원의 신분과 정치적 중립성은 법률이 정하는 바에 의하여 보장된다'라는 조항은 바로 이런 배경에서 나왔을 것이다.

그러나, 공무원에게도 영혼이 있다면서 자신의 이념지향에 반한다고 상사의 정당한 명령까지 거부한다면 이야기는 완전히 달라진다. 헌법은 공무원에게 정치적 중립을 요구하고 있다. 공무원은 어디까지나 국민의 생명과 재산을 지키고, 국민의 복리를 증진하는 철저한 도구로써 쓰임 받는 존재이기 때문이다. 더구나 퇴직 후에는 국민의 소중한 세금으로 연금까지 지급한다. 그것은 현직에 근무하는 동안 정치 풍향계에 따라 이리저리 휩쓸리지 말고 법령에 따라 맡은 바 직무를 성실하게 수행하라는 주문일 것이다.

어떤 사람이 주민의 선택을 받아 수장으로 오더라도, 그 사람에 대한 개인적인 호오(好惡)와 관계없이 흔들림 없이 일해야 할 것이다. 역설적이지만, 적어도 그 범위 내에서 공무원은 오히려 '영혼이 없는 존재'여야 한다는 것이 나의 확고한 믿음이다.

시청 입성

　마침내 2000년 7월, 용산구에서 서울시 행정과로 전입했다. 서울시로 보내는 전출 공문에 총무과장 본인이 직접 결재했던 것도 이색적인 경험이었다. 행정과는 시청의 여러 부서 가운데에서도 핵심 부서로 분류된다. 과거 관선 시대에는 행정과장 끗발이 임명직 구청장을 능가한다는 평이 나올 정도로 힘이 센 부서였다. 구청에 내려주는 막대한 규모의 서울시 조정교부금을 움켜쥐고 있었고, 관선 시장이 주재하는 구청장 회의를 담당하는 부서였다. 구청장이 행정과장에게 밉보이면 본인의 자리가 위태해지기도 했다. 시장 주재 회의에 들어온 구청장들은 회의 전후에 꼭 행정과를 들렀다. 물론, 민선 지방자치제가 부활하면서 그 영향력이 현저히 떨어지긴 했지만, 과거의 오랜 관성은 내가 시청에 입성할 무렵까지도 유지되고 있었다.

　특히, 행정과의 여러 팀 가운데 주무팀인 행정팀은 서울시의 특별 기동대 같은 성격이었다. 어느 부서에도 속하지 않는 시급한 현안이 생길 때면 시장은 늘 행정과장에게 그 일을 맡겼다. 이는 불문율과도 같은 관행이었다. 새로운 행정수요가 발생하면 으레 행정과에서 일의 틀을 만들어 시행하고 어느 정도 자리가 잡히면 SOP(Standard Operating Procedure, 표준작업절차)를 마련해 관련 부서로 넘겼다. 이런 점에서 행정과는 일종의 정책 인큐베이터 같은 곳이기도 했다. 행정과장은 서울시의 초특급 에이스 중에서 선발했고, 부서로 오는 직원들도 서울시에서 내로라하는 인재들이 모여들었다.

　구청에서 남들보다 오래 있었다는 점도 참작되었고, 고시 출신 총무과장이라는 타이틀도 행정과로 부름을 받는 한 요인이 되었을 것 같다. 무엇보다 구청에서의 내 활약상을 익히 잘 알고 있던 행정팀장의 적극적인 추천도 있었다. 게다가 나를 받아준 직전 행정과장이 같은 안동 출신의 선배였다는 점도 주효했을 것이다. 동기들과 비교하면 상당히 늦은 시청 입성이었지만, 이런 여러 요인이 겹쳐서 운 좋게도 행정과로 발령 나게 되었다.

첫 보직은 행정과 민간협력팀장. 그해 연초에 비영리민간단체 지원법이 처음 제정되었다. 법에서 정한 비영리 민간단체 등록요건이나 이들의 공익 사업 소요경비를 지원하기 위한 세부 지침을 만들어야 했다. 그 과정에서 관은 관대로 민간단체는 민간단체대로 불만이 생겼고 갈등의 골이 깊어졌 다. 이걸 잘 정리하고 풀어야 하는 것이 민간협력팀장의 역할이었다. 새로운 환경에서 새 업무를 맡게 되면서 살짝 가슴이 설레는 것을 느꼈다.

스파르타식 훈련

문제는 새로 온 과장이었다. 나를 행정과로 불렀던 안동 출신 과장은 내가 시청으로 오기 직전에 영전해서 다른 곳으로 옮겼다. 새로운 과장은 예산과장을 하다가 행정과로 왔다. 서울시 안에서도 깐깐하기로는 둘째가라면 서러워할 사람이었다. 직원들을 하도 심하게 닦달해서 시장이 따로 불러 주의를 시켰다는 이야기도 들렸다. 예산과장도 승진하는 자리였지만, 그런 이유로 행정과장으로 다시 보내며 이미지를 바꿔보라는 주문을 했다고 한다. 그 과장의 일머리 하나만큼은 타의 추종을 불허했다. 복잡하게 얽힌 난제들도 쾌도난마로 풀어내는 실력은 정말 탁월했다. 그런 그가 시로 갓 전입한 나를 주목하면서 나의 시련(?)은 시작되었다.

구청에서 총무과장까지 했다고 하니 일은 제대로 배우지 않고 의전에만 능했을 것이라고 지레짐작했던 것 같다. 시청에서는 사무관이 실무까지 다 맡아서 한다. 나중에 이야기를 들었는데, 구청 과장으로 있느라 일을 제대로 배우지 못했을 것이라면서 단기간에 집중훈련을 시키기로 작심했다고 한다. 첫날 상견례에서 과장의 첫 일성은 "어이, 김 계장, 내가 당신의 구청 물을 완전히 빼 줄 테니 단단히 각오해!" 그날 이후 혹독한 시련이 이어졌다. 보고를 들어가면 눈물이 쏙 빠질 만큼 무섭게 꾸짖었다. "이따위가 보고서야? 이걸 들고 시장한테 들어가라고? 당신은 이게 무슨 말인지 알아나 먹겠어?" 급기야 호통을 넘어 육두문자까지 퍼부었다. 가뜩이나 낯선 환경에 적응하느라 힘든 상태에서, 과장한테 치도곤까지 당하니 죽을 맛이었다. 잘 알고 있던 내용도 주눅이 든 상태에서 질문을 받으니 머릿속이

하얘져서 아무 생각이 나지 않았다.

시련 속에서도 행정과 동료들의 심리적인 지원과 응원은 큰 힘이 되었다. "과장님은 뭘 이런 걸 가지고 그렇게 사람을 깨고 그러실까?" "팀장님, 너무 신경 쓰지 마세요. 뒤끝은 없는 분이니 그냥 한 귀로 듣고 한 귀로 흘려버리세요!" 과장실에서 한바탕 소동이 벌어지고 나면, 의기소침해진 나에게 따뜻한 위로와 격려를 보내주었다. 그중에서도 지금은 정치권으로 진출한 행정팀장은 정말 크게 의지가 되었다. 내 보고서를 하나하나 살펴보면서 왜 과장이 그렇게 혼냈는지를 짚어주었다. 그 설명을 듣고 보면 과장의 지적은 틀린 것이 없었다. 지적하는 방법이 듣는 사람의 마음에 상처를 주는 과격한 방식이었을 뿐. 그때마다 자신의 부족한 부분을 채워나가면서 단기간에 업무역량을 키울 수 있었다.

어느 순간부터 과장은 내 이름이나 직책 대신 욕설로 나를 불렀다. "어이, XX놈아, 이리 뛰어와 봐!" "야! XX놈아, 너 진짜 이따위로 밖에 못 하겠어?" 그럴 때마다 주변 동료들에게 더없이 창피했지만, 이겨내야만 했다. 과장이 지적한 기본적인 내용을 보고서에 담고, 추가로 확보한 자료들을 토대로 살을 붙였다. 아파트 출입문에 "OOO 과장을 극복하자!"라고 쓴 포스트잇을 붙여두고 출근 때마다 전의를 불태우기도 했다. 거친 언사들은 뒤로 제쳐두고 과장이 전하고자 하는 메시지를 포착하는 데 집중했다. 그러자, 나를 보는 과장의 눈매가 조금씩 바뀌는 걸 느낄 수 있었다.

어느 날, 동료들과 늦은 저녁 자리가 있었다. 술도 한 순배 돌아 살짝 불콰해진 상태에서 택시를 잡으려고 식당 뒷골목을 돌아 나올 때의 일이다. 취객들끼리 시비가 붙었는지, 골목이 소란했다. 같은 방향의 행정팀장 등과 골목을 빠져나오는데, 뒤에서 큰 목소리가 들렸다. "야이, XX놈아!"

싸움이 격해지는 순간이었다. 그런데 그 순간, 나는 나를 부르는 소리인 줄 알고 그쪽을 반사적으로 돌아보았다. 그러다가 '아차, 이게 아니지!' 자각하며 고개를 다시 돌리는 순간, 나도 모르게 눈물이 왈칵 쏟아졌다. 취객의 욕설을 듣고도 과장이 나를 부르는 소리로 무의식 속에 입력되어 있었다는 사실이 그렇게도 서러울 수 없었다. 그렇게 터져 나온 울음은 집으로 돌아오는 택시 안에서도 내내 그칠 줄을 몰랐다.

백지 위임장

　악명 높은 과장 밑에서 새로 전입한 팀장이 고생하고 있다는 소문은 금세 시청 여러 부서에 퍼져나갔다. 첨 보는 고시 선배들도 내가 인사하면, "오, 자네가 김의승이구나. 고생 많다면서?" 하고 격려해주었다. 과장 덕분에 나는 짧은 시간에 시청 내의 많은 사람에게 인지도(?)를 높일 수 있었다. 거칠게 몰아붙이던 과장도 내가 그렇게 엉터리는 아니라고 생각했는지, 화를 내는 횟수도 날이 갈수록 줄었다. 내가 맡았던 민간협력 업무는 민간단체들과의 조율에 품이 많이 들어가는 업무였다. 시가 지원을 하면서도 단체들과 충분히 소통하지 않았다는 이유로 욕을 얻어먹는 경우도 많았다. 전형적인 행정과의 업무들과는 그 성격이 달랐다. 특히, 민간단체 공익사업 지원 여부를 결정하는 공익사업선정위원회를 꾸려가는 것이 참으로 어려운 작업이었다. 회의 때마다 위원들 사이에 큰 소리도 났고, 민간단체를 보는 서울시의 우월적인 시각이 잘못됐다고 질타하기도 했다. 매번 안건을 사전에 설명함으로써 배가 산으로 가지 않도록 조율해야 하는 것은 내 몫이었다. 과장은 회의가 있는 날이면 몹시 스트레스를 받는 것 같았다.

　중요한 결정을 하는 회의를 며칠 앞둔 날, 공익사업선정위원회에서 늘 까칠했던 한 위원이 그 회의에 참석하지 못한다고 통보해왔다. 그분이 빠지면 의결정족수가 되지 않기에 큰 고민에 빠졌다. 회의 일정을 다시 조정하기에는 기한이 너무 빠듯했다. 나는 그분이 계시는 학교를 찾아가서 의결 위임장을 받기로 했다. 해당 위원이 불참은 하지만 다른 위원들의 결정에 따르겠다는 내용의 위임장이 있으면 정족수 문제는 해결될 것 같았다. 다만 평소에도 까탈스러운 그분이 어떻게 반응을 보일지 가늠이 되지 않아 걱정스러웠다.

뜻밖에도 그분은 이렇게 말했다. "김 팀장님, 여기까지 오시느라 수고 많았어요. 제가 그동안 쭉 지켜봤는데, 김 팀장은 다른 공무원들과 다르네요. 진심이 느껴집니다." 따뜻한 차 한잔을 대접하더니, 곧 안건에 대한 위임장에 선선히 서명해주었다. 그러더니 자신이 준비한 A4 양식을 하나 내밀었다. 거기에는 '위임장'이라고 제목이 인쇄되어 있었고, 밑에 이름과 자필 서명이 적혀 있었다. "이건 제 위임장입니다. 앞으로 제가 바빠서 그 회의에 자주 못 들어갈 것 같네요." 무슨 말인가 하고 그를 쳐다보았다. "혹, 앞으로도 제 동의가 필요한 일이 있으면 이 위임장을 적절히 알아서 활용하세요. 모든 것을 믿고 맡길게요."

뛸 듯이 기쁜 마음으로 사무실에 돌아와서 과장에게 그 사실을 보고했다. 과장도 믿기지 않는다는 듯이 그 위임장을 쳐다보고 다시 내 얼굴을 쳐다보며 말했다. "그래, 김 계장, 수고 많았어!" 그리고 "앞으로 자네가 올린 문서는 내가 보지도 않고 결재할 거야. 지금처럼 앞으로도 계속 열심히 해!"라고 했다. 그동안 나에게 주어졌던 과장의 스파르타식 훈련은 그렇게 종료되었다. 시로 전입한 지 6개월 정도 지났을 무렵이었다.

행정과의 터줏대감

칭찬은 고래도 춤추게 한다고 했던가? 영원히 '넘사벽'일 것만 같았던 그 과장으로부터 인정을 받고 나니, 하는 일이 점점 더 재미있어졌다. 기존에 하던 일은 더 잘 할 수 있는 방법을 찾고, 새롭게 해야 할 일들도 스스로 발굴하게 되었다. 한마디로 일하는 재미를 알아가던 시절이었다. 그 사이에 시장도 고건 시장에서 이명박 시장으로 바뀌었고, 또 여러 명의 과장이 행정과를 거쳐 갔다. 새로운 과장이 오면 항상 나를 먼저 찾았다. "김 팀장, 우리 잘해봅시다." "이야기 많이 들었어요. 김 팀장이 있으니 든든합니다." 이런 류의 칭찬도 이어졌다.

평소 나에게 잘해주던 행정팀장이 승진하고 난 후에는 그 자리를 이어받았다. 행정과의 다른 팀장들도 그사이에 많이들 떠나고 또 새롭게 찾아왔다. 그러나 나는 행정과를 떠나지 않았다. 아니 떠날 수가 없었다고 하는 것이 정확한 표현일 것이다. 굳이 다른 곳으로 가야 할 필요를 느끼지도 못했지만, 새로 발령을 받은 과장마다 다들 같이 일하자고 나를 잡았다. 행정팀장이 워낙 고생하는 자리였기에 행여라도 좀 편하면서도 승진은 되는 자리를 찾아갈까 걱정했던 까닭이다. 어느 과장은 아침 국장 주재 회의에서 있었던 이야길 들려주기도 했다. 동료 과장들에게 "새롭게 떨어진 업무 때문에 고민이다"라고 털어놓았더니 "아니, 거긴 김의승이 있는데, 무슨 걱정이야? 일을 어디 자네가 하나? 행정팀장이 다 하는데…"라고 웃으며 이야기하더라는 것이다. 그런 맛에 일주일 내내 밤늦도록 일하고 새벽이면 출근하는 '월,화,수,목,금,금,금'의 생활이 오래도록 이어졌다. 그러다 보니 행정과의 터줏대감이 되고 말았다. 고시 선배들은 "어이, 귀하는 행정직이 아니고, 무슨 '행정과직'이라도 되나?"라는 농담을 하기도 했다.

사실상의 첫 민선 시장, MB

2002년 6월 전국 동시 지방선거에서 한나라당 이명박 후보는 득표율 52.28%로 서울시장에 당선되었다. 민선 지방자치가 부활한 이후 보수 성향 서울시장이 당선된 것은 이때가 처음이었다. 1995년 민주당 조순 시장, 1998년 새정치국민회의 고건 시장의 연속 당선으로 서울시장은 진보의 몫이라던 통념마저 생겨났으나 이를 깨뜨린 것이다. 이런 정치적 배경 외에도 이명박 시장은 이전 민선시장들과는 확실히 다른 면이 있었다.

조순 시장은 정치인으로 데뷔하는 데에는 성공했으나 학자로서의 모습이 여전히 강했다. 직원 대상 조례에서도 시장의 훈시 말씀은 원로 교수님의 강의와도 같았다. 뒤를 이은 고건 시장은 오랜 관료 생활로 얻은 '행정의 달인'이란 별명답게 각종 현안을 균형감 있게 풀어나갔다. NGO 관계자들을 각종 자문위원회의 민간위원으로 위촉하여 시정 운영상의 위험을 분산시켰고, '시장과의 토요 데이트'라는 이름의 프로그램을 통해 굵직굵직한 민원들도 잘 관리해 나갔다. 관선 시장 시절에 '수서지구 택지 특혜 분양' 압력에 맞서 법과 원칙을 강조하다가 옷을 벗었던 이력 덕분에 '클린 시장'의 이미지도 얻었다. 그러나, 딱 거기까지였다. 갈등을 해소함으로써 평온하게 현상을 유지하는 '관리'에는 능했지만, 본인 스스로 자신만의 기치를 들고 새로운 정책을 과감하게 시도하는 모습은 보여주지 못했다는 평가를 받는다. 그런 점에서 고건 시장은 민선 시장 시절에도 관선 시장의 연장선 같은 느낌이었다.

그러나, 이명박 시장은 이전의 시장들과는 확실히 달랐다. 선거운동

과정에서 '청계천 복원'을 공약으로 제시하면서 이슈를 주도했고, 실제로 재임 기간 중 이를 성공시켰다. 서울시청 앞 로터리를 잔디광장으로 만들었고, 버스준공영제와 버스·지하철 무료 환승 시스템, 중앙 버스전용차로 등을 골자로 하는 대중교통 시스템 개혁도 관철을 시켰다. 그런 점에서 서울시 공무원은 물론, 일반 시민들도 이명박 시장 취임 이후에야 제대로 된 민선 지방자치를 처음으로 느껴볼 수 있었다. 대중교통 시스템 개혁의 기본적인 골격은 이미 고건 시장 당시에 만들어졌다. 그러나, 정작 이를 과감하게 시행한 것은 '불도저' 이명박 시장이었다는 것은 참 아이러니한 일이다.

현대건설 평사원으로 입사해 초고속 승진을 거듭하여 12년 만에 CEO까지 올라 '샐러리맨의 신화'를 썼던 그의 명성은 역시 명불허전이었다. 이명박 시장의 대표작은 청계천 복원과 대중교통 시스템 개혁이라는 양대 핵심 프로젝트였으나, 그가 추진한 사업은 그뿐만이 아니었다. 당시만 해도 공공기관에는 생소했던 브랜딩에 착안하여 'Hi Seoul'이라는 브랜드를 도입했고, 뉴욕의 센트럴파크나 런던의 하이드 파크를 본뜬 1만 5천 평 규모의 서울숲을 조성하기도 했다. 훗날 부동산 개발에 치중했다는 논란을 빚기도 했던 '뉴타운' 사업도 추진했다. 이명박 시장이 주도한 굵직굵직한 정책의 과감한 추진으로 시민들이 서울의 변화를 생생하게 체감하는 시절이었다.

이명박 호(號) 서울시정이 처음부터 순탄했던 것은 아니다. 취임한 지 불과 며칠 지나지 않았을 무렵이다. 서울시는 2002 한일 월드컵에서 대한민국을 4강에 진출시킨 공로로 거스 히딩크 감독에게 명예 시민증을 수여하기로 했다. 그런데 공식 행사장에 시장의 아들이 반바지에 명품 슬리퍼를 끌고 나타나서 히딩크 감독과 기념 촬영을 했고, 시장도 별다른 문제의식 없이 그 옆에서 함께 포즈를 취한 일로 여론의 뭇매를 맞았다. 결국 나중에는 성공한 정책으로 평가를 받았지만, 대중교통 체계 개편 정책의 하나로 도입했던 서울 교통카드 티머니가 초기에 오류 발생으로 제대로 작동되지 않아 제도 시행 1주일 만에 시장이 대시민 사과 성명을 발표하기도 했다.

이명박 시장 취임 당시 나는 행정팀장으로 일하고 있었다. 시장이 바뀌면 보통 종전 시장이 임명한 주요 보직 몇몇은 인사이동을 하기 마련이다. 비록 5급 사무관 자리지만 행정팀장 역시도 인사 대상 보직으로는 몇 손가락 안에 드는 자리였다. 그러나, 그 자리를 맡은 지 겨우 6개월 정도밖에 안 되었고, 서울 25개 구 구청장들도 새로 뽑힌 상황에서 시·구 관계의 조속한 안정이 필요하다는 등의 이유로 그대로 남게 되었다.

행정수도 이전 논란

　이명박 시장과 좀 더 가까운 인연을 맺게 된 계기는 당시 노무현 정부에서 추진했던 행정수도 이전 정책을 둘러싼 논란이다. 제16대 대선에 출마한 노무현 당시 새천년민주당 대통령 후보는 2002년 9월 행정수도 이전을 공약으로 내걸었다. 이전 대상지였던 충청권에서 상당한 지지표가 나왔고, 나중에 노무현 대통령도 "신행정수도 건설 공약으로 좀 재미를 봤다"라고 언급하기도 했다. 2003년 10월 정부 입법으로 '신수도의 건설을 위한 특별조치 법안'이 발의되었고, 같은 해 12월 국회는 재적의원 194명 가운데 찬성 167인, 반대 13인, 기권 14인으로 가결 시켰다. 그사이 집권 여당은 열린우리당으로 헤쳐모인 상태였다.

　일사천리로 특별법이 통과된 후 '수도 이전'은 2004년 한 해를 가장 뜨겁게 달군 쟁점이 되었다. 특별법이 2004년 4월 17일부터 발효되자, 교수 등 전문가 100여 명으로 구성된 '수도 이전 반대 국민 연합'과 일부 변호사들은 행정수도 이전의 근거가 되는 특별법 자체가 위헌 소지가 있다며 헌법소원을 제기했다. 경실련 전 사무총장을 지낸 이석연 변호사가 그 중심에 있었다. 수도 이전은 국가 안위와 관련한 중요 정책임에도 국민투표 등 기본적인 절차와 헌법이 보장한 국민의 기본권을 무시한 채 진행되고 있다는 이유였다. 반면에 여권은 국회에서 압도적인 지지를 받아 적법한 절차에 따라 제정된 만큼 전혀 문제가 되지 않는다고 했다. 그해 봄에 있었던 노무현 대통령 탄핵 사태의 여파가 채 가시지 않은 상황에서, 수도 이전을 둘러싼 공방은 곧 여야의 첨예한 대립으로 이어졌다.

이명박 시장도 수도가 이전이 되면 직접적인 영향을 받게 되는 서울의 수장으로서 이에 대한 반대의 뜻을 분명히 밝혔다. 서울시의회도 시민단체와 함께 수도 이전 반대 대규모 궐기대회를 열어 이에 동참했다. 6월부터 시작된 수도 이전 반대 집회는 시간이 지날수록 규모도 커지고 양상도 격화되었다. 그 과정에서 서울시가 반대운동 캠페인에 필요한 예산을 각 자치구에 특별교부금으로 지원했다는 이른바 '관제 데모' 논란이 불거졌다. 열린우리당은 행정과에서 자치구에 배포한 '업무 연락' 문서를 입수하여 이를 불법적인 관제 데모를 지원한 증거라며 연일 정치공세에 열을 올렸다. 열린우리당은 국회에서 법무부 장관과 행정자치부 장관을 불러 정부 차원의 진상조사를 요구했다. 이해찬 총리는 국무회의를 주재하는 자리에서 '관제 데모'에 대한 정부 차원의 철저한 조사를 주문했고, 법무부 장관은 필요시 수사 가능성까지 내비치며 압박했다. 여당은 당내에 '관제 데모 진상조사위원회'를 꾸렸고, 사전 예고도 없이 불쑥 시장실로 찾아와 이명박 시장이 어디 갔느냐고 난리를 치기도 했다.

여당의 정치적 공세에 대해 서울시의 내부 대응은 초기에 큰 혼선을 빚었다. 당시 대변인은 서울시가 그런 공문을 발송한 사실 자체가 없다고 잘못 해명했다. 그러면서 시장에게는 "아무래도 현 행정과장과 그 밑에 있는 행정팀장이 승진에 눈이 멀어 무리하게 일을 벌인 것 같다"라는 식으로 보고했다고 한다. 그러나, 세상일이란 게 엄연한 사실을 일시적 거짓으로는 절대 가릴 수 없다. 수도 이전 반대를 위해 서울시가 자치구에 예산을 지원한 것에 대해서는 보는 시각에 따라서는 의견이 다를 수 있다. 그러나, 있었던 사실 자체를 거짓으로 감추는 건 전혀 다른 이야기다. 오히려 더 큰 문제를 낳을 수 있다. 잘못 끼워진 첫 단추를 바로 잡기 위해 당시 행정과장이 시장실로 뛰어 들어가 "정면 돌파가 답"이라며 자초지종을 보고했다.

그 이후에 이명박 시장은 기자들의 질문에 "수도를 빼앗기는데 시장이 눈만 껌뻑껌뻑하고 있으면 시민이 가만히 있겠느냐?"고 답했다. 더 나아가 "수도 이전 반대 여론의 확산을 막으려면 서울시장을 제압해야겠다고 생각했는지 모르겠다. 그러나 잘못 건드렸다"라고 되받아쳤다. 여야의 공방은 10월에 열린 국정감사로까지 이어졌다. 보통 서울시에는 행안위와 국토위 2개 상임위가 국정감사를 나와 서울시의 전반적인 행정을 살핀다. 그러나 2004년 국감은 2개 상임위 모두에서 온통 '수도 이전'과 '관제 데모'가 국감장을 뜨겁게 달구었다. 나는 몇 며칠 동안 잠도 제대로 못 자고 쏟아지는 국회 요구자료와 답변자료 작성에 매달렸다.

당시 서울시의 '수도 이전 반대' 움직임에 대해서는 일부 비판의 목소리도 있었다. 수도권 집중 현상이 가속화되고, 이로 인해 지방이 무너져내리는 현실을 서울시가 애써 외면했다는 게 비판의 포인트였다. 그러나, 수도를 이전하는 게 과연 지역 간의 균형발전에 얼마나 도움이 되는지는 정말 제대로 한번 따져봐야 한다. 기업의 유치나 우수한 지방대학을 과감하게 지원하는 정책 등이 해당 지역을 살리는데 훨씬 더 파급력이 큰 수단이 될 수 있다. 정치적인 이해득실에 따라 성급하게 행정수도 이전을 추진하는 경우 결국 막대한 예산만 낭비하고 지역의 피폐화도 막지 못하게 될 것이기 때문이다.

여야의 정쟁이 극에 달했던 수도 이전 논란은 2004년 10월 1일 헌법재판소가 특별법에 대해 위헌 결정을 내림으로써 마침내 일단락되었다. 수도 이전에 찬반 의견을 내오던 시민·사회단체들은 각기 엇갈린 반응을 나타냈다. 결과적으로 어느 쪽 의견이 맞았는지는 그 이후 대체입법인 행정중심복합도시 특별법을 통해 조성된 세종특별자치시를 살펴보면 알 수 있다. 수년간 막대한 재정이 투입되었지만, 수도권 인구 분산 효과는 아직 미미한데다 연계 교통이 부실하다는 문제점도 지적되고 있다. 그뿐만 아니라 행정기능만으로 목표인구인 50만을 채울 수 있겠느냐 하는 의문이 초기부터 꾸준히 제기되었다. 세종으로 옮겨간 정부 부처의 공무원들이 아직도 서울 등지에서 통근하는 현실에 비춰보면, 결국 수도권의 인구를 흡수하지도 못했고 세종시 주변의 충청권 일부 인구를 유입하는 정도에 그친 것으로 보인다.

특정 도시에 사람이 몰리는 것은 복합적인 여러 관계가 동시에 맞물려서 나타나는 것이다. 한마디로 말해 서울에 사람이 몰리는 것은 서울이 대한민국 수도이기 때문인 것만은 아니다. 많은 기업이 몰려 있어 일자리가 많고 교통·사회·문화 인프라가 잘 갖춰져 있기 때문이다. 그렇다면, 지역 균형발전을 위해 지금 정말 필요한 것은 지역에 일자리를 만들어 사람이 모여들 수 있는 여건을 만들고, 거주하는 사람들이 불편하지 않도록 인프라를 잘 갖추는 것이 아닐까? 지방소멸의 시대를 우려하는 지금의 우리에게 당시 수도 이전을 둘러싼 논란은 많은 시사점을 남기고 있다.

MB 시장 비서실

우여곡절 끝에 2005년 서기관으로 승진했다. 아니, 정확하게 말해 사무관 꼬리가 떨어지지 않은 서기관 승진예정자가 된 것이다. 서울시의 인사는 일단 승진예정자를 선발해 직무대리로 보직을 주고 상위직급에서 실제 결원이 발생하는 시점에 직무대리 꼬리를 떼주는 것이 관행이었다. 서울시가 워낙 큰 조직이기 때문에 결원이 생길 때마다 승진 인사를 한다면 어쩌면 거의 매달 인사를 해야 하는 상황이 생길 수 있기 때문이다. 서기관으로서 첫 발령은 시장 비서실 정책비서관(직무대리)이었다. 그러나, 그 또한 채 5일을 가지 못했다. 행정과장도 승진해서 비서실장으로 자리를 옮겼는데, 인사과에서는 마땅한 후임을 찾지 못해 고민하고 있었다. 유학 중인 사람 가운데 딱 제격인 사람이 있었는데 6개월 뒤에나 귀국하는 상황이었다. 그래서 비서실로 옮긴 지 5일 만에 행정과장 직무대리로 다시 돌아오게 되었다. 정책비서관 자리는 내가 돌아올 때까지 비워두겠다고 했다.

사실 승진예정자를 행정과장으로 바로 앉히는 것은 극히 이례적이었다. 그러나, 누구도 그런 파격 인사에 이의를 제기하지 않았던 것은, 내가 오랫동안 행정과에서 묵묵히 그리고 열심히 일해온 것을 다들 알고 있었던 까닭이라고 생각한다. 첫 보직을 행정과장으로 받았지만, 자리의 중요성을 고려할 때 스스로 어색해하고 쭈뼛쭈뼛할 겨를이 없었다. 자리가 사람을 만든다는 이야기가 있지 않은가? 나는 오래전부터 이미 행정과장이었던 것처럼 일하기로 마음먹고 실제로도 그렇게 움직였다.

당시 행정과장은 시장 보고를 어느 때나 혼자 들어갈 수 있는 위치였다. 본인이 고민한 결과를 들고 시장을 독대하는 것은 매우 부담스러운 일이었다. 그렇지만, 본인이 검토하여 낸 아이디어를 시장이 선뜻 채택해줄 때, 그 쾌감은 무엇과도 바꿀 수 없을 만큼 짜릿했다. 당시 이명박 시장은 하루에 잠을 너덧 시간밖에 안 자는 것으로 알려졌다. 때로는 보고를 받는 중에 꾸벅꾸벅 조는 때도 있었다. 하루는 자치구에 내려줄 특별교부금에 대해 보고하는데, 시장이 눈을 지그시 감더니 이내 아무런 움직임이 없었다. 보고를 계속해야 하나 어쩌나 하고 있던 찰나에 시장이 눈을 번쩍 뜨면서 말했다. "뭐라고? 그 정도 사업에 무슨 예산이 그렇게 많이 들어?" 기업경영을 오래 해왔던 까닭일까? 특히, 돈이 들어가는 일에 대해서는 동물적인 육감을 발휘해 절로 탄복할 때가 많았다.

후임 행정과장이 오고 나는 다시 비서실로 복귀했다. 이명박 시장이 임기를 마칠 때까지 정책비서관으로 일했다. 정책비서관의 주요 업무는 부서에서 하는 일의 진척 상황을 수시로 체크하고 정무라인들과의 소통도 담당하고 있었다. 그뿐만 아니라, 주요 민원에 대한 분석을 통해 시정의 리스크 요인을 점검하는 일도 했다. 비서실에는 하루에도 정말 많은 전화가 걸려 온다. 때로는 가벼운 민원전화도 있지만, 시장에게 정말 중요한 전화를 잘못 받아서 낭패를 겪는 때도 있었다. TV에서나 보던 중요 인사들과 통화하거나 비서실에서 시장 대신 영접을 해야 하는 경우도 부지기수였다. 그런 과정에서 보고 배우는 것이 많았다. 상대가 어떤 사람이든지 관계없이 시장을 대신하는 위치에서 충분한 예의를 갖추면서도 당당하게 응대하는 법도 배웠다.

어느 날, 옆자리의 남자 비서가 비서실로 걸려 온 외부 전화 한 통을 받았다. "예, 서울시장 비서실입니다. 예? 어디시라고요?" 잠시 상대편 이야길 듣더니 다시 말을 이었다. "죄송하지만, 무슨 일로 시장님을 바꿔 달라는 겁니까?" 살짝 언성이 높아졌다. 그러더니 급기야, "아니, 아무리 용건이 있어도 그렇지, 구내 이발소에서 막무가내로 시장님을 바꾸라고 하면 어떡합니까? 도대체 무슨 일이신데요?" 상대편에서도 당황한 듯한 목소리가 전화선을 타고 들렸다. 아무래도 뭔가 이상했다. 내가 전화를 당겨받아 확인해보니, 전화를 건 상대방은 시청 구내 이발소가 아니라, '굿 네이버스'라는 자선단체의 대표였던 것 같다. 지금은 웃음이 나지만 그때는 정말 아찔한 순간이었다.

취임 초기에는 주로 기술직 간부들이 시장 보고를 부담스러워했다. 예컨대, 교량을 건설하는 보고를 들어가면, 공법의 종류에 따른 소요 예산의 차이를 시장이 누구보다 훤히 꿰뚫고 있는 식이었다. 또한, 시정 운영에서도 선택과 집중을 통해 성과를 내는 일에 집중했고 여타의 일상적인 업무는 실·국장에게 전적으로 맡겼다. 훗날 대통령이 되고 나서는 이런저런 말들도 있었지만, 적어도 시장으로 있는 동안에는 서울시 직원이나 시민들에게 대체로 좋은 평가를 받았다. 청계천 복원과 대중교통 체계 개편이라는 두 가지 커다란 성과를 바탕으로 시민의 지지를 받아 대권으로 가는 길을 스스로 만들어 나갔다. 이명박 시장이 퇴임하는 날, 서울시 전 직원이 서울광장에 각 실·국별로 집결하여 뜨겁게 환송했던 것도, 시민들에게 '일 잘하는 서울시 공무원'이라는 평가를 받을 수 있도록 자긍심을 심어준 것에 대한 보답이었을 것으로 믿는다.

오세훈 시장

2006년 7월, 제33대 서울특별시장으로 오세훈 시장이 취임했다. 국회의원 시절 17대 총선 불출마를 선언하고 이른바 '오세훈 법'으로 불리는 정치개혁 3법(정치자금법·정당법·공직선거법) 개정을 이끌어낸 뚝심과 소신을 시민들은 기억하고 있었다. 2006년 5월 31일 실시된 제4회 전국 동시 지방선거에서 한나라당 오세훈 후보는 61.05%라는 높은 득표율로 당선되었다. 임기는 7월 1일부터 개시되었지만, 그날이 토요일인 까닭에 취임식은 월요일인 7월 3일에 열리게 되었다. 취임식 전날인 일요일, 아무도 없는 시장 비서실에서 혼자 서류를 챙기고 있는데 누군가 시장실로 휙 들어왔다. 오세훈 시장이었다. 엉겁결에 인사를 드리고 잠깐 집무실로 안내해드렸다. 만 45세, 최연소 민선시장 오세훈을 처음 만난 순간이었다.

취임과 동시에 오세훈 시장은 '창의 시정'에 드라이브를 걸었다. 직원과 시민의 아이디어를 발굴에 시정에 활용하고 조직문화와 행정서비스 개선에 이바지한다는 시정방침이었다. 민원사항을 문의하기 위해 관공서로 전화하는 시민들의 불편을 획기적으로 개선한 '120 다산콜 센터'를 만들었고, '디자인 서울'을 모토로 시정 전반에 디자인 개념을 접목하려고도 했다. 이때 추진했던 세빛섬, 동대문 디자인 플라자(DDP), 고척 스카이돔이나 한강 르네상스 사업 등은 지금도 서울의 대표적인 랜드마크로 남아있다. 강남권의 몰표를 받으면서 시장에 당선되었지만, 재산세 공동과세 제도 입법화를 성공시켜 강남북 격차를 실질적으로 해소하기도 했다. 2006년 당시 16:1까지 벌어졌던 자치구별 재산세 세입 격차를 2009년에는 5.2:1까지 감소시킨 것이다.

서울시정은 워낙 말도 많고 탈도 많은 까닭에 하루도 바람 잘 날이 없다. 이런 까닭인지 정부에서 실시하는 광역자치단체 청렴도 조사에서 서울시는 늘 바닥권 신세였다. 이명박 시장 시절의 성적인 2006년 서울시의 청렴도는 광역자치단체 가운데 15위를 했다. 여기에 충격을 받은 오세훈 시장은 청렴 시정을 지속적으로 주문했다. 시장과 시 공무원들의 치열한 노력의 결과로 2008년과 2010년에 서울시는 광역자치단체 청렴도 1위를 달성하는 기염을 토했다. 도저히 불가능할 것만 같았던 성과를 단기간에 이뤄냈다. 이런 성과를 거두게 된 배경에는 지방선거를 통해 크게 달라진 서울시의 정치지형도 분명히 한몫했을 것이다. 서울 25개 구 구청장을 한나라당이 전원 싹쓸이했고, 서울시의회도 총 재적 106석 가운데 102석을 차지했다. 젊고 패기 넘치는 오세훈 시장이 마음껏 일할 수 있는 여건이었다.

나는 직전까지 전임 시장 비서실에서 근무했던 까닭에, 오세훈 시장이 취임하면서 함께 서울시로 입성한 정무라인 사람들과 자연스럽게 인사를 나눌 수 있었다. 정책비서관(나중에 정책보좌관으로 직명이 변경된다) 후임으로 업무 인수인계를 했던 유창수 비서관도 그때 처음 알게 되었다. 그렇게 만났던 두 사람이 훗날 오세훈 시장이 다시 돌아온 이후, 행정1부시장과 행정2부시장으로 나란히 같이 근무하게 되었으니 인연도 보통 인연은 아닐 듯싶다. 오세훈 시장 취임 이후 나는 시장실을 떠나 평가담당관으로 일하다가 곧 유학길을 떠나게 되었다.

미국 유학

2007년 6월, 설레는 마음을 안고 유학길에 올랐다. 내가 유학을 떠나기 직전, 어느 방송 프로그램에서는 공무원들이 유학을 나가서 공부에는 전념하지 않고 골프만 즐긴다는 내용을 다뤘다. 같은 공직자가 보기에도 몹시 낯 뜨거운 일이었다. 물론, 모든 공무원이 다 그런 것은 아니었지만, 일부의 일탈이라고 가볍게 볼 수는 없었다. 공직사회 일각에서는 기자들도 해외 나가서 놀기는 마찬가지더라는 볼멘소리도 나왔다. 그러나, 분명 그렇게 말할 일은 아니었다. 공무원의 유학 비용은 어디까지나 국민의 소중한 세금에서 나온 것이 아닌가? 이제는 말할 수 있지만, 그 사안을 취재한 기자는 바로 KBS에서 일하는 손위 처남이었기에 유학길을 떠나는 내 심정이 몹시도 착잡했다.

일부러 유학 과정도 학위과정을 선택했다. 서울시 국외 훈련 프로그램에서 과장급은 대학 등에 적을 두고 독립적인 연구 활동을 하는 직무훈련 과정을 선택할 수 있었다. 그렇지만, 난생처음 나가는 국외 훈련인데 기왕이면 제대로 하고 와야겠다는 생각으로 학위과정을 택했다. 미국 오리건주 포틀랜드시에 있는 포틀랜드주립대학(Portland State University) 행정대학원(Mark. O. Hatfield School of Public Administration)에서 행정학 석사(MPA: Master of Public Administration)과정을 밟았다. 이 과정은 학기제가 아니라 쿼터제였다. 정해진 2년 안에 학위까지 받으려면 일부 과목은 계절학기를 활용하여 방학기간에도 수강해야만 했다. 지금 생각하면 어찌 그랬을까 싶을 정도로 열심히 공부했던 것 같다. 들리지 않는 영어를 어떻게

든 들어보려고 미리 담당 교수 허락을 받아 거의 전 과목을 녹음했다. 집에 돌아와서는 수업 시간에 놓친 부분을 몇 번이고 반복하여 들었다.

현지에 있을 때 서울시 직원들을 위한 1년 과정의 특별 프로그램을 직접 설계할 수 있었던 것은 지금까지 큰 보람으로 남아 있다. 지도교수였던 일본 출신의 마사미 니시시바(西芝 雅美, Masami Nishishiba) 교수도 나를 헌신적으로 도와주었다. 현재 이 프로그램에 참여하고 있는 서울시 직원들도 맨 처음 이 과정을 만든 이가 나였다는 사실을 잘 모르는 듯하다. 어학과 학과 수업, 그리고 현지 문화체험과 행정기관 현장 연수 등을 골고루 결합한 이 프로그램은 재직자 프로그램으로서는 어떤 것에 비추어도 손색이 없다. 또한 포틀랜드 주립대의 행정대학원 학생들이 1주일 정도 서울을 방문하여 서울시의 정책사례를 공부하는 '서울 사례 연구 프로그램'(SCSP: Seoul Case Study Program)에 참여할 수 있도록 다리를 놓아준 일도 기억에 남는다.

그렇게 2년이란 시간이 흘렀고, 참으로 감사하게도 졸업할 때는 '최우수 국제 학생상'(Top International Student Award)과 '최고 학점상'(Top GPA Award)을 동시에 거머쥐게 되었다. 귀국한 후에 안 사실이지만, 마사미 교수는 내가 졸업을 얼마 앞두지 않은 시점에 오세훈 시장 앞으로 몰래 친서를 보냈다고 한다. 우수 공무원을 자기 대학으로 보내줘서 고맙다면서 내가 계속 남아서 좀 더 공부할 수 있도록 시가 지원해주면 좋겠다는 제안이었다고 한다. 참으로 고마운 일이다. 덕분에 나는 서울시에서 영어에 매우 능통한 사람으로 소문이 나게 되었다. 분명히 그건 잘못된 소문이지만, 굳이 일부러 바로 잡지는 않았다. 매번 외국 손님들이 찾아올 때마다 알량한 영어 실력이 들통날까 늘 조마조마하긴 했지만.

행정과로 돌아오다

2009년 유학을 마치고 돌아온 나에게 주어진 보직은 다시 행정과장이었다. 행정과와의 참으로 질긴 인연이었다. 귀국하기 전 시청에서 들려오는 소식은 예산과와 행정과에서 매일 매일 일희일비한다는 것이었다. 내가 행정과와 예산과 두 개 부서에서 후임 과장으로 거론되고 있는데, 험하고 어려운 일도 끝까지 밀어붙이는 업무 스타일 때문에 두 부서 직원들 모두 행여나 내가 자기네 부서로 올까 봐 걱정한다는 것이다. 처음 그 소식을 듣고 솔직히 적잖은 충격을 받았다. 그간 일 잘한다는 소리는 들었어도 직원들이 나를 어려워한다는 사실은 미처 몰랐기 때문이다. 그렇지만 지난 내 행적을 찬찬히 돌아보니 일리가 있는 평판이었다.

일단 목표가 정해지면, 어떻게 하면 정해진 시간 내에 이를 효과적으로 달성할 것인가를 가장 먼저 생각했다. 과장이 되어서도 팀장과 팀원들에게 충분하게 일을 위임하지 않고, 일일이 세세하게 따지는 '마이크로 매니징(micro-managing)' 경향도 있었던 것 같다. 과장이 되어서도 직접 실무를 하는 팀장처럼 디테일한 부분까지 챙겨야 맘이 놓이기도 했다. 그런데, 그것은 아직 과장으로서의 충분한 관록을 갖추지 못한 초보였기 때문이기도 했을 것이다. 하지만, 큰 그림만 본다는 기업의 경영자들도 디테일에 강해야 제대로 된 큰 그림도 그릴 수 있다고 말하는 것을 자주 보았다. 건성건성 일하면서 얻을 수 있는 것은 그리 많지 않다. 물론, 너무 작은 부분에 지나치게 집착하는 실무팀장 때의 버릇은 분명히 고쳐야 했다.

재미있는 것은 두 부서의 직원들은 내가 자기네 부서로 오지 말아야 할 이유와 논리들을 개발했다고 한다. 행정과 직원은 "서울시에 인재가 없는 것도 아닌데, 설마 그분이 행정과로 또 오겠어?"라고 했다. 또 예산과 직원은 "예산은 정말 복잡하고 어려운 업무인데, 팀장 때 예산과를 거치지도 않았던 사람이 과장으로 올 수 있겠어?"라며 발령 가능성을 일축했다고 한다. 아울러 두 부서는 서로의 분석에 대한 반론도 제기했다. 예산과 직원들은 "지금 잘 봐 봐. 행정과를 제대로 이끌고 갈 사람은 이 사람 말고는 없어. 선거를 앞둔 시장이 과장 중 핵심 보직에 아무나 앉히겠어?"라고 했다. 행정과 직원들은 반대로, "예산 경험이 없다고? 하나만 알고 둘은 모르는군. 그 사람 구청에서 기획예산과장을 3년이나 했어. 그건 몰랐지?"라고 했단다.

아무튼 그렇게 다시 행정과로 돌아왔다. 행정과의 주요 업무 가운데에는 선거관리 업무 지원도 포함되어 있었다. 행정과장으로서 2010년 6월에 있었던 제5회 전국 동시 지방선거를 치르게 되었다. 선거 이전 오세훈 시장이 20%p 가까이 우세하다는 여론조사도 있었지만, 막상 뚜껑을 열어보니 출구조사에서는 오세훈 47.4% 대 한명숙 47.2%의 박빙으로 나왔다. 실제 개표과정에서는 밤새 몇 차례나 두 후보의 순위가 뒤바뀌는 초접전이었다. 개표 초반에는 한명숙 후보가 앞서 나갔고, 한때 2만 표 이상 격차를 보이기도 했다. 한명숙 후보는 자정을 넘긴 무렵에 지지자들과 함께 서울광장에서 사실상의 선거 승리를 선언하기도 했다. 반면 오세훈 시장은 사실상 패배를 시인하는 듯한 방송 인터뷰를 하고 개표상황실을 빠져나가는 모습도 보였다. 그러나, 가장 늦게 개표를 시작한 강남구 등에서 몰표가 나오면서 새벽녘에 2만 6천여 표의 차이로 당선을 확정 지었다. 민심이 얼마나 무서운지 절감한 순간이었다.

2010년 7월에 출범한 민선 5기 서울시정의 정치 지형은 직전의 그것과는 완전히 달라졌다. 오세훈 시정을 현장에서 뒷받침해야 할 자치구의 경우, 25개 구 가운데 한나라당은 강남 3구(강남, 서초, 송파)와 중랑구, 4개 구만을 간신히 건졌다. 서울시의회는 총 재적 106석(정당 공천 없는 교육의원 8명 제외) 가운데 민주당 79석, 한나라당 27석으로 민주당의 압승이었다. 오세훈 시장이 무상급식 주민투표에 시장직을 걸고 주민투표가 무산되자 결국 자진하여 사퇴했던 일련의 일들도 결국 민선 4기와는 전혀 달라진 정치 지형과 무관하진 않았을 것이다.

오세훈 시장의 두 번째 임기가 시작되고 나서 단행된 첫인사에서 나는 서울시 전체 직원의 인사를 총괄하는 인사과장으로 보임되었다. 내가 행정과에서만 오래 근무한다고 '행정직' 아닌 '행정과직'이라고 불리던 별명이 행정국 소관 과장직만 맡는다는 의미에서 '행정국직'으로 바뀌는 순간이었다.

보편복지 VS 선별복지, 무상급식 논란

서울판 여소야대 상황에서 민주당이 주도하는 초·중·고 무상급식이 일약 뜨거운 이슈로 떠올랐다. 민주당이 주도한 무상급식 조례안은 2010년 12월 서울시의회를 통과했다. 초등학교는 2011년부터, 중학교는 2012년부터 시행한다는 것이 주요 골자였다. 이를 뒷받침하기 위해 민주당은 2011년 서울시 예산에 무상급식 예산 695억 원을 반영했고, 서해 뱃길과 한강 예술섬 사업 등 오세훈 시장의 핵심 사업은 전액 삭감이 되었다. 오세훈 시장은 즉각 거부권을 행사하며 재의를 요구했으나, 시의회는 의원 2/3 찬성으로 이를 재의결하였다. 시장이 조례안 공포를 거부하자 시의회 의장은 2011년 1월 초에 시장 대신 공포했다.

이때부터 무상급식을 둘러싼 찬반 양측 대립이 격화되었다. 삼성그룹 이건희 회장의 손자에게도 세금으로 무상급식을 하는 것은 바람직하지 않다면서 포퓰리즘을 경계하고 재정의 효율적 운용을 강조하는 것이 '선별복지론자'의 입장이다. 반면에 '아이들에게 따뜻한 밥 한 끼 먹이자는 걸 왜 반대하느냐?'면서 낙인효과 등을 고려해 소득과 관계없이 기본적인 복지서비스는 차별 없이 일괄 제공해야 한다는 게 '보편복지론자'의 견해였다. 당시 오세훈 시장은 지금은 단순히 무상급식에 불과하지만 이게 뚫리면 다음은 무상의료, 무상주택 등 대중 영합주의 물결이 걷잡을 수 없이 번져갈 것을 염려했다. 선거전략의 측면에서는 솔깃할지 모르겠지만, 무분별한 퍼주기는 결국 나라 곳간을 거덜 낼 것이기 때문이다.

이후 보수 성향의 시민사회단체를 중심으로 '복지 포퓰리즘 추방 국민운동본부'가 결성되었고, 무상급식에 대한 주민투표 청구 운동이 본격적으로 펼쳐졌다. 2011년 5월에 시작된 주민투표 청구권 서명은 6월 말 무렵 법정 유효 청구인 숫자를 넘겨 서울시로 제출되었다. 7월 12일, 서울시는 주민투표 청구인 수와 서명이 유효함므로 주민투표 청구가 성립되었음을 발표했다. 당초 7월 28일 주민투표안을 발의하기로 했지만, 우면산 산사태로 동 발의 일자는 법정 기한인 8월 1일로 늦춰졌다.

우면산 산사태

2011년 7월 27일 아침, 며칠 전부터 서울지역에 쏟아져 내린 기록적 집중호우로 우면산 주변에 대규모 산사태로 발생했다. 공식 집계에 따르면 이 산사태로 인근지역 주민 16명이 숨지고 50명이 다치는 등 총 66명의 사상자가 발생했다. 산사태는 아침 7시 49분경 발생해서 서초구 방배동 전원마을을 비롯하여 관문사 일대와 송동마을, 형촌마을 등 인근 13개 지역을 덮쳤다. 산사태 전날인 7월 26일부터 다음 날인 28일까지 이 일대의 누적 강우량은 580mm를 훌쩍 넘었고, 서울의 1시간 최대 강수량은 지역에 따라 110mm 이상의 수치를 보였다. 전날부터 서울 곳곳에 물난리를 겪던 차에 빗물에 지반이 약해진 우면산이 무너져 내리면서 엄청난 양의 빗물과 토사가 주변 도로와 아파트 등을 순식간에 덮쳤다.

아침 뉴스를 통해 산사태 소식을 들었지만, 인사과장으로서는 현장 상황 수습을 위한 비상 근무 명령을 내리는 것 말고는 달리 어찌할 방안이 없었다. 곧 있을 대규모 정기인사를 준비하는 것이 인사과장 본연의 책무였기 때문이다. 그런데 사고 발생 후 얼마 지나지 않아 행정1부시장의 인터폰이 울렸다. "김 과장, 뉴스 봤지? 당신과 총무과장이 A, B조로 나누어 근무조를 짜고 현장 상황을 총괄 관리해주게!" 수화기 너머에서 들려오는 부시장의 목소리에 급박한 사정이 오롯이 전달되어왔다. 정기인사가 목전이라는 말은 차마 꺼낼 수도 없었다. 알았다고 하고 전화를 끊었다. 이런 일은 원래 행정과에서 나서는 게 맞지 않느냐는 직원들의 볼멘소리를 달래면서 근무조를 급히 꾸려 우면산 현장으로 달려갔다.

산사태 현장에 주차한 지휘 버스에 도착해서 간략하게 현황을 파악하고, 사고 현장 주변을 빠른 걸음으로 다니면서 살폈다. 서울 한강 이남을 동서로 가로지르는 주요 간선축인 남부순환도로는 산에서 쏟아져 내린 엄청난 양의 토사와 수목으로 교통이 완전히 마비되었다. 동네 뒷골목에 세워둔 차들은 형체조차 알아볼 수 없을 정도로 파손된 것이 많았다. 토사와 빗물에 밀려 담장 위에 올라앉은 차도 있었다. 특히, 피해가 심했던 곳은 남부순환도로 바로 앞에 있는 아파트 단지였다. 토사가 큰 압력으로 휩쓸고 지나간 탓에 아파트 건물은 거의 반파되었고, 안방까지 토사가 밀려들어 가 있었다. 마치 전쟁이라도 난 것 같은 피해 상황에 다들 발을 동동 구르는 처참한 상황이었다.

문제는 사고 이후에도 비가 계속 내린다는 예보였다. 추가 산사태 우려도 있었고, 우면산 일대에는 지뢰가 묻혔던 적도 있어 자칫 비에 쓸려 나온 지뢰에 인명 피해가 있을지 모르는 상황이었다. 시청 버스에 차려진 현장지휘소를 중심으로 사태 수습에 나섰다. 서울시 도로사업소 등이 보유한 장비를 총동원하고 민간 업체의 장비도 투입해 남부순환도로 토사를 처리하도록 했다. 이재민들을 임시 수용소로 배치하고 자원봉사 인력을 적재적소에 배치하는 것도 현장지휘소가 해야 할 일이었다. 수방사 예하 부대와 협조하여 군 인력과 장비를 동원하여 토사 처리와 함께 우면산 일대에 대한 지뢰 탐지에도 나섰다. 피해가 상대적으로 적었던 다른 아파트 단지도 안심할 수는 없었다. 하수관로를 긴급히 정비하여 비가 더 내릴 상황에 대비했다. 수많은 언론매체의 취재에 응대하는 것도 현장총괄반장의 몫이었다. 여야 정치권의 현장 방문 때에는 간단한 브리핑도 맡았다. 입에서 단내가 날 정도로 그렇게 며칠을 정신없이 보냈다. 첫 사흘 동안은 잠도 제대로 못 자는 강행군이었다. 만 이틀 만에 남부순환도로의 통행을 겨우 재개했고, 이후 피해 현장에 대한 응급 복구도 일차적으로는 마쳤다. 하반기 정기인사를 준비하다 나왔기에 마냥 현장에 머무를 수는 없었다. 후발대로 투입된 팀에 그동안의 상황을 인수인계하고 사무실로 복귀했다.

복귀와 동시에 인사작업을 챙기고 있는데, 행정2부시장실에서 호출이 왔다. 부시장 비서의 전언에 따르면 건축 1급 간부와 토목 1급 간부도 함께 방에 있는데 별로 분위기가 좋지 않은 것 같다고 했다. 이번 산사태 수습과정에 무슨 문제라도 생겼나 하고 급히 달려갔다. "인사과장입니다." 인사하고 방을 들어가니, 두 분 1급 간부들이 서로 얼굴을 붉히며 서 있었고 행정2부시장은 난감한 표정으로 자리에 앉아 있었다. 그런데 사연을 가만히 들어보니 당시 새로 기술직 4급 자리가 만들어졌는데, 그 자리를 건축직으로 채울 건지, 토목직으로 채울 건지를 놓고 1급 간부들이 서로 다투고 있었다. 당시로서는 하늘같이 높은 간부들이었지만, 순간 화가 머리끝까지 치밀어 올랐다.

계급이 엄연한 공직사회에서 절대 그러면 안 될 일이었지만, 나는 버럭 목소리를 높였다. "아니, 이런 일 때문에 산사태 수습 현장에서 방금 막 돌아온 저를 부르신 겁니까?" 아래 사람의 불의에 일격(?)에 두 분이 움찔하는 게 느껴졌다. 거기서 한발 더 나아가 "지금 서울시가 그리도 한가합니까?" 라고까지 내질러버렸다. "아니, 다, 당신, 지금 말 다 한 거야?" "이게 어디서 배워먹은 버르장머리야?" 그분들도 얼굴을 붉히며 정색하고 나섰다. 아랑곳하지 않고 "이 건은 인사과장이 알아서 처리할 테니 그렇게 아십시오!" 하고 부시장 방을 뛰쳐 나와버렸다. 등 뒤에서 뭐라 뭐라 소리가 들렸지만, 뒤도 돌아보지 않고 내친 발걸음을 계속했다.

그런데, 사무실에 돌아와서 가만히 생각해 보니 행정2부시장께는 정말 송구한 마음이 들었다. 가뜩이나 두 1급 간부의 직렬별 '밥그릇 싸움' 때문에도 곤혹스러웠을 텐데, 인사과장이라는 작자까지 한술 더 떴으니 말이다. 조금 시간이 지난 후 조용히 행정2부시장 방을 찾았다. "부시장님, 아까는 죄송했습니다. 제가 너무도 답답한 마음에 부시장님 앞에서 목소리를 높이는 큰 결례를 범했습니다" 하고 정중하게 사과드렸다. 돌아온 대답은 뜻밖에도 선선했다. "아냐, 김 과장, 잘했어! 덕분에 골치 아픈 문제가 깔끔하게 해결됐어." 그리고 따뜻한 목소리로 덧붙여 말했다. "당신 나가고 나서 우리끼리도 정말 이럴 때가 아니지 않냐고 반성했다네. 산사태 현장에서 고생했어요. 걱정하지 말고 나가서 일 봐." 자칫 공직생활에서 상사에게 대들었다는 오점을 남길 뻔했던 순간이 그렇게 조용히 마무리되었다.
　　산사태 수습이 얼추 마무리되어 갈 무렵, 사무실로 한 통의 편지가 도착했다. 우면산 인근 한 아파트 입주자 대표가 보낸 감사 편지였다. 간단한 내용이지만, 정성 들여 한 자 한 자 써 내려간 편지를 읽다가 코끝이 찡해지는 것을 느꼈다. 미리 피해에 대처하지 못한 공무원을 질책한다고 해도 뭐라 할 말이 없을 텐데, 오히려 현장에서 애썼다고 격려를 해준 것이다. 국민의 생명과 재산을 지키는 공직자로서의 무거운 사명감과 그 보람을 새롭게 느껴보는 소중한 경험이었다.

"감사의 글"

인사과장님! 그동안 시 행정을 펼치느라 얼마나 노고가
많으십니까?

본인은 이번 폭우로 수해를 당한 서초구 방배 O동 OO 3차 아파트
대표회장 OOO입니다.

이번 수해로 인해 불철주야 고생이 많으셨지요?

먼저 직접 찾아뵙고 고맙다는 인사를 드려야 함에도 지면으로
인사드리게 됨을 양해하시기 바라오며 이번 폭우로 인한 수해를
과장님을 비롯하여 여러 직원들께서 물심양면으로 협조를 해주셔서
하루빨리 복구가 이뤄지게 됨을 당 아파트 주민들을 대표하여 진심으로
감사의 마음을 전합니다.

끝으로 서울시청의 무궁한 발전과 과장님 이하 여러 직원들의 건강과
행운이 함께 하시길 기원합니다. 감사합니다.

2011. 8.

방배O동 OO 3차 아파트 입주자 대표회장

OOO 올림

주민투표 무산, 오세훈 시장 사퇴

　무상급식 주민투표안은 2011년 8월 1일 발의되었으며 투표일은 8월 24일로 확정되었다. 그때부터 찬반 양측의 투표 운동이 펼쳐졌다. 그런데 의외의 일이 벌어졌다. 사람들은 당연히 한나라당은 전면적 무상급식 반대이고 민주당은 찬성하자고 나올 것으로 예상했는데, 민주당에서는 전혀 다른 카드를 꺼내 들었다. 법에 따라서 투표율이 33.3%에 미달하면 투표 자체가 무효화 되므로 아예 투표하지 말자는 주장을 했다. 더구나 투표 시기도 충격적인 우면산 산사태의 여파가 가시기 전이라서 전면적 무상급식 반대를 주장하는 오세훈 시장에게 절대적으로 불리했다.

　8월 21일, 오세훈 시장은 이런 상황을 타개하고 지지층을 투표장으로 나오게 하기 위한 최후의 극약처방을 내렸다. 시청 기자회견장에 나와 무릎을 꿇고 읍소하며 주민 투표율이 33.3%에 미달하면 시장직을 사퇴하겠다는 의사를 공식적으로 밝혔다. 내부적으로는 시장의 이런 움직임을 적극적으로 말리는 이도 있었고, 당에서도 여러 우려를 전달했으나 시장의 뜻을 아무도 굽히지 못했다. 8월 24일 아침 6시부터 저녁 6시까지 12시간 동안 진행된 주민투표 결과, 투표율은 25.7%로 최종 집계되었다. 투표함을 개봉조차 할 수 없게 되면서 주민투표는 무산된 것으로 막을 내렸다. 사람들은 이제 주민투표에 직을 건 오세훈 시장의 거취를 주목했다. 한나라당 홍준표 대표를 비롯한 중진들은 오세훈 시장의 사퇴를 막기 위해 백방으로 뛰었다. 그러한 노력에도 불구하고 오세훈 시장은 결국 8월 26일 기자회견장으로 내려가 이날부로 자진 사퇴를 선언했다.

오세훈 시장은 사퇴 선언을 하고 곧바로 열릴 이임식을 준비하고자 시장실로 돌아왔다. 평소 같으면 보고서류나 결재서류를 든 간부들 또는 외부 손님들로 북적였을 시장실은 적막강산으로 변해 버렸다. 며칠 전에 이런 상황이 우려되어 정무진에게 혹여라도 무슨 일이 생길 것 같으면 미리 알아서 조치해달라고 부탁한 게 있었다. 그건 바로 시장의 사직서를 받는 일이었다. 지방자치법에는 단체장이 임기 도중에 스스로 그 직을 그만두는 경우, 해당 지방의회 의장에게 사임통지서를 서면으로 제출하도록 규정되어 있다. 하지만, 그 같은 일을 '늘공'이 감당하는 것은 아무래도 난감한 일인지라 정무진에게 부탁했었다. 하지만 정작 그날은 시장실 주변에 아무도 보이지 않았다. 결국 답답한 사람은 인사과장인 나 자신이었다.

만일 사직서를 제출하지 않고 그냥 시청을 떠나 버리면 법적으로 매우 복잡한 문제가 발생할 수도 있다. 하는 수 없이 사직서 양식을 챙겨서 시장실을 찾았다. 시장실 문을 열고 들어가 집무실 책상까지 이르는 거리가 마치 수백 미터나 되는 듯 아득하게 느껴졌다. 시장은 결재서류 판은 보지 않고 내 얼굴을 한동안 물끄러미 쳐다보더니 물었다. "제가 지금 여기서 더 처리해야 할 게 남았나요?" 잠시 머뭇거리다가 대답했다. "예, 말씀드리기 참 송구하지만, 이 사직서에 서명하시고 이걸 의장에게 통지해야 공식적으로 사퇴의 효력이 발생합니다"라고 조심스레 말했다. 시장은 아무 말도 하지 않고 잠시 창밖을 바라보았다. "시장님, 제대로 보필하지 못해 죄송합니다" 하고 나지막이 말씀드렸다. 시장은 "아닙니다. 내가 부족했던 까닭이지요. 그동안 고생 많았습니다" 하고는 조용히 사직서에 서명했다.

시장실을 나오니 그사이 의장실에서 전화가 여러 통 왔다고 했다. 왜 빨리 행정국장이나 인사과장이 시장 사직서를 들고 시의회에 나타나지 않느냐고 했다는 것이다. 일단 의장에게 전화해 곧 사임통지서를 보내주겠다고 말했다. 알고 보니 의장은 '그럴싸한 그림'을 만들겠다면서 일찌감치 몇몇 방송사와 신문사 카메라를 대기시켜 놓았다고 한다. 굳이 거기에 협조하고 싶지 않았다. 시장이 서명한 사임통지서를 시의회 대표 팩스로 보냈다. 잠시 후 이 사실을 알게 된 의장이 노발대발했다고 한다. 그러나 거기에는 어떤 절차적인 하자도 없었다. 정부의 민원처리법에는 팩스로 보낸 문서도 엄연히 공문으로 규정되어 있기 때문이다. 첫 임기를 시작하는 취임식이 있기 전날, 누구보다 가장 먼저 집무실에서 인사를 드렸는데, 이번에는 가장 마지막 결재를 받는 것으로 오세훈 시장을 시청에서 떠나보내게 되었다.

박원순 시장 당선

우리 대한민국 사회는 정치인 등 공인이 극단적인 선택으로 세상을 떠난 경우, 생전의 행보와는 관계없이 대체로 후하게 그의 삶을 평가해주는 경향이 있다. 아마도 고인의 명예라도 지켜주자는 집단적인 심리 기제가 작용한 까닭일 것이다. 그러나 박원순 시장의 경우, 충격적인 자살로 생을 마감했음에도 불구하고 일반의 평가는 여전히 부정적이다. 그를 죽음으로까지 이르게 한 배경이 우리 사회에서는 선뜻 용납되지 않는 성 비위와 관련되어 있기 때문일 것이다. 최근 그를 재평가해야 한다면서 다큐멘터리 영화를 만든 그룹도 있었고, 당시 시청을 출입하던 기자가 사건의 실체적 진실을 밝히겠다면서 책을 내기도 했지만, 그 파장은 그리 크지 않았고 대중의 반응은 싸늘했다. 사건 초기에 박 시장의 소속 정당인 더불어민주당에서는 일부 그를 변호하려는 움직임도 있었으나, 점차 박원순 시장을 옹호하는 목소리는 옅어졌다. 오히려 박원순에 대한 언급 자체를 피하려는 분위기가 강하다.

오세훈 시장의 사퇴로 공석이 된 서울시장을 선출하기 위한 보궐선거가 2011년 10월 26일 실시되었다. 무소속의 박원순 후보는 선거운동 초기에는 지지율이 5%에 불과한 사실상 당선 가능성이 없는 군소 후보 중 한 명에 불과했다. 그러나, 당시 유력 주자였던 안철수 후보가 박원순 후보를 지지하면서 출마의 뜻을 철회했고 이후 지지율 상승세의 급물살을 타기 시작했다. 급기야 민주당 박영선, 민주노동당 최규엽, '시민후보' 박원순 세 사람이 맞붙은 10월 3일 범야권 단일화 후보 경선에서 승리하고, 그 여세를 이어

서울시장에 당선되는 대이변을 연출했다.

취임 첫날, 오세훈 시장이 물러나는 계기가 되었던 전면 무상급식 시행 문서에 첫 결재를 하는 등 파격적 행보를 펼쳤다. 무소속으로 당선되었으나, 시장이 된 지 4개월만인 2012년 2월 민주당에 입당했다. 이어 정치적인 운도 따라서 2014년과 2018년 선거에서 잇달아 승리하면서 전인미답의 민선 서울시장 3선 고지를 밟았다. 보궐선거로 당선되어 처음 임기를 시작한 2011년 10월 27일부터 자살로 생을 마감한 2020년 7월 9일까지 햇수로 10년을 서울시장으로 재직했다.

서울시정의 '잃어버린 10년'

박원순 시장은 취임 후에 전임 오세훈 시장이 추진했던 세빛둥둥섬과 동대문디자인플라자(DDP)를 대표적 예산 낭비 사업이라며 비판했다. 세빛섬은 이미 완공이 다 된 상태에서도 몇 년간 문을 열지 못하게 막았다. 재임 기간 내내 '사람이 우선'이라는 기치를 내세우며 개발과 토목을 죄악시하는 '반토목' 시장으로 각인되길 원했다. 서울의 재건축과 재개발을 극도로 제한하는 대신 도시재생 정책을 내세웠다. 앞서 두 시장이 추진한 뉴타운 재개발 사업의 출구전략으로 사업지 683곳 중 394곳을 해제했다. 이처럼 개발을 억제한 정책은 훗날 부동산 가격 폭등으로 이어지는 요인으로 작용하기도 했다.

이와 함께 전임 시장이 시작한 사업은 철저하게 사업의 우선순위에서 밀려났다. 서부지역 간선도로망 확충사업의 일환으로 2010년 4월 착공했던 월드컵대교가 그 대표적 사례. 당초 2015년 8월 완공 예정이었던 이 사업은 예산이 대폭 삭감되면서 사실상 6년간 현상 유지만 했을 뿐 공사에 진척이 없었다. 계획대로라면 마무리 공사를 하고 있을 시점인 2015년 4월의 공정률은 겨우 21%에 불과했다. 그나마, 두 번째 선거를 앞둔 2017년 공사를 재개하여 12월에 상판 설치 공사가 시작되었다. 하도 공사가 더디 진행되어 '티스푼 공사'라는 비난을 받기도 했다. 완공 시점 또한 이런저런 사정을 이유로 몇 차례나 미루어졌다. 2021년 9월 교량 몸통이 개통되었으나, 남단 일부 램프를 포함한 완전 개통은 2024년 2월로 예정되어 있어 국내 교량 가운데 최장 공사 기간(13년 10개월)을 기록할 전망이다. 그

밖에도 박원순 시장 취임 이후 각종 사회기반시설 조성 예산을 대폭 축소했고, 예정되었던 도로 신설·확장 공사들은 줄줄이 취소되거나 축소·지연되었다. 그러면서도 어떤 때에는 본인이 밝힌 정책 기조에 정면으로 반하는 모순적인 정책을 추진하기도 했다. 당초에는 오세훈 시장이 추진했던 경전철 7개 노선 계획을 취임 이후 전면 백지화시켰다가 재선을 앞둔 2013년 7월, 경전철 10개 노선을 추진한다고 발표한 것이 대표적인 사례다. 이 발표는 선거에서 박 시장을 지지했던 사람들이나 그렇지 않은 사람 모두로부터 '내로남불(내가 하면 로맨스, 남이 하면 불륜)'이라는 비판에 직면했다.

박원순 시장은 서울의 토목 공사에 대해서는 극도로 억제하면서 복지 사업에 대한 예산을 늘렸다. 2010년 4조 원에 불과하던 복지예산이 2019년에는 12조 원으로 늘어났다. 그러나 그 이면에는 중앙정부에서 새로운 복지제도를 시행하면서 국비에 대응하는 시비 예산이 늘어난 것이 크게 한몫을 했다. 그런 사정에도 불구하고 복지예산 총액이 늘어난 것을 활용하여 복지에 투자하는 시장으로서의 이미지를 다졌다. 한편, 박원순 시장은 재임 기간 특정 성향의 시민단체들에 대한 예산 지원을 대폭 늘렸다. 명분은 '협치'를 내세웠지만, 내용은 상식적인 선을 넘는 것이었다. 미리 사전에 특정인에게 시민단체 지원사업의 기획을 주도하도록 하고, 그것이 시의 공식 정책으로 채택되면 그 특정인이 그 사업을 수탁받는 경우가 허다했다. 한발 더 나아가, 민간단체에 돈을 나눠주는 사업의 책임자로 특정 단체 인사가 서울시의 개방형 직위 공모에 들어와서 자리를 맡기도 했다.

종전까지 서울시가 지원하는 단체의 책임자였던 사람이 그 단체를 지원하는 서울시 관련 정책 부서의 국·과장으로 들어오는 식이었다. 마을공동체 사업, 혁신파크 사업 등등 시정의 여러 분야에서 이러한 이해충돌 문제를 일으키는 일들이 반복되었다. 아무리 민관 협치라는 명분을 내세우더라도, 특정 성향의 단체 외에는 그런 혜택을 받기 힘들었다는 점을 생각할 때 결코 비판에서 벗어날 수가 없었다. 특히, 민주당이 압도적인 다수를 차지했던 시의회에서조차 이런 문제점에 대한 지적이 끊임없이 제기되었다.

박원순 시정의 공과에 대해서는 보는 사람마다 시각이 다를 수도 있다. 그러나 한 가지 분명한 것은 당시 박원순 시장이 재임한 10년의 세월 동안, 세계 주요 기관들이 발표한 각종 지표에서 서울의 도시경쟁력은 분명히 퇴보했다는 점이다. K-팝, K-드라마, K-무비, K-패션 등 한류의 영향으로 대한민국의 세계 속 위상은 올라갔지만, 세계 주요 도시들이 미래를 향해 저만치 달려가는 그 중요한 시기에 서울은 겨우 제자리 걸음제자리걸음 하거나 오히려 뒷걸음질 치게 된 것이다. 많은 이들이 그때의 10년을 서울의 '잃어버린 10년'이라고 부르는 데 주저하지 않는 이유이기도 하다.

2020년 7월 9일 오전 박원순 시장은 몸이 좋지 않다면서 출근하지 않았다. 가족들이 실종신고를 하는 등 이상기류가 있었으나, 당시 시장 비서실 등 일부 정무라인 외에는 이러한 사실을 사전에 전혀 알지 못했다. 오후 늦게 박 시장의 실종 사실이 뉴스 속보로 떴고, 수색 6시간 반 만에 북악산 숙정문 부근에서 사망한 채 시신이 발견되었다. 사인은 자살로 결론 내려졌다. 박 시장 본인의 사망으로 시장의 전직 여비서가 고소한 성추행 건은 '공소권 없음' 처리되었다. 그러나 2021년 1월 25일, 국가인권위원회에서는 박원순 전 시장이 피해자에게 한 행동은 성희롱에 해당한다고 결론내렸다. 2022년 11월 15일 서울행정법원도 박 전 시장이 비서를 성희롱했다고 본 인권위의 결정은 타당하다는 판결을 했다. 스스로 '서울의 10년 혁명'이라고 불리길 원했던 그의 행보는 거기에서 멈추었다.

공무원,
날아 오르다

오세훈 시장이 민선 8기 임기를 시작하기 하루 전인 2022년 6월 30일 자로 행정1부시장 직무대리 발령을 받았다. 공직에 입문한 지 30년 만에 직업공무원으로서 올라갈 수 있는 정점에 오른 것이다.

초임 사무관 시절, 그토록 까마득하게만 느껴지던 자리를 내가 맡게 되었다는 사실에 어깨가 무거워졌다.

가진 것 하나 없이 서울로 올라와 서울시장을 가까이서 보좌하면서 서울의 살림살이를 총괄하는 자리까지 맡게 되었으니 왜 감회가 새롭지 않겠는가?

국장 승진

박원순 시장이 보궐선거에서 당선되어 다음 날부터 임기를 시작했을 때 나는 전임 시장이 임명한 인사과장으로 일하고 있었다. 함께 들어온 정무진들은 나의 존재가 다소 떨떠름한 표정들이었지만, 시장직 인수위를 구성하거나 사전 준비를 할 시간이 없었기에 이후 일련의 인사작업은 나와 상의해야만 했다. 공직자는 어떤 사람이 국민의 선택을 받고 단체장으로 오더라도, 법령에 따라서 맡은 바 직무에 최선을 다할 의무가 있다. 설사 그 사람의 정치나 이념지향이 나와 전혀 다르다고 할지라도. 그건 공직자에게 주어진 피할 수 없는 숙명과도 같아 성실하게 주어진 일을 감내했다.

시장 교체기 인사과장으로서 가장 가슴이 아팠던 것은 그해 겨울에 서울시 다섯 명의 1급을 동시에 내보내야 했던 일이다. 실무자는 시장단에서 결정이 난 사항을 이행할 뿐이었지만, 그 과정에서 마음의 번민이 없을 수 없었다. 어느 존경하는 상사 방에 들어가 명예퇴직 신청서를 받아들고 나오는 길이었다. 갑자기 쏟아져 흐르는 눈물을 주체하지 못해 그 방 비서들을 쳐다보기 힘들었던 적도 있다. 그렇게 '인사 숙청' 작업이 끝나고 경제정책과장으로 자리를 옮겼다.

경제정책과는 서울의 경제성장을 견인하고 미래 먹거리를 확보하는 것이 주된 임무였다. 그러나, 새로운 시장이 들어온 이후에는 시장의 외부 전문가 풀을 통해 '희망경제위원회'라는 것을 꾸렸고, 소속 위원들의 지도를 받아 가면서 서울시 경제정책의 판을 새롭게 짜야 했다. 공정 무역, 노동

존중, 사회투자기금, 사회서비스 등 생경한 개념들을 시정에 접목시키라고 요구했다. 그렇게 정신없이 1년을 보내고 주변에서 다들 '승진 0순위'라고 했던 그해 연말, 승진심사에서 보기 좋게 미끄러졌다. 흔히 공무원은 승진하는 맛에 일한다고 한다. 만일 시장이 바뀌지 않았다면, 인사과장에서 바로 국장 승진을 했을지도 모른다. 성향이 판이한 시장이 왔으니 상당 기간은 불이익을 볼 것으로 짐작했다. 그렇지만 막상 또 다시 물을 먹고 보니 힘이 죽 빠졌다, 그래도 이를 내색하지 않으려고 자신을 다잡았다. 공직자로서 자존심마저 잃고 싶지는 않았기 때문이다.

　그렇게 다시 1년이 더 흘렀고, 경제정책과장으로 만 2년을 꼬박 일한 끝에 마침내 2013년 말 승진심사에서 국장 승진예정자 명단에 이름을 올렸다. 첫 보직은 2014년 1월 1일 자 인사에서 같은 경제정책실에 있는 '일자리기획관'으로 전보되었다. 그렇지만, 이미 마음이 떠난 시청에 계속 남아 있고 싶지는 않았다. 2014년 7월 민선 6기 출범을 계기로 자치구 부구청장으로 나갈 생각을 했다. 그러나, 서울 25개 자치구 가운데 새정치민주연합이 20개 구, 새누리당이 5개 구를 차지한 구도에서 딱히 나를 받아줄 만한 곳은 없었다. 그런데 새누리당 구청장이 있는 모 자치구에서 내 의사와 관계없이 먼저 행정국장에게 전입을 타진했었다고 한다. 그런데 행정국장은 '다른 사람은 몰라도 김의승은 안된다. 곧 중요한 자리에 쓸 것'이라며 단칼에 잘랐다고 한다. 이 이야기는 나중에 나를 부구청장으로 불렀던 그 구청장으로부터 한참 나중에야 듣게 되었다.

당신이 시장이야?

그렇게 구청 전출이 좌초되고 난 후, 박원순 시장은 승진 6개월 만에 나를 행정국장 자리에 앉혔다. 아니 정확하게는 그때까지 승진예정자 꼬리를 떼지 못한 상태였다. 행정국장(2·3급) 보직을 맡고 있지만, 신분상 내 직급은 4급 서기관이었다. 이런 까닭에 시의회가 열렸을 때 의원들이 본인 뜻에 맞는 답변을 얻지 못하면 공연히 내 기를 죽이려고 "국장님은 지금 몇 급이시죠?"라는 질의를 하기도 했다. 아마도 "예, 4급입니다"라는 다소 계면쩍은 답변을 기대했으리라.

행정국에서는 팀장 시절부터 오래 근무했던 까닭에 국장 업무가 그리 생소하진 않았다. 다만, 인사에 대한 외부의 입김을 막아내고 자치구로 내려줄 특별교부금을 둘러싼 지역 정치권의 알력을 어떻게 조정할 것인가 하는 것이 늘 골치 아픈 숙제였다. 특히, 박 시장과 함께 들어온 정무라인의 인사개입은 도를 넘었다. 때때로 본인의 사사로운 이해를 시장의 뜻인 양 포장하여 호가호위하는 때도 있었다. 행정국장으로 일한 지 1년이 되어갈 무렵, 직전까지 비서실장으로 있던 정무라인의 한 보좌관이 전화를 걸어왔다. "국장님, 저번에 이야기했던 그 친구 어떻게 되었나요?"라고 물었다. 전에도 비슷한 이야길 한 적이 있었기에, 다시 한번 분위기를 알려주고 부탁한 대로 안 되는 이유도 차분히 설명해주었다.

그는 불쾌하다는 듯이 대뜸 반말투로 짜증을 냈다. "아니, 뭔 일을 그렇게 해? 행정국장이 그러면 안 되지!" 짧은 말이었지만 분명히 선을 넘었다. 그냥 넘어갈 수 없다고 생각했다. "이봐, 당신 지금 뭐라고 했어? 행정국장이 당신 아래 있는 사람이야?" 수화기 저쪽에서 잠시 멈칫하는 것 같았다. "아니, 제 말은 그래도 명색이 행정국장이라면 이런 문제는 정무라인과 사전에 충분히 상의했어야 한다는 거지요. 그게 아니니까 지금 제가 지적하고 있잖아요!" 더는 도저히 참을 수가 없어 그 보좌관에게 야무지게 충고했다. "이봐, 인사안이 마음에 들지 않는다고 당신 지금 나한테 지시하는 거야? 당신이 무슨 권한으로 나한테 지시를 해? 이 안이 정 마음에 안들면 당신이 시장께 건의를 드려. 그래서 시장님이 나한테 지시하도록 하란 말이야. 당신이 시장이야? 누구한테 어딜 지시하고 있어?" 상대는 한동안 말을 잇지 못했다. 잠시 어색한 침묵이 흐른 후에 서로 말없이 수화기를 내렸다.

사실 이 사람과의 갈등은 그때가 처음이 아니었다. 부서에서 시장에게 다 보고하고 결론을 냈음에도 나중에 따로 시장에게 혼자 들어가서 엉뚱하게 결론을 뒤집으려 한 적이 잦았다. 2015년 상반기 메르스 파동 때에도 그 보좌관이 서울시 내부의 혼란을 촉발한 적이 있었다. 당시 서울시 공무원 시험을 예정대로 치를 것이냐 말 것이냐가 중요한 안건이었다. 여러 우려가 있기는 했지만, 시험은 예정대로 치르자는 게 행정국의 결론이었다. 그 이유는 첫째, 선의의 피해를 최대한 막아야 했다. 만일 메르스 감염 우려 때문에 공무원 시험을 연기할 경우, 시험일에 맞추어 모든 것을 준비해온 청년들이 선의의 피해를 볼 수 있었다. 예컨대 군대 입영을 연기했던 수험생은 시험일이 늦춰지면 난감해질 것이다. 둘째, 추적 가능성 측면이다. 시험장은 일반 다중밀집 장소와 달리 어느 자리에 누가 앉았는지를 명확하게 추적할 수 있다. 수험생 입장 시 발열 체크를 해서 들여보내도록 하고 혹 사후에라도 감염이 확인되면 밀접 접촉 경로를 쉽게 확인할 수 있었다.

셋째, 확진 판정을 받은 수험생도 시험에 응시할 수 있는 대책을 마련했다. 시험 전날까지 밀접접촉자로 분류되거나 확진 판정을 받은 수험생이라도 본인이 원하는 경우 자택에서 시험 볼 수 있도록 조치했다.

이런 이유를 종합 분석하여 시험 실시계획을 보고하니 시장도 행정국의 안대로 시행하라고 결론을 내렸다. 그런 상황에서도 보좌관은 행정국이 정무적 감각이 떨어진다면서 이미 난 결론을 다시 뒤집으려고 애썼다. 그의 논리는 '늑장 대응보다 과잉 대응이 낫다'라는 기조가 박 시장의 일관된 스탠스였고 이를 통해 메르스 정국을 선점해왔는데, 행정국의 조치는 이에 반하는 것이라고 했다. 결국 시장은 전문가를 불러 다시 의논해보도록 했지만, 결론은 행정국의 입장이 옳다는 것으로 내려졌다. 그런데도 그는 고집을 꺾지 않고 지방으로 출장 가는 시장을 따라가면서까지 이 문제를 한 번 더 논의할 자리를 만들자고 우겼다. 결국 시장은 간부회의에서 이 안건을 간부들의 즉석 거수 투표에 부쳤다. 결과는 시험을 예정대로 치러야 한다는 의견이 압승을 거두었다. 이런 일들 때문이었을까? 곧 이어진 2015년 하반기 정기인사에서 행정국을 떠나 종전 문화디자인본부에서 분리되어 독립국(局)으로 출범하는 관광체육국 초대 국장으로 자리를 옮기게 되었다.

한강 삼계탕 파티

새로운 조직이 안정적으로 순항하기 위해서는 소속 직원들이 모두 같은 방향을 바라보아야 한다. 조직의 미션을 모두가 분명하게 인식하고 그 미션의 달성을 위해 함께 노력해야 한다는 의미이다. 관광체육국 소속 4개 부서와 1개 산하 사업소에 그런 관점을 전파하고자 부지런히 뛰어다녔다.

당시 서울시가 관광체육국을 별도의 조직으로 만들게 된 이유 중 하나는 메르스의 조기 극복이라는 과제가 있었다. 2014년 말 기준으로 서울을 찾는 해외관광객이 1천만 명을 돌파했으나, 2015년 5월, 국내 첫 메르스 확진자가 나온 이후 환자가 급속히 퍼졌고, 6월 무렵에는 서울의 해외관광객 숫자가 반 토막이 났다. 조기에 정상화하지 않으면 서울의 경제 전반에도 큰 악영향이 우려되는 상황이었다. 당시에는 중국 관광객이 서울을 많이 찾고 있었는데, 과거 사스(SARS)가 중국에서 유행할 당시의 악몽을 떠올렸던 중국 관광객, 유커(遊客)의 방문이 급감했다.

발령 첫날, 직원들과 거의 꼬박 밤을 새우면서 '메르스 극복을 위한 서울관광 정상화 계획'의 틀을 짰다. 다음날 이에 대한 시장 보고가 예정되어 있기 때문이다. 이 보고서에서는 우선 중국의 최대 명절의 하나인 10월 1일 국경절까지 모든 매체를 활용한 집중적 마케팅으로 서울의 관광시장을 정상화한다는 내용이 담겨 있었다. 우선, 8월 초에 중국에서 한국으로 관광객을 가장 많이 보내던 3개 도시인 광저우, 샹하이, 베이징을 방문하여 서울이 안전하다는 내용을 전하고 한류를 체험하도록 하는 관광 세일즈

마케팅을 전개하기로 했다.

당시 박원순 시장은 이때를 '메르스 해결사'로서의 본인 이미지를 굳히기 위한 PI(Personal Identity) 작업의 계기로 활용했다. 중국인들이 전통적으로 빨간색을 좋아한다는 것에 착안하여 현지에서 빨간 바지를 입고 서울 관광 홍보활동을 전개했다. 걸그룹 '미쓰에이(missA)'의 멤버인 페이(Fei), 지아(Jia)와 함께했던 광저우 거리 활동에는 엄청난 인파가 몰려들었다. 두 사람 모두 중국인이었다는 사실도 흥행에 크게 도움이 되었던 것 같다. 박 시장은 이런 분위기에 고무된 듯, 현지 기자간담회에서 중국의 성장에 편승하는 것이 한국에도 이익이 된다는 취지로 말하면서 '파리가 만 리를 가는데 날아갈 수는 없지만, 말 궁둥이에 딱 붙어 가면 얼마든지 갈 수 있다'라는 비유를 했다. 졸지에 대한민국이 중국이라는 말 궁둥이에 달라붙은 파리 신세가 되어버린 것이다. 박 시장의 발언에 기자단은 일순 술렁거리는 분위기였다. 지리적으로 이웃한 중국을 잘 활용해야 한다는 취지로 했던 말이라고 하기에는 비유가 심히 부적절했다는 평이 나왔다.

2016년 5월 6일과 10일 두 차례에 걸쳐 각 4천 명씩 중국 중마이(中脈) 그룹 임직원 총 8천여 명이 서울을 방문했을 때, 서울시는 반포한강공원 달빛광장에서 삼계탕 파티를 열었다. 2015년 베이징에서 서울관광 유치 활동 당시의 약속을 지킨 것이다. 보통 기업의 우수 임직원에 대한 보상 관광(Incentive Tour)은 참가인원이 많아서 보통 6개월 전부터 장소를 예약한다. 그런데, '태양의 후예' 등 한국 드라마 인기에 발맞추어 중요 목적지로 떠오르던 서울이 메르스 발발 이후 뚝 끊어졌다. 서울시는 메르스로 끊긴 인센티브(Incentive) 관광객을 다시 유치하면서, 2015년 연말까지 서울방문을 미리 약속하고 2016년 상반기까지 실제로 서울을 방문하는 관광객에게 따뜻한 한 끼 식사와 함께 특별한 공연을 제공하기로 했다. 그 첫 대상이 중국 건강식품 회사인 중마이 그룹이었다. 당시 한강 삼계탕 파티는 한국과 중국 양국의 매체들로부터 폭발적인 관심을 받았다. 그뿐만 아니라, 파티에서 제공된 삼계탕은 농림축산식품부와 협업을 통해 한국육계협회에서 기부한 것이었는데, 중마이 그룹 행사를 통해 막혀있던 중국 수출길이 열리는 계기를 만들기도 했다.

당시만 해도 대중국 관계가 상대적으로 원만하던 시절이었고, 서울관광에서 중국 유커가 차지하는 비중도 컸기에 서울관광의 주요 상대는 중국이 될 수밖에 없었다. 서울시 관광체육국장도 간단한 중국어를 구사하는 능력은 필수적인 요소였다. 대중국 관광마케팅을 담당하는 중국 국적 리레이(李磊) 주무관의 도움으로 기초 중국어를 익히면서 중국의 정치·경제와 사회·문화에 관해 공부할 수도 있었다. 2016년 이후 사드(THAAD: Terminal High Altitude Area Defence, 종말단계 고고도 지역 방위 체계) 한반도 배치 문제로 양국 갈등이 심화되고 중국이 미국과의 본격적인 경쟁에 뛰어들면서 이제 한중관계는 이전과는 전혀 다른 국면으로 접어들고 말았다.

서울관광마케팅(주)의 운명

박원순 시장은 10년 가까운 재임 기간에 10개의 서울시 투자·출연기관을 신규로 만들었다. 2020년 7월 현재, 서울시 산하 총 26개 기관 가운데 에너지공사, 물재생시설공단, 평생교육진흥원, 50플러스재단, 디지털재단, 120다산콜재단, 공공보건의료재단, 기술연구원, 사회서비스원, 미디어재단 TBS 등 모두 10개 기관이 그의 임기 동안 만들어졌다. 과연 10년 동안 행정수요가 그렇게 갑자기 증가했다고 말할 수 있을까? 서울시 내부에서도 무분별한 기관 설립에 반대하는 의견을 냈지만, 시장과 정무라인은 번번이 이를 묵살하고 설립을 강행했다. 그런데 유독 오세훈 시장 재임 시절에 만들어진 서울관광마케팅 주식회사에 대한 입장은 달랐다.

관광체육국장으로 일하던 어느 날, 박 시장이 시장실에서 좀 보자는 호출이 왔다. 시장은 "지금 서울관광마케팅 주식회사의 실적이 어때요? 명색이 주식회사지만 매년 큰 적자를 보고 있지 않나요? 계속 이 상태로 두어야 하는지 한번 검토해서 보고해주세요"라고 말했다. 서울관광마케팅(주)은 서울을 세계 5위의 컨벤션 도시, 연간 1,200만의 관광객이 찾는 관광도시로 만들겠다는 야심 찬 비전 아래 오세훈 시장 재임 시절인 2008년 2월에 출범했다. 민간의 창의성과 공익성을 조화시키기 위해 서울시와 민간기업 16개 사가 자본금 207억(서울시 100억, 민간 107억)을 출자하는 형태로 만든 주식회사였다.

그러나, 설립 당시 주요 수익원으로 설정했던 카지노 운영이나 면세점 사업이 법령 등의 제약과 현실적인 문제로 무산되면서 매년 자본금이 조금씩 잠식되고 있었다. 특히 전임시장과 시정철학이 다른 박원순 시장이 들어오면서 서울관광마케팅(주)은 계륵과 같은 존재가 되고 말았다. 그러나, 서울관광을 활성화하기 위해서는 관광마케팅사업 전담기구는 반드시 존속되어야만 했다. 관광으로 발전하고 있는 많은 해외도시도 전담기구를 가지고 있었다. 비록 수익을 내지는 못하고 있었어도 2007년 495만 명에 불과했던 서울방문 외래 관광객 수가 2014년 1,142만 명에 달하는 등 기관 설립 7년 만에 2배 이상 늘었고, 관광 관련 전문지들이 서울을 '세계 최고의 MICE 도시'로 연속 선정하는 성과도 있었다. 박원순 시정에서는 보기 드물게 외부에서 전문가 영입 사례로 들어왔던 김병태 사장도 이런 점에 절대적으로 공감하고 있었다.

그러나, 2016년 당시에 서울관광마케팅(주)은 이미 기준 자본금의 49.8%(약 99억 원)가 잠식된 상태였다. 기관의 지속가능성을 담보하기 위해서는 조직 형태의 전환을 포함한 과감한 혁신이 필요했다. 경영컨설팅을 실시한 결과, 현재 상태로는 기관이 지속되기 어렵고 결국 '공사' 또는 '재단'의 두 가지 대안 가운데 하나를 선택할 수밖에 없다는 결론이 나왔다. 그러나 공사 형태의 경우, 경상경비 50% 이상을 자체 경상수입으로 충당해야 하는 까닭에 현실적으로 어려운 수익원을 확보해야 한다는 부담이 있는 것으로 나타났다.

결국 시가 100%의 지분율을 갖는 '재단' 형태로 전환하는 게 가장 현실적이라는 결론에 이르렀다. 그런데 이렇게 가기 위해서는 기존에 주식회사에 출자했던 16개의 민간기업이 만장일치로 유상감자를 결정해야만 가능한 일이었다. 여기까지 검토한 결과를 가지고 김병태 사장과 함께 시장실로 들어가 보고를 했다. 조직을 없앨 수는 없다는 보고에 박 시장은 언짢은 기색이 역력했다. "아니, 국장님, 앞으로도 계속 수익을 보장할 수 없는 조직에 왜 시비를 투자해야 하는 거죠? 지금이라도 없애 버리는 게 맞지 않아요?" 이미 속으로는 기관을 없애기로 가닥을 잡은 듯 보였다.

예정했던 보고 시간을 훌쩍 넘겼지만, 나는 통계와 수치, 그리고 해외사례 등을 제시하면서 서울의 미래 먹거리인 관광산업에 과감한 투자가 필요하다는 점을 강변했다. 때때로 내 목소리가 높아지자 김병태 사장은 뒤에서 내 옷자락을 끌어당기며 더 이상의 발언을 만류하기도 했다. 잠시 시장실에 침묵이 흘렀다. 이윽고 박원순 시장은 "그래요, 김 국장 의지가 이리도 강하니, 다시 한번 생각해 봅시다. 오늘은 여기까지 하지요" 하고 그 자리를 마무리했다. 시장실을 나서면서 김병태 사장이 내게 말했다. "아니, 김 국장님은 '늘공'인데, 시장에게 그렇게 세게 말하면 나중에 곤란해지지 않나요? 나 같은 '어공'이 그런 이야길 하면 또 모를까?" 그는 진심으로 공직자로서의 내 안위를 걱정해주고 있었다. "사장님, 제 말이 틀린 게 아니잖아요? 그러면 할 말은 해야지요." 평소에도 두 사람은 관광체육국과 재단 사이에 풀리지 않는 현안이 있을 때면 덕수궁을 같이 한 바퀴 돌면서 대화로 해법을 찾곤 했다. 그날 일을 계기로 더욱더 의기투합하게 되었고, 지금까지도 서로의 안부를 묻는 형·아우 사이가 되었다.

결국 박 시장은 서울관광마케팅(주)에 출자한 16개 민간기업으로부터 유상감자 동의를 확실하게 받아오는 것을 전제로 재단으로의 전환을 재가했다. 이후 4개월여 동안 주주들과 심도 있는 논의를 진행했고 마침내 2016년 3월 29일 정기 주주총회에서 민간 주주 만장일치로 유상감자 안건이 통과되었다. 출자금의 원금도 회수하지 못하는 상황이라 처음에는 주주들의 반발도 컸지만, 더 이상의 자본잠식을 막고 투자금 일부나마 회수할 수 있다는 점을 설득했다. 무엇보다 서울관광 활성화를 견인하는 관광마케팅 전담기구를 계속 유지할 수 있었던 것은 해외관광객 3천만 명을 추진하는 지금의 현실에 비추어 볼 때 정말 다행한 일이었다.

박 시장의 역대 최약체 정무라인

2017년 1월 인사에서 나는 교육 발령이 났다. 한편으로는 조금만 더 있으면 2급으로의 승진이 가능할지 모른다는 생각도 있었기에 아쉽기도 했다. 그렇지만 그동안 숨 가쁘게 달려온 공직생활을 잠시 돌아보면서 앞날을 차분하게 준비하는 휴식과 재충전의 기회로 받아들였다. 국가인재개발원에서 교육받는 동안 몇 번인가 박 시장이 내가 안 보인다고 어디 갔냐며 찾더라는 이야기가 들렸다. 어쩌면 박 시장도 나의 역량과 자세만큼은 인정하고 있었는지도 모르겠다.

교육을 마치고 돌아온 2018년 인사에서 박 시장은 나를 대변인으로 발령냈다. 그 이야기를 듣자, 가슴이 철렁 내려앉았다. 시청에 여러 보직이 있지만 대변인 직위는 누구에게나 좀 더 특별하게 다가오기 때문이다. 주로 시장과 가장 잘 통하는 사람이 맡아서 시장의 메시지를 매체에 전파하는 역할을 해야 하는 자리인데, 내가 과연 그런 역할을 하기에 적합한 사람인가 하는 의문이 들었다. 더구나 정무와 행정의 역할이 중첩되는 자리이기에 주저되는 점도 있었다. 그러나, 기왕 맡겨진 이상 대충 일할 수는 없는 노릇이었다.

대변인으로 일을 시작하면서 마음속으로 두 가지 원칙을 세웠다. 첫째, 화이부동(和而不同)의 자세를 견지하는 것이다. 대변인으로 일하면서 뜻이 서로 다른 사람들과도 어울려야 하겠지만, 절대로 자신의 정체성과 소신은 포기하지 않겠다는 다짐이었다. 둘째는 정무와 행정의 확실한 구분이었다. 기본적인 시정현황을 언론매체에 알리는 역할은 절대 소홀하지 않겠지만,

정무적인 영역에 휘말리진 않겠다고 생각했다. 지켜내기 참 쉽지 않은 원칙이었다. 정무부시장 등은 "아니, 이럴 때 대변인 성명이라도 세게 한번 내야 하는 거 아닌가요?"라며 수시로 채근하기도 했지만, 그 사안이 특정 정당이나 정파의 이해를 대변하는 일이라면 절대 사양했다.

행정영역에 충실한 대변인의 역할만으로도 기자들은 충분히 나를 인정하는 분위기였다. 언제, 어떤 기자가 전화해도 바로 받았고, 혹여 전화를 못 받을 상황이었더라도 콜백은 100% 해주었다. 사실관계를 확인하는 기자에게는 내가 알고 있는 사실(fact)을 기반으로 최대한 친절하게 설명했다. 내가 알고는 있지만 밝힐 수 없거나 밝힐 시점이 아닌 상황이라면, 그런 사정을 설명하고 양해를 구했다. 그 과정에서 대변인이 적어도 거짓을 이야기하지 않는다는 신뢰가 쌓여갔다. 정무라인에서 흘린 정보에 관한 확인을 요구할 때도 이 원칙만큼은 확고하게 지켰다. 그 결과, 2018년 말 송년회에서 출입기자단이 뽑은 '올해의 공무원상'을 수상하는 영광을 누릴 수 있었다. 그 영광은 내가 자리를 옮긴 2019년 연말에도 이어졌다. 기자단이 주는 상을 2년 연속으로 받은 것은 아마도 전무후무한 사례일 것이라고 한다.

문제는 당시의 정무라인이었다. 박 시장을 보좌해야 할 정무라인은 언론과의 기본적인 소통은 물론이고, 정무라인 안에서도 출신 성분(민주당, 시민단체 등)에 따라 목소리가 흩어지고 이슈 대처 능력이 떨어진다는 평가가 나왔다. 박 시장은 3선에 성공하면서 '대권 잠룡' 반열에 오르기도 했지만, 정무라인의 엇박자는 날이 갈수록 심해졌다. 보좌진들이 이런 혼선을 빚자 기자들은 더욱 대변인실에 의지할 수밖에 없었다. 그런데도 대변인은 정무 현안은 다루지 않으니까 이들의 불만이 커졌다. 결국 기자단의 불만은 기사로 이어졌다.

2019년 3월 연합뉴스와 헤럴드경제 등에서는 박 시장의 당시 행보를 소개하면서 '역대 최약체 정무라인'이라는 표현을 내보냈다. 그런데 여기에 동조하는 서울시 관계자의 발언이 인용된 것이 불씨가 되었다. 기사에 따르면, 서울시 관계자는 '박 시장에게 아닌 것은 아니라고 얘기하고, 사안이 벌어졌을 때 시의 입장을 확실히 대변하는 게 정무라인의 역할'이라면서 '그런 점에서 지금 정무라인은 역대 최약체'라고 했다는 것이다. 즉각 정무라인은 해당 주인공을 찾아 나섰고, 대놓고 말은 못 했지만, 그들의 손가락은 나를 향하고 있었다.

기후환경본부와 미세먼지

2019년 하반기 인사에서 기후환경본부장으로 발령이 났다. 대변인으로 얼마간 고생하면 후속 인사에서는 행정국장 또는 기획조정실장 등으로 영전하는 것이 그간의 일반적인 관례였다. 그에 비춰보면 대변인을 지낸 뒤에 기후환경본부장으로 자리를 옮긴 것은 이례적인 일이었다. 그러나 스스로 그런 평에 구애받지 않으려고 했다. 그동안 공직생활을 하면서 어떤 자리가 주어져도 마다하지 않았고, 일단 발령이 나면 마치 오래전부터 그 자리를 위해 준비해온 것처럼 일했다. 기후환경본부장도 절대 쉬운 자리는 아니었지만, 전 지구적 기후 위기 대응에 관한 최신 동향을 접할 수 있었고, 관련 기술의 발전도 가까이에서 경험할 수 있어서 좋았다. 무엇보다 공직생활을 구청 청소과장으로 시작했다는 점에서 특히 폐기물 관련 업무는 마치 친정에 돌아온 것과 같은 편안한 느낌을 주었다.

그러나, 본부 구성원이 워낙 다양한 직렬의 조합인데다 업무 자체가 어렵고 힘들었다. 특히, 민원이 많은 업무 특성상 다들 기회만 되면 떠나려고 해서 직원들에 대한 동기부여와 사기 진작이 급선무였다. 서울시의 대표적인 격무·기피 부서라고 하면 직원들은 흔히 '경·기·교·복(경제, 기후, 교통, 복지)'을 꼽는다. 그중에서도 기후환경본부는 바람 잘 날 없는 조직이라는 인상이 강했다. 교통 분야도 민원이 많고 일이 어려운 부서지만 어디까지나 도로와 차량 등을 대상으로 정책을 만든다. 그런데 기후본부는 하늘과 대화해야 하는 조직이라는 우스개마저 등장했다. 미세먼지가 큰 사회적 이슈로 대두된 까닭이기도 했다. 더구나, 내가 업무에는 절대로 호락호락하지 않다는 이미지가 있어, 직원들이 미리부터 지레 주눅이 들어있다는 이야기가 들렸다.

팀장·직원에 대한 하반기 정기인사가 마무리된 시점을 잡아 '기후환경본부 소통·공감 아카데미'라는 이름의 행사를 개최했다. 딱딱한 분위기를 없애고 서로의 마음을 열고 새롭게 출발해보자는 의미였다. 평소 친분이 있는 개그맨을 불러 소통에 대한 특강도 하도록 했고, 본부의 업무를 좀 더 쉽게 설명할 수 있는 외부 전문 강사도 초청했다. 처음에는 반신반의하며 어색해하던 직원들도 신임 본부장에게 바라는 점을 가감 없이 이야기하기 시작했다. 정말 성심성의껏 직원들의 애로사항을 살폈고, 열심히 일하는 직원들에 대해서는 아낌없이 격려도 했다. 얼마 지나지 않아 확실히 이전보다 본부 분위기가 좋아졌다는 이야기가 들리기 시작했다.

온실가스 감축, 신재생에너지 보급, 전기 및 수소차 보급 등 다양한 업무가 많았지만, 당시 본부의 최우선 과제는 미세먼지 저감이었다. 특히 내가 근무하던 때는 늦가을부터 겨울에 이르는 동안 중국에서 불어오는 편서풍과 난방 등으로 미세먼지가 극심했었다. 간헐적으로 시행하는 미세먼지 비상 저감조치만으로 대응에 한계가 있었다. 그래서 도입을 추진한 것이 미세먼지 시즌제(계절 관리제)였다. 고농도 미세먼지 발생이 잦은 겨울철부터 이른 봄까지 기간을 정해서 평소보다 한층 강력한 저감 대책을 상시 가동해 미세먼지를 집중적으로 관리하는 특별대책이다. 5등급 노후 경유 차량의 상시 운행 제한, 행정·공공기관 차량 2부제 실시 등이 주요 골자였다. 환경부와 공조하여 경기·인천의 협조를 끌어내는 것도 숙제였다. 시민 대토론회 등 시민들의 의견 수렴을 거쳐, 2019년 12월 1일부터 2020년 3월 말까지 전국 최초로 미세먼지 시즌제를 시행했다.

서울 경제와 가정 경제

　기후환경본부 업무에 점차 재미를 붙여 갈 무렵, 갑자기 변수가 생겼다. 강태웅 행정1부시장이 서울 용산 지역구 국회의원으로 출마하기 위해 2020년 1월 갑작스럽게 사퇴했다. 후임으로는 서정협 기획조정실장이 바통을 이어받았고, 이로 인해 서울시 간부진의 연쇄 인사가 불가피해졌다. 조인동 경제정책실장이 기획조정실장으로 옮기면서, 기후환경본부장으로 발령받은 지 6개월여 만에 나는 경제정책실장으로 보임되었다. 과장 시절, 약 2년간 경제정책과를 맡은 적이 있고, 첫 국장 보직으로 일자리기획관을 맡은 적도 있어 나 말고는 다른 대안이 없었다고 한다. 어느 기자는 내가 집 없는 세입자라는 사실을 꼬집으면서 '집안 경제도 책임을 못 지는 사람이 어떻게 서울 경제를 담당할 수 있겠느냐?'라고 뼈있는(?) 농담을 건네기도 했다.

　경제정책실장으로 발령받은 2020년 1월 20일, 서울에 첫 코로나19 확진자가 발생했다. 2015년의 메르스에 비해 치명률은 낮았으나, 감염 확산 속도와 범위는 훨씬 빠르고 컸다. 2015년 메르스는 우리나라를 포함한 일부 국가에서만 유행했지만, 중국 우한에서 시작한 코로나19는 전 세계적인 팬데믹(pandemic)으로 확산이 되었다. 하늘길이 멈추면서 글로벌 공급망이 일시 중단되었고 마스크 착용은 세계적인 일상이 되었다.

　감염병 확산은 골목상권과 소상공인들에 대한 직접적인 경제적 타격으로 이어졌다. 경제를 살려야 할 경제정책실이었지만, 정부의 사회적 거리두기 정책에 따라 노래방과 PC방 등 다중이용시설에 영업 제한 명령을 내리고 그 이행 여부를 대대적으로 점검·단속하는 상황이 이어졌다. 퇴직금 전액에 빚까지 끌어와서 이제 막 코인노래방을 개업했는데 문을 연 첫날 영업제한 명령을 받았다며 울먹이던 어느 퇴직자의 모습이 지금도 잊히질 않는다.

한편으로는 방역 조치를 강화하면서도 그로 인해 피해를 보는 소상공인 등을 지원하기 위한 대책 마련이 필요했다. 아울러, 직접적인 영업 제한 외에도 코로나19 장기화로 인해 전반적인 소비심리가 위축되고 경기 침체가 악화 되는 상황에 대한 대책 마련도 절실했다. 서울시는 우선 급한 대로 2020년 2월 중순에 제1차 민생경제 대책을 발표했다. 이어서 추가로 업종별 간담회 등을 통해 현장의 목소리를 듣고, 전문가 자문회의, 피해조사 등을 진행했고 이를 토대로 그해 4월에 제2차 민생경제 대책을 내놓았다. 코로나19 초기에는 마스크 품절 사태가 빚어지면서 특정품목에 대한 매점·매석 단속에 나서기도 하고, 기업의 전화상담실(Call Center) 사무실에서 대규모 집단감염이 나와 서울 전역의 전화상담실에 대한 긴급 전수조사를 진행하기도 했다. 하루하루가 마치 전쟁을 치르는 것 같았다.

서울시 경제정책실장은 1급 또는 2급이 갈 수 있는 자리이다. 2급인 상태에서 그 자리로 발령내면 곧 1급 승진을 시켜주는 것이 묵시적인 관례였다. 그러나, 자리를 옮긴 지 한참이나 지났어도 1급으로 승진시킨다는 소식은 들리지 않았다. 물론, 1급 공무원은 공무원법에서도 신분보장을 해주지 않는 계급이기에 최근 젊은 간부들 사이에서는 굳이 1급을 일찍 달려고 하지 않는 경향도 있다. 그렇지만, 처음부터 그 자리에 발령내지 않았으면 모를까 기왕지사 보냈다면 승진을 미룰 이유는 없지 않았을까? 그런데도 그해 7월 박원순 시장이 유명을 달리한 순간까지도 나의 1급 승진은 이루어지지 않았다. 결국 서정협 권한대행 체제가 되어서야 하위 직급의 연쇄 승진을 위해 정식으로 1급 발령이 이루어졌다.

코로나19의 어려움 속에서도 서울의 미래 성장동력을 키워가는 일을 결코 소홀히 할 수는 없었다. 대규모 공공기관 지방 이전으로 생겨난 공간을 서울의 혁신 창업 거점으로 속속 조성했다. 홍릉 서울 바이오 허브, 양재 AI 혁신 허브, 여의도 서울 핀테크 랩 등 거점마다 창의적 아이디어와 첨단 기술을 보유한 스타트업이 둥지를 틀 수 있도록 했다. 성장 가도를 달리고 있는 신생기업들이 코로나19의 어려움 속에서도 중단없이 커나갈 수 있도록 4,800억 원 규모의 펀드를 조성해 2021년부터 투자를 시작했다. 펀드의 이름도 규모(scale)를 확대(up)한다는 뜻을 가진 '스케일업 펀드'로 정했다. 서울의 중요한 자원인 대학과 연결해 대학가 주변에 창업 공간을 조성하는 캠퍼스타운 사업도 속도를 내도록 했다. 대학이라는 담장에 갇힌 구성원들이 지역사회와 함께 호흡하도록 한다는 의미도 있었다. 예를 들어 숙명여대 캠퍼스타운 사업단에서는 인근 용문시장과 연계하여 시장 상인들과 대학생이 머리를 맞대고 앱을 활용한 상품 배송시스템을 만들기도 했다.

서울판 도농상생, '넥스트 로컬' 프로젝트

서울시에서 하는 일에 대해 사람들이 흔히 가지는 오해가 있다. 서울시는 오로지 서울의 발전만 생각할 뿐, 지역 균형에 대해서는 전혀 관심이 없을 거라는 생각이 그것이다. 그러나, 서울이 미래로 나아가기 위해서는 반드시 지방과 손을 맞잡아야만 한다. 서울시 관계자들은 이 점을 너무도 잘 인식하고 있다. 지역과 상생하기 위한 정책을 각 분야별로 다양하게 추진하고 있다. 설과 추석 명절을 앞둔 시점이면 지역 농협 또는 지방자치단체들이 서울시청 앞 서울광장에서 지역 특산품을 판매하는 행사도 바로 그런 사례이다. 종로구 안국역 인근에는 지역의 농·특산품 상설 판매와 체험활동을 할 수 있는 '상생 상회'라는 곳이 있다. 이곳에서 서울의 소비자는 각 지역의 농가에서 생산한 신선한 농수축산물을 저렴하게 구매할 수 있다. 농촌과 도시의 협력을 말하는 도·농상생은 서울에서 살고 있는 사람들을 위해서도 꼭 필요한 것이었다.

2019년 서울시에서는 '청정 경북 프로젝트'라는 새로운 정책실험을 도입했다. '청정'이라는 단어의 사전적 의미는 '맑고 깨끗함'이다. 그렇지만, 이 사업에서는 청(靑), 정(停), 즉, '청년이 머무르는 지역'이란 의미를 담은 신조어로 사용했다. '청정 경북 프로젝트'는 청년의 일자리 문제를 해소하고 지역 경제 활성화를 위해 서울시와 경상북도가 협력한 시범사업이다. 다양한 경험과 역량을 가진 서울 청년들이 약 6개월간 경북지역에서 살도록 하면서 청년과 지역이 동반 성장할 수 있도록 지원하는 프로젝트였다.

2019년 8월부터 2020년 1월까지 6개월 동안, 서울 청년 45명이 경북 5개 지역(안동, 청송, 예천, 문경, 상주)에 머무르면서 새롭게 자신을 발견하는 기회를 얻었다. 서울에서는 마치 '잉여 인간'과 같은 취급을 받던 청년들이 지역에 머무르면서 일자리를 경험하고, 새로운 도전의 기회도 발견하게 되었다. 상주에 거주하는 할머니들이 손수 만든 팔찌, 반지와 같은 공예품을 파는 '알브이핀', 문경에서 지역적 특색을 살린 수제 맥주를 만드는 '가나다라 브루어리', 안동에서 통밀로 만든 가양주를 판매하고 있는 '밀과 노닐다' 등 지역 기업에서 서울의 청년들은 기업에서 생산하는 제품을 직접 만들기도 하고 홍보 콘텐츠 제작에 참여하기도 했다.

경제정책실장을 맡으면서 나는 이 프로젝트의 규모를 좀 더 키우고 싶었다. 2020년 사업은 경북 외에도 전국 지자체를 대상으로 했고, 서울 거주 청년 300명을 전국 100여 개 이상의 기업에 보내는 것으로 했다. 첫해 참가자들의 의견을 들어보니 6개월이 너무 짧다는 의견도 많아 지역 일을 경험하는 기간도 6개월에서 10개월로 늘렸다. 단순히 지역 소재 기업에서 일 경험만 하는 것이 아니라, 의무적으로 지역 복지기관 같은 곳에서 일정한 사회공헌활동을 하도록 프로그램을 짰다. 각자 흩어져서 일하다가 중간 성과를 공유하기 위해 인근지역 참가자들이 함께 모여 네트워킹할 수 있는 시간도 편성했다.

하필 코로나19로 사회적 거리두기가 확대되면서 참가 청년 모집을 위한 면접을 온라인으로 돌리기도 하는 등 우여곡절이 있었지만, 지금도 이 사업은 '넥스트 로컬'이라는 이름으로 계속 이어져 오고 있다. 청년에게 서울이 '블루오션'이던 과거와는 달리, 지금은 치열한 경쟁과 낮은 취업률로 '레드오션'으로 변해가고 있다. 이런 상황에서 청년들은 '넥스트 로컬'

프로젝트를 통해 새로운 희망의 메시지를 만나고 있다. 참가 청년들은 단순히 취직의 기회뿐만 아니라, 꿈을 찾고 자립할 수 있는 능력까지 발전시키게 되었다. 청년들도 그렇지만, 지역의 기업과 사회공헌 기관들도 함께 성장할 수 있으니, '일석삼조'의 효과를 내는 셈이다.

서울에서 살던 청년들이 어느 날 낯선 지역으로 내려간다는 것은 쉽지 않은 도전이다. 그러나, 그 도전은 청년을 한 뼘 더 성장시키고 밝은 미래를 가져오는 든든한 디딤돌이 될 것이다. 앞으로도 많은 청년이 '넥스트 로컬' 사업에 참여하여 청년, 기업, 지역 모두가 함께 성장하는 선순환이 이루어지길 희망해본다.

오세훈 시장의 귀환

때로 현실은 드라마나 소설보다 훨씬 더 극적인 모습으로 다가온다. 오세훈 시장이 무상급식을 둘러싼 주민투표가 무산되면서 시장직을 던졌을 때만 하더라도, 그가 10년 뒤 서울시장으로 다시 돌아올 것으로 생각한 사람은 아무도 없었을 것이다.

역사에 가정은 없는 법이지만, 만일 그때 오 시장이 자진 사퇴를 하지 않았다면 박원순 시장의 3선 또한 불가능했을 것이다. 혹자들은 오 시장의 잘못된 선택이 이후 10여 년간 수도 서울을 정체시키는 계기를 만든 것은 물론, 나아가 우리나라 보수정치 세력의 몰락을 가져오는 신호탄이었다고 평가하기도 한다.

실제로 보수세력은 그 이후 '친이'와 '친박' 갈등이 더 깊어졌고 2016년 총선 패배에 이어 2017년 대통령 탄핵과 대선, 2018년 지방선거, 2020년 총선에서 잇따라 패배하며 크게 위축되는 모습을 보였다. 오세훈 시장 자신도 정치 재기를 위해 도전한 각종 선거에서 실패하면서 보수 궤멸의 '오세훈 나비 효과'라는 덤터기에서 쉽게 벗어나지 못했다.

2021년 보궐선거의 서울시장직 재도전 과정도 그 초반에는 순탄하지 않았다. 그러나, 어렵게 치러진 당내경선에서 '나경원 대세론'을 꺾었고, 그 여세를 몰아 국민의 당 안철수 후보와의 단일화에 성공했다. 2021년 4월 7일에 실시된 서울시장 보궐선거에서는 국민의힘 오세훈 후보가 57.50%의 득표율로 39.18%를 득표한 민주당 박영선 후보를 18.32%P의 격차로 누르며 제38대 서울시장에 당선되었다. 25개 전 자치구에서 오세훈 후보가 승리하면서, 본인의 자진 사퇴로 내놓았던 시장직을 10년 만에 찾아오는 극적인 드라마를 연출했다.

천붕(天崩)의 아픔

보궐선거에서 당선된 오세훈 시장의 임기는 전임 시장의 남은 임기인 1년 2개월 남짓에 불과했다. 지난 10년간 박원순 시장이 만든 시정 운영의 방향을 새로 정비하고 틀을 다시 잡기에는 절대적으로 부족했다. 더구나 이를 위한 서울시의회 의석수 분포 또한 오 시장에게는 절대 불리한 구도였다. 총 110석의 의석 중 더불어민주당이 압도적 절대다수인 102석을 차지하고 있었고, 국민의힘 의석수는 겨우 6석에 불과했다. 자치구는 25개 자치구 가운데 24개 구가 민주당 소속 구청장이었고 오직 서초구만 국민의힘 소속이었으나, 그곳마저도 시장 경선을 위해 조은희 구청장이 사퇴하여 권한대행 체제로 남았다.

서울시민의 준엄한 명령을 받고 시청으로 돌아온 오세훈 시장은 남은 임기가 길지 않고 시의회의 구성이 불리하다고 그저 세월 가기만을 기다릴 수는 없었다. 보궐선거를 치른 다음 날인 2021년 4월 8일 임기를 시작한 오세훈 시장은 곧바로 서울시를 바로 세우기 위한 일에 착수했다. 그러나 예상 밖의 복병을 만난다. 관련 실무를 총괄할 기획조정실장으로 내정한 간부가 문재인 정부의 인사 검증과정에서 부동산 투기 의혹이 있다는 이유로 낙마하게 된 것이다. 그로 인해 그동안 경제정책실장으로 있던 내가 그 역할을 물려받게 되었다.

청와대 인사 검증을 통과하지 못하고, 모 정당으로부터 경찰에 고발되기까지 했던 그 간부는 최종적으로는 수사 당국으로부터 '혐의없음' 처분을 받아 뒤늦게나마 명예를 회복했다. 하지만, 이미 되돌릴 수 없는 불이익을 당했기에 그 자리로 대신 옮긴 나로서도 마음이 가볍지 않았다. 특히 같은 대학, 같은 학과 2년 후배이자 고시 동기이기도 했던 그와는 평소 허물없이 잘 지내던 사이였기에 더욱 마음이 쓰였다. 그러나, 그는 오히려 선선히 마음을 툭 털고 이게 다 선배들이 이야기하던 '관운'이라는 것 아니겠냐며, 나의 영전을 진심으로 축하해주었다.

2021년 7월 19일 자 기획조정실장 임명을 공식 통보받은 다음 날 아침, 안동에 있는 여동생의 연락을 받았다. 요양병원에서 오랫동안 누워 계시던 아버지가 그날 새벽에 돌아가셨다는 부음이었다. 순간, 하늘이 무너지는 슬픔에 말을 이을 수 없었다. 가족 뒷바라지를 위해 평생을 고생하셨건만, 그간 공직에 있다는 핑계로 자주 찾아뵙지도 못했다는 회한이 밀려왔다. 장례식 내내, 어쩌면 아버지가 내가 기조실장이 되는 것을 보고 가시려고 그동안 기다리셨던 것만 같은 생각이 들었다. 아버지를 고향 추모공원에 모시고 서울로 올라오면서 다시금 다짐했다. 앞으로 얼마 남지 않은 공직생활 동안 정말 후회 없이 내 모든 것을 쏟아부어 보겠노라고.

말단 경찰공무원이라는 설움 속에서도 절대로 비굴하지 않으셨던, 공직자의 올바른 처신을 온몸으로 보여주셨던, 그리하여 오늘의 내가 있게 하여주신 아버지! 그 아버지의 한없이 깊은 사랑에 보답하는 방법으로 그만한 것이 없을 것으로 생각했다.

'서울시 바로 세우기'

오세훈 시장은 2021년 9월 13일 시청에서 가진 기자회견을 통해 전임 박 시장의 최대 우군(友軍)이었던 특정 시민단체를 향해 '사실상의 선전포고'를 했다. 지난 10년간 민간보조금과 민간위탁금 형태로 서울시가 민간에 지원한 금액이 모두 1조 원 가까이 되는데, 그중에 정상적이지 않았던 예산 집행을 바로 잡기 위한 '서울시 바로 세우기' 추진을 선언한 것이다. 일부 특정 시민단체들이 서울시의 민간보조금이나 민간위탁금을 마치 제 주머니의 쌈짓돈처럼 받아 간 것 자체만으로도 문제가 될 수 있다. 그런데, 거기서 더 나아가 아예 특정 단체 인사들이 임기제 공무원으로 시에 들어와 보조금 지원단체의 선정에서 지도·감독에 이르기까지 사업 전반을 주무르도록 한 과거의 행태는 명백히 '시민에 대한 책임 회피'라는 게 오 시장의 판단이었다.

이러한 오세훈 시장의 단호한 태도에 대해 시의회 민주당 소속 의원들은 '박원순 흔적 지우기'가 아니냐며 거세게 항의했다. 오 시장은 조금도 물러서지 않았다. "잘못된 행정을 바로잡는 것은 서울시 수장으로서 저에게 주어진 책무"라는 말로 일축했다. 오세훈 시장이 2021년 보궐선거에서 당선된 이후, 과거 10년 동안 누적된 잘못된 관행을 바로 잡아달라는 시민들의 요구가 컸다. 그러나, 서울시의회의 절대다수 의석을 차지하고 있는 더불어민주당 소속 시의원들의 조직적 반발로 이러한 시도는 번번이 불발되었다. 오 시장이 '서울시 바로 세우기'를 천명한 시점에 민주당은 서울시의회 110석 중 99석을 차지하고 있었다. 그나마 시의회 출범 당시의 102석에서 성희롱과 청탁금지법 등에 연루된 일부 민주당 시의원들의 탈당으로 그나마 3석이 줄어든 것이다.

오 시장의 시정 혁신을 위한 행보와 민주당의 반발에 따른 갈등은 2022년 예산심의를 둘러싸고 최고조에 달했다. 우선, 2022년 예산안을 편성하면서 '서울시 바로 세우기' 대상 사업에 대한 예산을 대폭 삭감했다. 초기부터 반발하던 특정 시민단체는 물론, 시의회 민주당 의원들과 자치구까지 가세하여 갈등의 불길은 더 크게 번지는 양상이 되었다. 그렇다고 뒤로 물러설 수는 없었다. 우선, '서울시 바로 세우기' 관련 예산을 2021년 예산(1,788억 원)보다 절반 가까이 줄어든 956억 원을 책정했다. 이보다 더 큰 폭으로 삭감하는 것이 마땅했지만, 예산안 통과 가능성도 염두에 두라는 오 시장의 주문을 십분 고려했다.

구체적으로 민간 위탁 분야에서는 사회적경제 사업은 121억 원에서 64억 원으로, 도시재생 사업은 90억 원에서 23억 원으로 규모를 줄였다. 민간보조 분야에서도 주민자치 지원 예산은 270억 원에서 137억 원을 줄이고 자치구에 대한 마을공동체 사업 지원금은 100% 삭감했다.

사업의 명분과 포장은 그럴싸했지만, 실제 내용을 들여다보면 전임 박 시장과 성향을 같이 하는 특정 민간단체에 대한 지원이 주된 것이었다. 교통방송 TBS 라디오 프로그램 '뉴스 공장'의 진행자 김어준 씨의 정치 편향성 논란이 제기된 TBS 출연금도 123억 원을 잘라냈다. 예산 작업뿐만 아니라 서울시 자체 감사에도 속도를 냈다. 예산과 감사의 투-트랙(Two-track)으로 고강도 '서울시 바로 세우기'가 진행된 것이다. 태양광 보급 관련 업체들 가운데에서 고의 폐업이 의심되거나 무자격 시공·명의대여·불법 하도급이 드러난 업체 32곳을 경찰에 고발하고, 민간단체가 위탁받아 운영해온 시설에 대해서도 분야별로 감사에 착수했다.

민간위탁금과 민간보조금 사업에 대한 서울시 예산삭감이 현실화하자, 민주당 주도의 시의회는 즉각 반발했다. 서울시의 예산안이 발표된 직후 민주당 시의원들은 기자회견을 통해 "지역공동체 활성화와 주민참여, 주민자치의 가치를 훼손하는 어떠한 행위도 용납하지 않을 것"이라고 밝혀, 이후 시의회 예산안 심의과정이 매우 험난할 것임을 예고했다. 그러나, 민주당이 오세훈 시장의 '서울시 바로 세우기'를 비판한 것은 심각한 자기부정이고 모순이었다. 박원순 전 서울시장 시절에는 바로 그 민주당 시의원들이 같은 입으로 서울시의 민간 위탁과 민간보조금 사업을 강하게 비판했었기 때문이다. 서울시는 당시 속기록을 찾아 당시 민주당의 비판 발언들을 공개했다. 대변인실에서는 '그때는 틀리고 지금은 맞다?'라는 제목의 보도자료를 냈다. 이로 인해 민주당 시의원들은 서울시에 대한 행정사무감사를 이틀간 중단하기도 했다.

자치구와 시민단체들도 반발했다. 예산삭감의 직접적인 영향을 받는 서울 자치구 중 서초구를 제외한 24개 구의 민주당 소속 구청장들은 공동성명에서 "내년도 예산 편성 과정에서 드러난 서울시의 시정철학에 결코 동의할 수 없다"라고 했다. 시민사회단체연대회의 등 여러 시민사회단체도 잇따라 기자회견을 열고, "서울시의 내년도 예산안은 지역 풀뿌리 주민단체들과 시민사회단체 지원조직 예산을 뚜렷한 근거 없이 대대적으로 삭감하고 있다"라고 비판했다. 이런 거센 반발과 갈등 속에서 과연 순탄하게 시의회를 통과할 것인지 기조실장으로서 몹시 불안했다. 그러나, 반드시 관철해야만 할 일이었다.

예산안 심의가 본격적으로 시작되자, 민주당 소속 김호평 예결위원장은 코로나19 때문에 소상공인 등의 어려움이 가중되고 있다면서 3조 원의 재원을 만들어오라고 했다. 그 문제가 해결되지 않으면 예산심의는 통과하기 어려울 것이라고 대놓고 압박했다. 코로나19로 인한 서민경제의 위기야 누구나 공감하는 것이지만, 도대체 어디서 그런 막대한 규모의 재원을 만들 수 있다는 것인지 도무지 이해할 수 없었다. 서울시와 예산계수조정 협의를 진행하다가도 갑자기 기자회견을 자청하기도 했다. 도무지 어디로 튈지 알 수 없는 이들을 상대로 협상을 진행하기 위해서는 호흡을 길게 가져갈 필요가 있었다.

민주당 시의원들은 특정 시민단체 예산을 살리려는 의도로 오세훈 시장의 핵심 공약사업들을 움켜잡았다. 보궐선거로 임기를 시작했기 때문에 2022년도 예산에 공약사업을 반영하지 못한다면 사실상 남은 임기 동안 자신의 사업은 하나도 제대로 추진하지 못하게 된다. 취약계층에 대한 교육지원을 위한 서울런(Seoul Learn) 사업, 안심소득 지원 사업, 아이들을 위한 키즈카페 조성 사업, 시민의 건강지원을 위한 헬스케어 사업들은 상임위 단계부터 대폭 잘려 나갔다. 예결위 단계에서는 본인들의 요구가 관철되지 않자 사실상의 계수조정 보이코트에 돌입했다. 예산심의를 위한 의사일정은 시나브로 소진되어만 갔다. 시에서는 이런 상황을 다들 걱정했지만, 재정기획관과 나는 내심 쾌재를 불렀다. 시간은 결국 우리 편이라는 확신이 있었기 때문이다. 차분하게 최종 담판을 지을 예산 목록들을 하나하나 정리해나갔다.

결국 정례회 일정은 결론 없이 종료되었고, 언론에서는 '준예산' 가능성까지 거론하고 있었다. 자칫 여론의 역풍을 맞을 수도 있기에 민주당 의원들 사이에서도 최소한 파국은 막아야 한다는 목소리가 나오기 시작했다. 민주당 시의원들이 예산안을 연내에 처리하려다 보니, 물리적으로 날짜가 얼마 남지 않아 시간에 쫓기게 되었다. 그 덕분에 협의는 조금씩 진전을 보였다. 예산안을 사업별로 하나하나 따져볼 절대적 시간이 부족해 시에서 제시하는 대안을 대부분 그대로 받게 되었다. 계수조정을 통해 지역구 예산 하나라도 확보해보려던 민주당 의원들 사이에서도 불만이 커졌다. 예결위원장이 호언장담해서 전적으로 믿고 맡겼는데 결국 얻어낸 것이 뭐가 있냐는 볼멘소리가 나왔다. 계수조정 작업에서 오히려 오세훈표 사업들을 살려줄 테니 '서울시 바로 세우기' 차원에서 삭감된 예산 일부라도 복원해달라고 매달리는 형국이었다.

마침내 새해를 코앞에 둔 2021년 12월 31일 늦은 시각, 서울시의회는 임시회를 통해 저녁 늦게 서울시가 제출한 예산안에서 1,442억 원이 늘어난 44조 2,190억 원 규모의 예산안을 의결했다. 코로나19 생존지원금은 서울시가 제시한 7,998억 원에 타결되었다. 시의회에서 요구했던 3조 원에는 못 미치는 수준이라 더불어민주당 소속 일부 의원들 사이에서 반대 의견이 나와 막판 진통을 겪었다. 그러나, 시의회에서 일방적으로 삭감했던 서울시 주요 사업은 대부분 살릴 수 있었다. 민간위탁금과 보조금 사업 예산도 의회와의 협의 과정에서 200억 원이 복원되어 632억 원 삭감으로 마무리되었다. 민주당 의원들 사이에서도 형식적으로는 절충안이지만, 내용상은 '서울시의 압승'이라는 평가가 나왔다.

행정1부시장에 오르다

2022년도 서울시 예산에 충분히 반영하지 못한 '서울시 바로 세우기'는 결국 미완의 과제로 남게 되었다. 전임 시장의 잔여임기 1년 2개월을 마친 오세훈 시장은 2022년 제8회 전국 동시 지방선거에서 국민의힘 서울시장 후보로 다시 선출되었다. 6월 1일 치러진 지방선거에서 오 시장은 59.05%의 득표율을 얻으며 39.23% 득표율에 그친 더불어민주당의 송영길 후보를 19.8%P 차이로 크게 이기고 제39대 서울시장으로 당선되었다. 서울 25개 자치구 426개 전 행정동에서 모두 승리하는 대기록을 세웠고, 사상 최초의 4선 서울시장이 되었다.

오세훈 시장이 민선 8기 임기를 시작하기 하루 전인 2022년 6월 30일 자로 행정1부시장 직무대리 발령을 받았다. 서울시 행정1부시장은 서울시장이 제청하고 대통령이 임명하는 차관급 자리이다. 대통령의 재가를 거친 공식 임용일은 7월 29일이었다. 공직에 입문한 지 30년 만에 직업공무원으로서 올라갈 수 있는 정점에 오른 것이다.

초임 사무관 시절, 그토록 까마득하게만 느껴지던 자리를 내가 맡게 되었다는 사실에 어깨가 무거워졌다. 가진 것 하나 없이 서울로 올라와 서울시장을 가까이서 보좌하면서 서울의 살림살이를 총괄하는 자리까지 맡게 되었으니 왜 감회가 새롭지 않겠는가? 한덕수 국무총리가 대신 전한 임명장을 받은 날에는 '아버지가 생존해 계셨더라면 얼마나 좋아하셨을까?' 하는 생각이 내내 머리를 떠나지 않았다.

대한민국 수도 서울을 꾸려가는 서울시정은 정말 하루도 바람 잘 날이 없다고 해도 과언이 아니다. 비가 오면 비가 오는 대로, 눈이 오면 눈이 오는 대로 늘 긴장하고 대비해야 한다. 똑같은 일이 발생한다고 해도 그 장소가 서울이라면 훨씬 더 큰 국민적 관심과 언론의 주목을 받게 된다. 흔히 서울시정은 국방과 외교를 제외한 모든 행정을 다룬다고 알려져 있다. 그러나, 이제는 이 말도 맞지 않는다. 지방자치 실시로 도시 외교 기능이 강화되면서 서울시도 이미 상당한 외교 기능을 수행하고 있기 때문이다. 또한 서울시장은 군·경까지 아우르는 '통합방위회의'의 의장을 맡고 있다는 점을 고려한다면 국방 분야에서도 일정한 역할을 담당하고 있는 셈이다. 1천만 명이 살아가는 서울시의 살림살이를 꾸려가기 위해서는 오케스트라를 이끄는 지휘자처럼 모든 영역에 걸쳐 세밀하고 정교한 접근, 거기에 대해 전체적인 조화까지 고려하지 않으면 안 된다.

2022년 7월 1일 오세훈 시장은 아직 채 끝나지 않은 코로나19 상황을 고려해 집무실에서 온라인 취임식을 마치고 창신동 쪽방촌을 찾아 선거기간 내내 강조했던 '약자와의 동행'을 본격화했다. 고물가와 전기요금 인상, 불볕더위에 이은 집중호우 등으로 힘겨운 여름을 보내고 있는 노숙인과 쪽방촌 주민들의 애로를 살피고 이들을 위한 3대 지원방안을 밝혔다. 이후, 민선 8기 서울시정을 관통하는 캐치프레이즈를 '동행·매력 특별시 서울'로 정했다. 적극적으로 '약자와의 동행'을 추진하는 한편, 이를 뒷받침할 서울의 새로운 미래 성장동력으로 관광과 4차 산업 혁명 등에 초점을 두고 서울의 매력을 최대치로 끌어올려 반드시 글로벌 톱5 도시로 만들겠다는 다짐이었다.

서울의 지난 '잃어버린 10년'을 하루빨리 메꾸고 미래를 향해 한 걸음 더 나아가기 위한 치열한 몸부림으로 느껴졌다. 이러한 시정 운영 기조는 지금도 계속 이어지고 있다.

부시장으로 산다는 것

앞서 부시장직을 거쳐 간 여러 선배 공무원의 모습을 보면서, 막연하게나마 부시장이라는 직위가 참으로 힘든 자리라는 것은 알고 있었다. 실무선에서 올라온 각종 계획을 시장의 최종 결심이 있기 전까지 충분히 숙성시켜야 하고, 또 정무적인 리스크에 대한 고려까지 포함하여 늘 마지막까지 신경을 써야 하기 때문이다. 막상 부시장이 되고 보니, 생각했던 것보다 훨씬 더 큰 업무부담이 있었다. 자칫 내가 놓치고 지나가 버리면 더는 이를 다듬거나 고칠 기회가 없어지기 때문에 늘 긴장해야 했다. 매사에 늘 꼼꼼히 챙기려는 완벽주의자 기질의 내 성격도 한몫했을 터이지만, 꼭 그게 아니더라도 서울시 부시장이라는 자리는 늘 그래왔다. 아니, 그래야만 했다.

2022년 8월에는 중부지방에 집중적인 호우가 내려 서울에도 큰 피해가 발생했다. 관악구 신림동 반지하에 빗물이 흘러들어 미처 빠져나오지 못했던 일가족 3명 등 모두 8명의 안타까운 사망사고가 있었다. 시내 도로 곳곳이 물에 잠겼고 지하철역 여러 곳에서도 빗물이 밀려들어 일부 구간은 무정차 통과를 했다. 지하철 7호선 이수역에서는 천장이 무너지기도 했다.

오세훈 시장은 재난 상황을 챙기기 위해 퇴근한 지 3시간만인 9시 55분경 다시 시청으로 나왔다. 당연히 부시장들도 함께 움직여야 했다. 비가 계속 내리는 상황이라 며칠 동안은 잠도 제대로 못 자고 피해 현장을 수습하고 복구지원을 했다. 물론, 수방 등 재난업무는 행정2부시장 소관이지만, 자치구를 총괄하는 행정1부시장도 절대 뒷짐 지고 있을 수는 없었다.

2022년 10월 29일 밤은 결코 잊을 수 없다. 토요일이었던 그날 밤 10시

15분경 용산구 이태원동 해밀턴 호텔 서편의 좁은 골목에서 핼러윈 축제를 즐기기 위해 모여든 수많은 인파가 통행 방향이 서로 뒤엉키면서 158명이 압사하는 끔찍하고 비극적인 사고가 일어났다. 서울종합방재센터의 '대응1단계' 상황 전파 메시지가 휴대전화로 접수되었다. 안전총괄과장에게 추가적인 상황 파악을 지시하고 행정2부시장에게도 현장 출동을 요청했다. 당시 오세훈 시장은 유럽 출장 중 네덜란드 현지 일정을 보내고 있었다. 시장이 부재중일 경우 그 직을 대리할 사람은 행정1부시장이다. 행정2부시장과 오신환 정무부시장이 사고현장으로 달려갔고, 나는 시청으로 가서 재난안전대책본부를 꾸리고 경찰 등 관계기관과 소통하면서 사고 수습을 총괄했다. 부상자의 치료와 사망자의 후송 및 영안실 안치 등 일차적인 사고 수습이 마무리될 때까지 밤새 한시도 숨돌릴 틈 없는 긴박한 시간이 이어졌다.

이태원 참사 발생 사흘 뒤인 11월 1일, 경찰은 특별수사본부(특수본)를 꾸려 관련 수사에 나섰다. 국회는 11월 24일 국회 본회의에서 국정조사계획서가 통과되면서 '용산 이태원 참사 진상규명과 재발 방지를 위한 국정조사 특별위원회'를 출범시켰다. 국조특위는 해를 넘겨 2023년 1월 17일까지 55일간 관련기관의 보고·질의, 증인·참고인 신문 등을 이어갔다. 2022년 12월 29일 열린 국조특위 2차 기관 업무보고 자리에서 전임 시장 시절 서울시에 몸담았던 한 야당 의원은 사고 당시 서울시 재난안전대책본부장 직무대리 역할을 했던 나를 거세게 몰아붙였다. 사실에 기초하지 않는 추측성 질의와 일방적 비난이라서 이를 하나하나 반박하자 우상호 위원장이 잠시 나의 답변을 제지하기도 했다. 대신 마지막으로 정리 발언의 기회를 주었다. 담담한 어조로 나는 말했다. "(제 답변은) 절대로 서울시가 다

잘했다는 의미가 아닙니다. 그때 그만큼 다급한 상황에서 열심히 뛰어다닌 현장에 있던 구급대원들, 상황 조치를 위해 노력했던 직원들의 노력까지 폄하되지는 않았으면 하는 마음에서 답변드린 것입니다."

생때같은 자식을 하루아침에 잃은 부모 마음이야 얼마나 허망하고 안타까울까? 사고 이후 그 생각만 하면 내내 가슴이 먹먹해져서 한동안 밤잠을 이루기 어려웠다. 그와 같은 사고가 재발하지 않도록 시스템을 정비하고, 수습과정에서 혼선을 빚었던 기관별 책임과 권한을 재정비하는 것이 급선무일 것이다. 여전히 이태원의 아픔은 현재 진행형이다. 그러나, 재난과 사고마저 정쟁 도구로 삼으려는 일각의 움직임은 참으로 안타깝기만 하다.

부시장의 주요 임무로 직원들의 애로사항을 들어주고, 고생한 직원들을 그때그때 격려하는 것도 빼놓을 수 없다. 서울시에는 두 개의 직원 노조가 있다. 노조 대표들과 만나 직원들의 애로사항을 청취하고 그걸 해결하기 위해 머리를 맞대고 함께 고민하는 것은 매우 중요한 일이다. 노조가 서울시의 시정 운영 방향을 정확하게 이해한다면, 시민에게 양질의 행정서비스를 제공하는 데 큰 도움이 된다.

양대 노조의 간부 워크숍에 각각 초청받아 '노조와 함께하는 창의 행정'이라는 제목의 특강을 하기도 했다. 평소 현안업무를 추진하느라 고생한 직원들에게는 틈틈이 연습해 직접 쓴 캘리그래피 엽서를 나눠주기도 했다. 어디 내놓을 수준은 아니었지만, 그래도 직원들이 좋아해 주었다. 새벽 일찍 일어나 엽서를 쓴 보람을 느끼는 순간이다. 종종 젊은 직원들은 이런 내 모습을 보고 놀랍다는 듯이 "부시장님, 정말 섬세하시네요"라는 이야기를 해준다. 그냥 거기까지만 하면 좋을 것을, 그 말의 앞이나 뒤에 꼭 한마디를 덧붙였다. "보기와 달리"라고.

아! 잼버리

2023년 8월 3일 밤 9시 무렵 휴대전화가 울렸다. 오세훈 시장이었다. 대개 시장의 밤늦은 전화는 상황이 심상치 않은 경우가 많아 '이번엔 무슨 일일까?'라는 생각으로 절로 몸이 움츠러들었다. "총리께서 전화를 주셨어요. 새만금에서 잼버리 대회가 열리고 있는데 지금 현장 여건이 매우 좋지 않은가 봅니다. 시에서 긴급 지원을 할 필요가 있어 전화했어요." 오 시장 특유의 침착한 어조였지만, 잼버리 현장의 문제점은 언론보도를 통해 접하고 있었기에 현장의 다급한 사정이 오롯이 전해져 왔다. 참가자와 대회 관계자 수는 많은데 현장의 편의시설이 턱없이 부족하고, 그중 특히 화장실 부족 문제가 심각하다는 것이다. 그뿐만 아니라, 기존 화장실도 이를 유지 관리할 수리공이 부족해서 참가자들의 불편이 이만저만이 아니라고 했다.

전화를 끊고 바로 긴급 연락을 돌렸다. 행정2부시장의 협조를 받아 당장 이동화장실 확보가 가능한 업체를 수배하고, 서울시 도시기반시설본부, 푸른도시여가국, 재난안전관리실에서 관리하는 공사 현장 간이화장실도 추가로 확보하도록 했다. 다음 날 아침, 대회 조직위원회와 전라북도를 통해 현장에는 냉방이 가능한 이동식 화장실 50기가 필요함을 확인했다. 이미 그 시간에 서울시에서 발 빠르게 움직여 밤새 수배된 화장실들은 새만금 현장에 속속 도착하고 있었다. 시장은 8월 4일 긴급 간부회의를 소집했다. 현장에서는 연일 무더위로 온열질환자와 벌레와 모기에 물린 환자가 속출하고 있었고, 가장 기본적인 편의시설도 엉망이라 자칫 국가적 망신을 당할 처지였다. 시장은 이런 상황에서 잼버리 대회를 도울 방법을 적극적으로 찾아보라는 지시를 내렸다.

문득, 세계 잼버리 대회가 채 한 달도 남지 않았을 때의 일이 떠올랐다. 여성가족부 차관이 잼버리가 코앞에 닥쳤는데도 정작 대회개최 사실을 많은 국민이 아직 모르고 있다면서 서울시의 홍보 지원을 요청해왔다. 지하철 광고판과 시내 전광판을 활용한 잼버리 홍보계획을 세워 여가부에 통보하면서, 이 사실을 시장에게도 보고했다. 그때, 오 시장은 걱정스러운 얼굴로 이렇게 말했다. "홍보는 홍보대로 서울시가 지원하면 되는데, 참 걱정이네요. 지금 새만금 간척지에서 과연 잼버리 대회를 온전히 치를 수 있겠어요?" 상황이 급박하게 돌아갈 무렵, 오 시장이 했던 이 말이 자꾸만 생각났다. 어떻게 그렇게 정확하게 앞으로 벌어질 일을 예견했던 걸까?

사태는 그것으로 그치지 않았다. 8월 5일 토요일에 영국과 미국 대원들이 조기 철수를 결정했다는 현장 소식이 들려왔다. 영국은 대회 참가국 중 가장 많은 4,500여 명의 대원이 참가한 상태였고, 미국은 우리의 최대 우방국이기 때문에 그 충격이 더했다. 대회 도중 철수를 결정한 건 분명히 아쉽고 또 한편으로 서운한 일이기도 했지만, 현장 상황이 그만큼 열악했다는 방증이기도 했다. 귀국 항공편은 대부분 대회 종료 이후였기 때문에, 그간 이들이 묵을 숙소 확보와 프로그램 마련이 필요할 것이라고 보았다.

오 시장은 그날 밤, 다시 전화로 나를 찾았다. "미국 대원은 평택 미군기지로 들어가서 자체 프로그램을 운영한다니 일단은 됐는데, 영국 대원들이 문제네요. 영국 대사관 쪽과 연결해서 가능하면 내일중 편한 시간에 주한 영국대사님을 뵙자고 해주세요." 문제는 주말이라서 영국 대사관 접촉이 쉽지 않았다. 그 순간, 안동 하회마을 충효당에서 만나 뵈었던 하회 류씨

종손 어른의 말씀이 떠올랐다. 영국대사의 부인이 안동사람이라는 사실을 그때 처음 알게 되었다. 안동 출향 인사들의 움직임을 훤히 꿰뚫고 있는 이 모 선배에게 바로 연락했고 어찌어찌 대사관 실무자와 밤늦게 연락이 닿았다. 영국대사는 여름 휴가를 맞아 본국으로 들어갔고, 대신 부대사가 다음날 시청에 와서 오 시장을 만나는 것으로 약속되었다.

다음날 영국 부대사가 스카우트 대원을 총괄 지휘하는 지도자와 함께 시청을 찾았다. 처음에 서울시에서 준비했던 제안은 대원 스스로 문제를 해결하는 잼버리 정신을 고려해서 한강 둔치에서 캠핑을 할 수 있도록 공간을 제공하겠다는 것이었다. 그러나, 영국 측은 이미 새만금에서 대원들이 지쳐있고 날씨도 좋지 않다며 그 제안은 정중히 사양했다. 또 다른 서울시의 제안은 문화 프로그램 제공이었다. 서울관광재단에서 대원을 위한 시티투어 버스 특별 운행 등 다양한 문화체험 옵션을 제시했다. 마침내 그날 저녁에 영국 대원들이 시티투어 버스에 올라 서울야경을 만끽할 수 있었다. 대회 시작 이후 아주 오랜만에 대원들의 입가에 웃음이 번졌다.

그 무렵, 일기예보에서는 제6호 태풍 카눈의 북상 소식을 전하고 있었다. 태풍의 예상 경로는 이례적으로 한반도를 남에서 북으로 종단하는 경로였고, 한반도 상륙시점은 8월 10일경이라고 했다. 전날부터 조금씩 이야기가 나오더니 결국 8월 7일 오전 모든 참가국 대원의 새만금 현장 철수가 결정되었다. 서울시는 미리 잼버리 대원이 머물 숙소를 확보하기 위해 동분서주하는 한편, 시내 미술관과 박물관 9개소의 운영시간을 밤 9시 또는 10시까지 연장하는 등 대원들을 위한 문화체험 프로그램을 준비했다.

8월 8일 아침 새만금을 출발한 대원들이 속속 서울 등 수도권과 일부 충청권에 확보된 숙소에 도착하기 시작했다. 서울에는 13개소 숙소에 총

3,210명의 인원이 배정되었고, 이들을 지원하기 위해 행정1부시장을 본부장으로 하는 '서울시 잼버리 대책본부'가 꾸려졌다. 수시로 상황이 바뀌는 까닭에 초기에는 일부 혼선도 있었지만, 서울시 직원들은 갑자기 서울을 찾은 손님들이 조금도 불편하지 않도록 일사불란하게 움직였다. 여름 휴가를 반납하고 일에 뛰어든 직원들도 부지기수였다. 대학 기숙사 등 각 숙소별로 프로그램을 자체적으로 급히 준비하기도 하고, 해당 숙소가 있는 자치구에서도 내 일처럼 도와주었다.

긴급 상황에 대비하기 위한 의료 인력도 배치했고, 광화문광장과 여의도 한강공원에서 '웰컴 투 서울 댄스 나이트'를 열어 참가 대원들의 열띤 호응을 받기도 했다. 이와 같은 대형 행사를 하루 만에 뚝딱 기획해낸 것은 기적과도 같았고 서울시의 저력을 보여주는 일이었다. 마침내 8월 11일 상암동 월드컵경기장에서 K-Pop 콘서트를 겸한 폐영식 행사를 마지막으로 잼버리 대회는 일단락되었다. 서울에 머물던 대원들은 이날부터 출국을 시작해 8월 14일까지 모두 귀국 비행기에 올랐다. 마치 매서운 폭풍이 몰아친 것과도 같았던 열흘가량의 시간이 정신없이 흘렀다.

그렇게 잼버리는 끝이 났지만, 대회 파행을 놓고 정치권에서는 또다시 날 선 책임 공방이 이어졌다. 오래전부터 예정된 행사였기에 꼼꼼하게 준비하지 못한 잘못이 분명 누군가에게는 있을 것이다. 그러나, 중요한 것은 절체절명의 위기를 오히려 한국의 넉넉한 정과 문화적인 저력을 보여주는 기회로 만들었다는 점이다. 어쩌면 대회 기간 중 한반도에 태풍이 상륙한 것은 천우신조였는지도 모른다. 만일 그 무렵에 태풍 예보가 없었다면, 참가국들이나 조직위원회도 쉽게 철수를 결정하지 못하고 무척 당혹스러웠을 것이다. 대회장 편의시설이 엉망인 새만금 현장에서 혹독한 무더위와 싸우며 대회 종료일만 하염없이 기다리고 있지 않았을까?

사상 최악의 잼버리 대회로 기억될 뻔한 악재가 K-문화체험의 장으로 전환되었고, 다행히 태풍 카눈도 큰 피해 없이 조용히 지나갔다. 연세 드신 어르신들도 전철에서 손자뻘쯤 되는 해외 잼버리 대원들을 만날 때면 서툰 영어지만 "아이 앰 쏘리!"라고 말을 건넸다. 우리 국민은 국가적인 위기를 만났을 때 모두가 하나로 뭉쳐야 한다는 사실을 몸으로 체득하고 있었다. 단군 이래 수없는 외침을 받아도 이에 굴하지 않고 우리의 말과 글, 한민족의 정체성을 지켜냈다. 가까이로는 IMF 구제금융으로 국가 경제 전반이 휘청거릴 때 너 나 없는 금 모으기로 위기를 극복해냈던 대단한 민족이 아니었던가? 잼버리 사태 수습을 통해서 이런 우리의 저력을 다시 한번 확인할 수 있었다.

강연을 통해 본
김의승

초창기 공직생활에 대한 실망과 불만에 찬 사람이 술에 취한 채 몸을 휘청거리면서, 연탄재를 발로 툭툭 차면서, 자취방까지 올라가는 모습은 어떠했을까요? 그런데 그 젊은이가 그날 낮 교보문고에서 사 온 시집을 펼쳐 시를 읽습니다. 거기서 제 어깨를 죽비로 세차게 내리치는 듯한 시 한 수를 만납니다.

제가 한번 암송해 보겠습니다.

너에게 묻는다

안도현

연탄재 함부로 발로 차지 마라
너는
누구에게 한 번이라도 뜨거운 사람이었느냐

창의행정 특강*: 지금 왜 '창의행정'인가?

안녕하세요. 행정1부시장 김의승입니다. 역시 오늘도 기대를 저버리지 않는군요. 앞자리는 텅 비어 있습니다. (웃음) 오늘 이렇게 우리 서울시에서 늘 애쓰시는 팀장님들을 뵙고 이야기를 할 수 있는 시간을 가지게 되어서 참 기쁘게 생각합니다. 지금이 사실은 강의하기에는 매우 취약한 시간대이기도 합니다. 예, 지금 화면에서 보시는 것은 제 소개입니다.

이 특강이 사실은 정말 어렵습니다. 그동안 저랑 같이 근무해봤던 사람들도 있을 것이고, 직접 근무를 같이하지는 않았지만, 소문을 들어서 저에 대해 대략 알고 있는 분도 있을 것입니다. 그런 점에서 '과연 당신이 창의행정에 관한 이야기를 할 수 있어?'라는 생각을 혹시라도 하시는 분이 계실까 봐 걱정됩니다. (웃음) 강사가 다소 베일에 싸인 사람이 와서 이런 이야기를 해야 하는데, 자칫 메시지를 보지 않고 메신저를 볼 가능성이 있다는 사실 때문에 부담스럽습니다. 다음으로는 아까 제가 말씀드린 것처럼 이 시간이 강의를 듣기에는 굉장히 취약한 시간대여서 막 졸음이 엄청나게 몰려올 수도 있을 것 같습니다. 혹시 졸음이 몰려오면 주무셔도 됩니다. 다만, 한 가지 부탁은 몸을 뒤로 젖히지는 마시고, 좌우로 왔다 갔다 하지도 말고, 될 수 있으면 무게 중심을 앞으로 두고 '그래 당신 말이 맞아'라고 앞뒤로 끄덕거려 주시면 강의하는 사람도 조금은 더 힘이 날 것 같습니다.

---

* 2023.4.26.(수) 14:00 서울시 인재개발원에서 있었던 '서울시 관리자(5급) 창의행정 리더십 과정' 특강 4회차 녹취록을 토대로 독자의 이해를 돕기 위하여 일부 문맥을 조정하고 표현을 다듬은 것입니다..

(웃음)

오늘 이 강의를 통해 제가 말씀드릴 것은 '창의행정'에 관한 것입니다. 오세훈 시장님이 올해 초 우리 조직에 창의행정을 다시 한번 점화를 시키자는 주문을 하셨지요. 그렇지만, 아무런 준비도 없이 어느 날 갑자기 '자, 지금부터 창의행정을 시작하자'라고 하면, 아무래도 업무부담만 늘어나는 것으로 오해가 될 수 있습니다. 특히 창의행정을 이렇게 실질적으로 끌고 가야할 우리 팀장님들이 새로운 다짐을 할 수 있는 사전 교육이 필요하다고 생각했습니다. 그래서 행정1·2부시장 두 사람이 들어가서 시장님께 직접 건의를 드렸고, 시장님도 그 부분에 대해 동의를 하셨습니다. 문제는 시장님이 직접 전체 팀장, 과장들께 특강을 해주셨으면 했는데, 과장 대상 첫번째 교육만 시장님이 직접 하시고 그다음부터는 부시장이 알아서 하라고 말씀하셔서 이렇게 오늘 여러분 앞에 서게 되었습니다.

아무튼 이제 오늘 열린 마음으로, 제가 그동안 일하면서 느꼈던 것 그리고 그동안에 여러분이 생각하고 계셨던 것들에 대해서 같이 한 번 더 돌아보고 공감해보자는 취지로 생각하시면 되겠습니다. 매일 다람쥐 쳇바퀴 돌 듯이 돌아가는 일상에서는 자신을 한번 차분하게 돌아볼 시간이 없을 텐데, 이런 교육을 통해 잠시 업무영역에서 벗어나면 평소 하던 일을 좀 더 새롭게 보는 시각이 생기는 법이잖아요. 그리고 더욱 좋은 것은 지금 이 시각, 여러분이 속한 팀에서는 굉장한 평화가 찾아와 있다는 것이지요. (웃음) 아무튼 한 번쯤 잠시 일상에서 떨어져서 자신이 하는 일과 조직 내에서의 관계에 대해 차분히 생각해 보자는 의미이니 이제 제 강의를 편하게 들어주시면 좋겠습니다.

오늘 여기에 서울시 사무관, 그러니까 본청의 팀장님, 사업소의 과장님들이 함께 하셨는데, 그런데 과연 서울시 팀장들은 과연 어떤 사람들인가를 한번 분석해봤습니다. 서울시 팀장은 조직의 최소단위인 팀에서 가장 높은 분이고, 팀원들과 과장, 또 그 위에 간부들과 연결을 시켜주는 아주 중요한 연결고리 역할을 하고 계시는 분입니다. 뭐니 뭐니 해도 그 팀의 분위기는 사실 팀장이 어떻게 하시느냐에 따라서 확 달라진다고 생각이 됩니다. 그만큼 서울시라는 조직 내에서 어찌 보면 가장 핵심적인 위치에 계시는 분들입니다. 서울시의 팀장급 재직기간과 나이도 한번 살펴봤는데, 5급 공채를 통해 들어온 20, 30대분들도 계셨지만, 압도적인 다수는 50대가 차지하고 있었습니다. 평균 재직기간은 25년 10개월 20일로 정말 오랜 시간을 공직자로서 일해왔습니다. 그런데 지금 여러분은 행복하십니까? 제가 저한테 보고를 하기 위해 들어오는 분들한테 가끔씩 '아무개 팀장님은 지금 정말 행복하시냐?'고 물어보면 선뜻 답을 못하는 경우가 많더라고요. '샌드위치 증후군'이라는 말이 있습니다. 밑에서는 위로 치받아 올라오고, 또 위에서는 여러 가지 주문을 내리기에 중압감을 느끼는 상황, 즉 조직의 중간 위치에서 위·아래를 조율해야 하는 중간관리자의 고충을 지칭하는 말입니다. 아마 여러분도 상당히 공감하실 것 같습니다.

그런데 이 수치 아시나요? 7.86%! 어떤 의미냐 하면, 서울시와 자치구를 다 포함할 때 전체 직원 수가 4만 7천여 명인데 그중에서 5급 사무관은 3천7백여 명입니다. 물론, 서울시만 들여다보면 그 비율이 조금 더 높아지긴 하겠지요. 그렇지만, 25개 자치구까지 다 포함할 때, 이 자리에 계신 분들은 전체 시·구 직원 가운데 상위 7.86% 내에 들어가는 사람들임을 기억했으면 합니다. 시장님부터 1~4급까지를 다 합한 상위 7.86% 말입니다. 화면에서 보시는 것처럼, 이렇게 높은 산을 서울시와 자치구를 다 합한 전체 서울시 조직이라고 생각하면 흔히 팀장은 중간관리자니까 내 위치는 대략 저 가운데 산허리의 어디쯤이 아닐까 생각하실 것입니다. 그러나, 앞에서 살펴봤듯이 7.86%라고 하면 사실은 그보다 훨씬 더 높은 위치를 차지하고 있다는 겁니다. 시장님과 여러분 사이의 거리는 그림에서 보듯이 아주 미미하지만, 이제 막 9급으로 공무원 생활을 시작하는 직원들과 여러분 사이의 거리는 정말 까마득하게 멀다고 할 수 있습니다. 이 사실을 꼭 기억해야 합니다.

다음으로, 여러분의 팀장 직위 명칭이 영어로는 'Team Leader'입니다. 국내에서는 이게 잘 안 먹힐지 모르지만, 여러분이 출장을 가서 해외에서 만나는 공무원들과 인사할 때 '팀 리더'라고 소개하면 아마 한 번은 더 쳐다보게 될 것입니다. 직함에 리더가 들어간 것은 그만큼 매우 중요한 의미가 있다는 것을 말씀드리고 싶습니다. 이렇게 중요한 위치에서 일하는 우리 팀장님들이 최근에 길을 잃은 것 같다고 합니다. 매일 매일 일은 정말 많고 나는 뭔가 열심히 하는 것 같은데, 일도 잘 진척이 안 되고, 또 내가 하는 일이 얼마나 큰 의미를 가진 것인지 모르겠다는 겁니다. 한마디로 길을 잃었다는 것입니다. 늘 복잡한 업무를 머리와 가슴으로 품어 안고 여러 난관을 헤쳐나가야 할 텐데, 지금껏 해오던 방식대로 나아가는 것도 답이 아니고, 왼쪽으로 꺾는 것도 답이 아니고, 오른쪽으로 돌아가는 것도 답이 아닐 거라는 생각이 든다는 것입니다.

사무관 하니까 저의 사무관 시절이 생각나는데요, 처음 공무원으로 임용되고 서울시로 왔던 사무관 시보 시절의 이야기입니다. 당시 동작구청 주택과에서 잠깐 근무하면서 서울시의 행정이 어떻게 돌아가는지 살펴볼 기회가 있었습니다. 주택과에서는 수습사무관이 새로 왔다고 과장님 책상

바로 앞에 책상 하나를 따로 가져다 놓고 '수습사무관' 명패까지 달아주었습니다. 어느 날은 분명히 근무 시간인데, 아직 점심시간까지는 한참이나 남았는데 직원들이 한 분 두 분 사라지기 시작하더라고요. 그리고서 5~10분 지나니까 주택과 사무실에는 저 혼자만 달랑 남게 되었어요. '이게 뭐지? 다들 식사하러 일찍 나간 건가?'라고 생각할 즈음, 갑자기 머리띠를 둘러멘 사람들이 순식간에 떼를 지어 사무실로 막 쳐들어왔습니다. 머리띠에는 '00동 0구역 재개발 조합' 뭐 이런 표식을 하고 있었는데, 들어서는 순간부터 고함을 지르고 책상을 치면서 막 난리였습니다. "다 어디 갔어?" 이렇게 소리를 지르는 사람들도 있었고요. 그러다가 갑자기 저를 보더니 "어, 여기 있네!" 하며 대표로 보이는 한 사람이 제 앞으로 다가왔습니다. 자리에 있는 명패에 '수습사무관'이라고 쓰여있는 걸 한참 동안 쳐다보더니, 이윽고 말을 꺼냅니다. "그래, 이거 어떻게 수습할 거야?" (웃음) 당황해하면서 "저…, 저는 그런 수습이 아닌데요"라고 답했던 기억이 납니다. 아무튼 여러분 모두 사무관으로서 현재 매우 힘든 위치에 계실 것으로 생각합니다.

최근 공무원의 인기 또한 과거와는 많이 달라졌습니다. 아마 오늘 이 자리에 계시는 분들은 최소한 몇십 대 일, 몇백 대 일의 치열한 경쟁을 뚫고 지금 팀장까지 올라오셨을 겁니다. 그런데 제 나이보다 한 10년 정도 앞선 선배들 시절에는 공직이 그렇게 인기가 많던 시절은 아니었습니다. 그때는 고속 개발로 민간기업들이 막 커나가고 있을 때여서 오히려 돈을 벌려면 공무원이 아니고 민간기업에 취직해야 한다는 분위기였지요. 공무원 보다는 은행이나 대기업이 훨씬 인기가 많았습니다. 제가 구청에서 첫 보직을 받고 일을 할 때, 선배 공무원들끼리 모여 하는 얘기를 들었어요. 서울 시내 여대생을 대상으로 벌인 설문조사에서 장래 바람직한 배우자의 직업군을 물었더니 공무원이 2위를 했다는 것이 대화의 주제였습니다. 그때만 해도 '뭐, 공무원이 2위씩이나 했다고?' 하는 분위기였나 봅니다. 그런데 그걸 듣고 나니 1위는 어떤 직업군이 차지했는지가 궁금하잖아요. 그래서 제가 "1위는요?" 하고 물었더니, 곧바로 심드렁한 대답이 돌아왔습니다. "1위는 민간인이지, 뭐!" (웃음)

　한동안은 그런 시절을 보냈지만, IMF를 겪으면서 직업의 안정성 측면에서, 또 공무원연금 제도가 정착되고 문민정부 출범 이후에는 봉급도 어느 정도 현실화가 되면서 공무원들의 인기도 조금씩 올라가게 되었습니다. 그런데, 최근 다시 언론에서는 하루가 멀다고 '젊은 MZ세대 공무원 공직을 떠난다'라는 기사가 심심찮게 나오고 있습니다. 사실은 MZ세대가 공직만 떠나는 것은 아닌 것 같습니다. 흔히 우리가 말하는 평생직장이라는 개념은 한 직장에서 일단 시작했으면 평생 계속 거기서 일하는 것인데, 요즘 젊은 사람들은 본인이 생각할 때 이 조직이 내가 있어야 할 조직이 아니라는 판단이 들면 쉽게 떠난다는 겁니다. 특히 조직이 자신의 공로를 인정하지 않고 무시할 때, 조직의 가치와 본인이 추구하는 가치가 서로 맞지 않을 때 조직을 떠난다고 합니다. 또 의미 없는 하찮은 일을 계속 본인에게 강요할 때도 그 조직을 떠납니다. 그 밖에도 일하다 번-아웃(Burn-out)이 왔을 때, 그리고 더욱 중요한 것은 조직 내에서 나를 성장시켜줄 선배가 없을 때 그 조직을 미련 없이 떠난다고 합니다. 서울시 젊은 공무원들도 일찌감치 공직을 포기하고 다른 길을 찾아 떠난다는 소식이 들리고 있습니다. 물론, 모든 사람이 공직을 선망하는 현상도 결코 바람직한 일은 아닐 것입니다. 사회 전체적으로는 우수 인재가 각 분야에 골고루 포진해 있는 것이 필요할 테니까요. 하지만, 그렇다고 해서 훌륭한 인재들이 서울시를 쉽게 떠나는 지금의 모습도 결코 그냥 지켜보고만 있을 수 없는 일이라고 생각합니다.

공직에 대한 세상의 평판이 나빠지게 된 또 다른 이유도 있습니다. 이제 막 공무원으로 들어온 젊은이들은 나름대로 그간 열심히 공부해서 시험에 합격했고, 우리 사회를 위해 뭔가 좋은 의미로 봉사를 하겠다는 마음가짐으로 공직에 들어왔는데, 만나는 민원들이 함부로 닦달하고 막 대할 때 크게 좌절한다는 것입니다. 아울러 일반 국민은 기본적으로 우리 공무원들이 너무 무능한 것 아니냐는 불신이 있는 것 같습니다. 국민 혈세로 봉급을 주고 있는데, 우리를 그저 철밥통에만 안주하는 한심한 존재로 보기도 합니다. 굉장히 억울할 수도 있지만, 어떤 면에서는 우리 선배들이, 우리 동료들이 자초한 측면도 분명히 없진 않을 것입니다. 저는 TV에 나오는 공무원들을 '상반신 공무원'과 '하반신 공무원'으로 분류하기도 합니다. '상반신 공무원'이란 말 그대로 TV 화면에 상반신이 나오는 공무원들이고, '하반신 공무원'은 상반신은 안 나오고 하반신만 나오는 사람들입니다. TV 화면에 상반신이 나오는 공무원들은 매우 조리 있게 말도 잘하고, 해당 현안에 대해서도 다 꿰뚫고 있습니다. 그런데, TV 화면에 하반신이 잡히는 공무원들은 대체로 현장의 문제점이 적나라하게 소개되고 난 이후에 등장합니다. 앵커가 "이를 관리해야 될 공무원의 목소리를 들어봅니다."라고 설명한 뒤 곧바로 이어서 나오지요. 대부분 "아냐, 그게 아니라니까!"라면서 사실을 부정하는 발언을 합니다. 아주 거칠게 반말을 하기도 하고, 더없이 무능하고 부패한 모습으로 나오는 경우가 많습니다. 우리는 되도록 '상반신 공무원'으로 살아야 하지 않겠습니까? 그러면 지금 앞에 서 있는 부시장은 지금껏 계속 상반신만 나왔었느냐고 물어보실 것 같습니다. 분명히 말씀드리지만, 저는 하반신이 나온 적은 없습니다. 다만 딱 한 번 뒤통수가 나온 적은 있었습니다. (웃음)

이렇게 공무원은 인기도 없고 할 일도 많아 힘겨운데도, 국민은 공무원을 비판하고 끊임없이 새로운 개선을 요구하고 있습니다. 한편으로 저는 이런 배경에는 역설적으로 아직도 많은 시민이 우리 공무원의 역할과 사명에 대해 높은 기대를 하고 있기 때문이라고 생각합니다. 그 높은 기대 덕분에 우리는 매일 이렇게 큰 비스킷을 운반하는 개미처럼 힘든 것이 아닐까 생각합니다. 지금 공무원이 왜 이렇게 힘들까요? 앞서 말씀드린 것처럼, 우리가 당장 해결해야 할 사회문제가 매우 복잡하다는 겁니다. 과거에는 어떤 업무가 떨어지면 어느 한 부서에서만 대처해도 충분히 해결할 수 있었지만 최근 발생하는 사회문제는 대부분 어느 한 부서의 힘만으로는 해결할 수가 없습니다. 물론, 지금까지 말씀드린 것처럼, 공직사회에 대한 높은 기대감은 날이 갈수록 더 커지기 때문이기도 하겠고요.

다음으로는, 정치와 행정의 역할에 대해서 일반시민들이 다소 오해하는 부분도 있는 것 같습니다. 예를 들어서 어떤 사회문제가 발생하면, 이를 해결하는 방법은 정치과정을 거쳐 최종적으로는 입법을 통해 풀어야 할 것입니다. 우리 공무원은 어디까지나 정해진 법령과 절차에 따라서 정책을 단순히 집행할 뿐이기에, 이런 행정에다 정치의 역할까지 요구하는 것은 지나치다고 할 수도 있을 것입니다. 그렇지만, 이 문제는 다시 한번 잘 생각해 볼 필요가 있습니다. 우리 서울시에 있는 팀장님들은 최소한 그냥 단순하게 입법을 집행하는 것이 아니라 현장에서 문제점을 잘 살펴서 그 법이 문제가 있다면, 관련 부처에 법 개정을 요구할 수도 있을 것입니다. 그런 역량을 갖춰야 한다는 점에서 꼭 그렇게 수동적으로만 생각할 것은 아니라는 것입니다.

그렇다면, 이번에는 어떤 환경이 사회문제를 더욱 복잡하게 만지는지 살펴보겠습니다. 이 대목에 이르니까 처음에는 그래도 한번 들어볼까 했던 분들도 정신을 놓으시려는 것 같네요. (웃음) 그래도 끝까지 인내하시면서 한번 들어봐 주시길 바랍니다. 대표적인 행정환경의 변화는 바로 4차산업혁명입니다. 지금 전 세계적으로 4차산업혁명이 급속하게 전개되고 있습니다. IT 기술이 한 번씩 업그레이드될 때마다 우리의 행정도 요동을 쳐왔습니다.

지금도 IT 기술의 변화에 맞춘 행정을 하기 위해 부단히 노력하고 있습니다. 미국의 시사주간지 Time 誌에서는 매년 한 해를 빛낸 사람들, 그해에 가장 화제가 되었던 사람을 연말에 '올해의 인물'로 선정하고 있습니다. 이 자리에 계신 분들 가운데 50대인 분들은 어쩌면 기억하실 것 같은데, 1982년도 타임스 지가 선정한 올해의 인물은 사람이 아닌 PC였습니다. PC가 나온 것이 80년대 초 무렵이었는데, 그 이후에 90년대 초에 월드와이드 웹(World Wide Web)이 나오면서 인터넷이 도입되었고, 우리 행정도 여기에 적응해왔습니다. 확실히 인터넷 이전과 이후를 비교하면 정말 많은 변화가 있었습니다. 대표적으로 많은 민원이 이제 온라인으로 접수되기 시작했습니다. 행정의 온라인 시대가 열린 겁니다.

이후 94년도에 처음 삼성에서 애니콜을 출시했는데, 이 휴대전화가 나오면서 우리 행정의 모습은 다시 한번 큰 변화를 가져왔습니다. 애니콜이 94년에 처음 세상에 나왔지만, 그때만 해도 불량률이 무척 높았습니다. 삼성에서는 이대로는 안 된다면서 그동안 생산했던 휴대전화기 제품들을 다 모아 놓고 소각을 하기도 했습니다. 이런 과정을 거쳐 95년도에 다시 새로운 애니콜 모델을 생산하기 시작했습니다. 그때부터 삼성은 명실상부한 세계적 기업으로 성장하기 시작했습니다.

휴대폰은 우리의 일상생활도 변화시켰습니다. 예전에는 집으로 전화를 걸어도 상대방이 집에 없으면 연락할 방법이 없었습니다. 그러다가 삐삐가 잠시 등장했습니다. 그런데 삐삐로 연락해도 '나 그때 지하에 있었어'라고 말하면 또 달리 방법이 없었습니다. 그랬던 것이 이제는 '때와 장소를 가리지 않는 애니콜' 덕분에 늘 직장 상사의 호출에 응해야 하고, 또 최근 밤낮없이 울리는 카톡 알림으로 많은 직장인이 스트레스를 받고 있는 것도 사실입니다. 기술이 좋아진 만큼, 그로 인한 부작용에 대해서도 고민해야 하는 시대가 되었습니다.

그 이후 2007년도에는 아이폰이 처음으로 세상에 등장했습니다. 스마트폰이 나오면서 행정환경은 또 한 번 크게 요동쳤습니다. 2007년 첫 출시된 아이폰은 2008년도에 한해만도 전 세계적으로 1천만 대 이상이 팔렸다고 합니다. 작은 휴대폰 안에 종전의 PC와 인터넷 기능이 다 들어갔으니, 스마트폰의 등장은 각 분야에서 정말 엄청난 변화를 가져왔습니다. 지금 자라는 아이들에게 스마트폰이란 것은 태어날 때부터 자연스럽게 존재했던 기기에 불과하지만, 당대에 농업사회를 겪었던 기성세대에게는 참으로 놀랍기만 한 혁신기술이지요.

그런데 최근에 우리는 일상에서 또 한 번의 엄청난 IT 흐름의 변화를 목도하고 있습니다. ChatGPT로 대변되는 AI(Artificial Intelligence, 인공지능) 기술이 바로 그것입니다. AI 기술은 이제는 연구자들뿐만 아니라 우리 일상생활 깊숙이까지 들어왔기 때문에, 전문가들은 지금까지 PC나 인터넷, 스마트폰이 가져왔던 변화보다 훨씬 더 큰 변화를 가져올 것이라고 합니다. 예. 우리도 다 AI는 잘 알고 있지요. 서울시 공무원들이 그동안

알고 있었던 AI는 바로 조류독감(Avian Influenza) 아니었나요? (웃음)

　ChatGPT의 등장이 큰 반향을 일으키는 이유는 과거에는 AI 기술은 연구자들의 영역이었지만 이제는 평범한 일반 시민도 누구나 인공지능을 이용해 종전에는 생각지도 못했던 고차원의 창작물을 만들어 낼 수 있다는 것입니다. 지금은 AI 기술로 세상에 없던 그림을 그리기도 합니다. 심지어 공모전에서 인간을 물리치고 입상까지 할 정도로 그 수준이 높아졌습니다. 과거에는 IT 기술이 아무리 좋아진다고 하더라도 인간의 고유영역인 창조성을 따라올 수는 없을 것이고, 설사 따라온다고 하더라도 거기까지는 엄청나게 많은 시간이 걸릴 것으로 막연하게나마 생각했습니다. 그러나, 지금은 그게 눈앞의 현실이 되어가고 있습니다. 일부 전문가들은 AI 기술이 특이점(singularity)을 지나게 되면, 인류 전체를 위협할지도 모른다고 경고하고 있습니다.

　다음으로 또 다른 행정환경 변화는 전반적인 저출생과 노령화 추세입니다. 2022년에 이미 합계 출산율은 전국 평균 0.78명으로 떨어졌고, 서울은 그보다 더 떨어진 0.59명이었습니다. 노인인구 급증에도 주목해야 합니다. 2024년에 한국의 65세 이상 어르신 인구는 1천만 명을 넘어설 전망입니다. 이것은 생산가능인구는 줄어드는 데 이들이 부양해야 할 인구는 훨씬 더 늘어난다는 뜻입니다. 이런 인구변화는 서울시 여성가족정책실이나 어르신복지과 등 몇몇 부서에만 영향을 미치고 마는 문제가 아닙니다. 아마도 여러분이 일하는 모든 영역에서 저출생과 노령화의 추세가 크게 작용하게 될 것입니다. 복지, 의료, 주거, 교육 등 거의 모든 분야가 인구구조 변화와 밀접하게 관련이 되어 있습니다. 마지막으로 사회 양극화인데, 이것은 이미 잘 알려진 우리 사회의 심각한 문제이고 여러분도 잘 알고 계실 것이기에 별도로 설명은 안 하고 그냥 넘어가겠습니다.

지금까지 행정을 둘러싼 외적인 변화를 살펴보았습니다. 그런데, 이러한 행정환경의 변화 못지않게 우리 공무원 조직 내부에서도 변화가 일어나고 있습니다. MZ세대라고 불리는 젊은 세대가 공직에 들어오면서 앞서 말씀드렸던 것처럼 팀장 여러분이 조직 내 중간 위치에서 MZ세대와 그 윗선을 잘 조화시켜야 할 역할을 해야 하겠지요. 그런 점에서 여러분의 어깨가 더욱 무거워지는 측면이 있을 것입니다. 어떤 분들은 MZ세대가 가장 싫어하는 것이 바로 'MZ세대'라는 용어라고 합니다. MZ세대라는 용어가 사실은 굉장히 폭이 매우 넓은 세대를 다 아우르고 있는데, 1981~1996년생인 밀레니얼 세대(M세대)와 1997~2012년생인 Z세대를 MZ세대로 뭉뚱그려 부르는 신조어입니다. M세대와 Z세대도 서로 다를 텐데, 이걸 한꺼번에 묶어 놓았으니, 적절한 분류가 되겠느냐는 거지요. MZ세대들의 시각은 기성세대들이 이른바 '요즘 것들'을 깎아내리기 위해 만들어낸 용어가 아니겠느냐고 보는 것 같습니다.

아무튼 서울시 공무원 가운데에도 지금 30대 미만이 42%, 시 본청은 이미 그렇게 차지하고 있습니다. 최근에는 대체로 사회생활을 늦게 시작하기 때문에 재직기간 10년 미만인 공무원이 50%가 넘었습니다. 15년 미만으로 보면 거의 60% 가까이 됩니다. 이게 어떤 의미냐 하면, 오세훈 시장님이 과거 임기 때 '창의시정'을 주창했던 사실을 기억하는 사람들이 많지 않다는 겁니다. 실제 우리 직원들 가운데 절반 정도가 체험했을까 말까 한다는 것입니다. 그런데도 선배 공무원의 말만 듣고 '창의행정'이 과거에 시행했던 '창의시정'의 부활 아니냐고 막연하게 생각하는 사람들이 있는 것 같습니다. 우리가 지금까지 살펴본 행정환경의 변화가 가지는 함의는 사회가 단순한 시절에는 과거에 잘했던 것을 다시 잘 살펴서 시행하면 특별한 문제가 없었지만, 이제는 선례 답습이나 관행적인 일 처리 방식으로는 결코 오늘 당면한 우리의 문제를 결코 해결할 수 없다는 것입니다. 또한 기성세대와는 직업관이나 세계관이 확연히 다른 MZ세대와 호흡하려면 그간의 일 처리 방식도 변화해야 합니다. 그런 의미에서 직원들이 주도하는 창의행정은 이제 선택이 아니라 필수라고 하겠습니다.

이제 창의행정을 위해 우리 팀장님들이 어떤 역할을 하시면 좋을지 한번 살펴보겠습니다. 이제부터 PPT 화면에 책 소개가 중간중간 나가게 될 겁니다. 제가 책 읽기를 참 좋아합니다. 제가 읽었던 책 중에서 팀장님들도 한 번씩 읽어보시면 좋을 것 같은 책들을 몇 권 소개할까 합니다. 마치 책 장사를 한다는 오해의 소지가 있을 것 같아서 글자 색을 약간 흐린 색으로 표시했습니다. 기억하시기 위해서는 사진을 찍어 두셔도 좋겠네요. 사진을 찍으실 때 저도 같이 찍어주시면 더욱 감사하겠지요? (웃음) 자, 이 자리에 계신 여러분 모두 어려운 과정을 거쳐 사무관으로 승진했습니다. 그런데 막상 어느 부서의 팀장이 되고 보니 내가 어떤 역할을 해야 하는지 때로는 막막하시지 않던가요? 물론, 승진자 대상 교육과정에 일부 리더십 과목이 포함되어 있긴 하지만 그것만으로는 턱없이 부족했을 것입니다. 실무를 맡던 주무관과 달리 승진해서 팀장, 영어로 팀 리더로서는 어떤 역할을 해야 하는지 아마 누구도 잘 알려주지 않았을 것입니다.

그런 점에서는 우리 대부분이 사실 별다른 준비 없이 팀장이 되셨다고 봐도 무방할 것입니다. 혹 그런 아쉬움을 느꼈던 분이라면 '초보 팀장이 알아야 알 보는 기술'이라는 책을 보면 팀장이 어떤 역할을 해야 하는지 잘 이해할 수 있을 겁니다. 한번 참고해 보시면 좋을 것 같네요. 혹시 지금까지도 내가 어떤 리더가 되어야 할지 진지하게 생각해 보지 않았다면, 오늘 이 교육을 통해 약간의 인사이트라도 생긴다면 제 강의가 나름은 의미가 있지 않을까 싶습니다.

흔히 리더와 보스는 다르다고 이야기합니다. 지금 화면에서 보는 그림은 리더십에 대해 이야기할 때 자주 인용되는 그림입니다. 위에 있는 그림을 보면 앞에서는 직원들이 마차를 힘겹게 끌고 가는데 보스는 마차에 올라앉아 '앞으로 가'라고 명령합니다. 밑에 있는 그림은 리더가 맨 앞줄에서 직원들과 같이 'Mission(임무)'이라는 마차를 함께 끌고 있습니다. 보스와 리더의 차이, 보이시나요? 이 그림을 신규과정에서 한번 보여줬더니 어떤 직원이 손을 들고 이렇게 말했습니다. "예, 보스와 리더의 차이는 알겠는데요, 그런데 직원의 처지에서는 어차피 마차를 끌고 가야 한다는 점에서 차이가 없지 않나요?"

날카로운 질문이지요. 인터넷에서 '보스와 리더의 차이'라는 이미지를 직접 한번 검색해서 이 그림을 확대해 보시면 확연한 차이를 볼 수 있습니다. 다 같이 마차를 끌고 가는 것은 같아 보이지만, 리더가 앞에서 솔선수범하는 그림에서 직원들의 표정은 웃고 있다는 것입니다. (웃음) 즉, '나는 당신보다 직위가 높으니까 당신은 내 말을 무조건 들어'가 아니라. 함께 일하는 직원들이 웃으면서 신명 나게 일할 수 있도록 우리가 좀 더 노력해야 한다는 것입니다.

리더의 자질이나 리더십의 유형 등에 대해서는 여러 가지 이론이나 연구자료들이 많이 나와 있습니다. 지금까지 본 것 중에 공감이 가는 것을 조금 찾아봤습니다. 조직의 리더가 갖춰야 할 가장 중요한 자질이 뭐냐고 물었을 때 응답자들은 최우선은 판단력, 다음으로는 소통 능력을 갖춰야 한다고 답변했습니다. 이 대목에서 리더의 판단력과 관련해서 제가 직접 겪었던 경험을 하나 소개해볼까 합니다. 제가 2005년 무렵에 시장비서실에서 정책비서관으로 일한 적이 있습니다. MB(이명박) 시장님 때였는데요. 한 과장님이 시장님께 어떤 사안에 대해 보고를 드리게 되었습니다.

예를 들어 이 보고의 내용이 A라는 방향으로 안을 잡아서 보고를 했다고 칩시다. 아무튼 소상하게 보고를 잘 드렸어요. 그런데 A라는 보고서 내용 한 구절에 시장님이 약간 궁금하신 게 있어서 '이건 뭐지?'라고 가볍게 질문을 던졌어요. 그런데 이분이 내용 파악이 덜 됐는지 그 자리에서 답변을 못 했어요. 잠시 머뭇거리다가 "좀 더 파악해서 따로 보고드리겠습니다." 하고 결재판을 덮고 나왔습니다. 그리고 이분이 부서에 가서는 "시장님의 뜻이 A가 아닌가 봐. B쪽으로 한 번 준비해 봐" 하고 지시합니다. (웃음) 부서 직원들은 그때부터 B라는 방향으로 열심히 작업을 시작합니다.

그 B라도 좀 빨리 나오면 괜찮을 텐데 한참이나 시간이 걸리는 겁니다. 그 현안을 풀어야 할 적기가 한참이나 지난 다음에서야 시장님께 다시 와서 이야기합니다. "지난번 제가 일차 보고드렸던 사안인데, B로 준비해 봤습니다." 그 말을 들은 시장님이 얼마나 황당하시겠어요? "아니, 저번에 A라고 보고하지 않았어? 그때 내가 뭔가 하나 궁금해서 물어봤는데, 거기에 대한 답은 없고, 왜 이번에는 완전히 다른 내용으로 보고하지?"라고 답하셨습니다. 그러자 그 과장님은 "아, 예. 다시 검토하겠습니다"라고 하고는 표정이 어두워진 채 결재판을 덮고 시장실을 나왔습니다.

다시 부서에 가서는 직원들에게 이렇게 말했답니다. "아, 정말 당최 시장님 뜻을 모르겠네! 매번 생각이 날라지시니, 뭔…!" (웃음) 지금 다들 웃고 계시지만, 혹시 우리는 그런 경우가 없는지 곰곰이 생각해 볼 필요가 있을 겁니다. 과장이나 국장에게 보고를 갔을 때, 윗분들이 그냥 단순히 내용이 궁금해서 물어보는 것인지, 아니면 검토 방향을 완전히 바꿨으면 좋겠다는 생각인지 판단할 수 있는 판단력이 중요하다는 겁니다.

이번에는 반대로 리더로서 가장 치명적인 단점을 고르라고 한 설문을 한 결과, 독불장군식 소통 부재가 가장 심각한 문제인 것으로 인식했습니다. 리더의 전문성은 좀 떨어져도 좋은데 팀원들하고 소통이 잘 되었으면 좋겠다는 응답이 많았다는 것입니다. 결국 좋은 리더는 조직 내 직원들의 의견을 잘 청취하고, 전문성과 판단력을 갖추어야 합니다. 거기에 더해 직원들이 일을 더욱 쉽게 할 수 있도록 지원해주는 역량, 문제를 키우는 것이 아니라 문제를 풀어줄 수 있는 역량이 리더에게 요구된다는 것입니다.

리더십 유형에 대해선 여러 이론이 있지만, 우리가 흔히 인용하는 모델이 있습니다. 즉, 리더의 속성을 기준으로 게으름과 부지런함을 한 축으로 하고 똑똑함과 명청함을 또 다른 한 축으로 해서 총 4가지 유형으로 나누어 볼 수 있습니다. 그 가운데 가장 바람직한 리더의 유형은 무엇이냐고 할 때, 직원 대부분은 이른바 '똑게'스타일, 즉 똑똑하지만 게으른 상사를 원한다고 합니다. 물론 우리가 현실에서 만나는 상사가 다 그렇진 않지만요. (웃음) '똑게'형 리더는 업무 추진에 있어 똑똑한 판단으로 방향을 정확히 잡아주지만, 직원들을 들들 볶지 않고 많은 경우 권한을 위임해 알아서 일하게 합니다. 부하 직원의 처지에서는 최고의 상사라고 할 수 있겠지요. 그러나 '똑게'가 언제나 최선·최고의 리더십 유형이냐 하면 꼭 그렇진 않습니다. 팀원들이 어떤 성향이냐에 따라서 발휘해야 할 리더십은 달라질 수밖에 없겠지요.

예를 들어 팀원이 부지런하기는 한데 판단이 흐리다면, 상사가 매번 중요한 업무 방향을 가르쳐야 할 것입니다. 부하 직원이 똑똑하기는 하지만 게으른 스타일이라면, 상사가 부지런하게 일의 진척을 체크해야 하겠지요. 팀원들이 어떤 유형이냐에 따라서 우리가 발휘해야 할 리더십은 그때그때 달라져야 한다는 겁니다. 그래서 나온 것이 화면에서 보시는 상사와 부하의 관계에 대한 매트릭스(Matrix)입니다. 이 매트릭스에서 가장 이상적인 것은 상사는 똑똑하기는 하지만 살짝 게을러서(똑게형) 밑에 직원들이 해올 수 있는 시간 여유를 주고, 부하는 똑똑하면서도 부지런해서(똑부형) 어떤 과제가 제시되었을 때 그것을 그때그때 바로바로 해내는 조합, 이런 조화가 가장 이상적인 궁합이라고 합니다.

그런데 여기 별도 표시를 한 것처럼 멍게와 멍게의 만남은 어떤 점에서 조직에 평화를 가져다줍니다. 그 누구도 일을 채근하지 않습니다. 직원도 스스로 일할 생각을 하지 않습니다. 마냥 즐겁기만 합니다. (웃음) 그런데 이보다 더 위험한 것은 '멍부' 상사와 '멍부' 직원의 조화입니다. 이분들은 한시도 가만히 있질 않습니다. 뭔가 열심히 합니다. 열심히 하는데 그렇게 열심히 하는 것 자체가 조직의 해악이 됩니다. 그 부서 내부로만 끝나는 게 아니고, '이런 걸 할 거니까 무슨 부서 무슨 부서 불러!' 또는 '담당 부서에서 관련 자료 받아봐!' 하면서 온 조직을 다 들쑤시고 난리가 납니다. 설사 '멍부' 상사가 그렇게 잘못 판단했다 하더라도 만약 부서에 똑똑한 직원이 있었다면 이 부분은 그렇게 풀어 갈 게 아니고 이러이러한 과정을 거쳐서 풀어야 하고 이 방법이 더 나을 것 같다고 건의했겠지요. 그게 아니고 서로 정확한 방향 없이 바쁘기만 하니까 이렇게 문제가 생기게 됩니다. 그래서 한마디로 말하면, '멍부들의 단결과 멍게들의 평화가 조직을 망친다'고 하겠습니다.

아마도 이 대목에서 언뜻언뜻 특정인이 여러분 머릿속을 지나가기도 할 텐데요. 그동안 일하면서 '아, 저 팀장님, 저 과장님은 참 따르고 배울 만하다' 했던 분들이 분명히 있을 겁니다. 반면 어떤 상사들에 대해서는 치를 떨면서 '내가 저 인간 잘 되는가 볼 거다' 혹은 '내가 나중에 팀장, 과장이 되면 절대 저러지는 말아야지' 하기도 했을 겁니다. 그런데, 시집살이 호되게 한 며느리가 나중에 막상 시어머니가 되면 더하다는 말도 있지요. 혹시나 똑같은 전철을 내가 밟고 있는 것은 아닌지, 이렇게 잠시 업무 세팅에서 벗어났을 때 한 번쯤 생각해 보면 어떨까 합니다.

부하 시각에서 어떤 리더가 더 좋은가 했을 때, 앞서 살펴본 그림에서는 '똑게' 다음으로 '똑부'가 아닌 '멍게' 상사를 차선책으로 원했는데 저는 실제 조직에서 상사는 무조건 똑똑해야 한다고 생각합니다. 상사의 판단이 정확하지 않으면 직원들이 한번 하고 말 일을 두 번 세 번 다시 해야 하므로, 상사는 똑똑한 것이 최고입니다. 반면 직원들은 판단력이나 전문성은 다소 떨어지더라도 일단은 부지런해야 한다고 봅니다. 그게 훨씬 낫습니다. 일단 부지런함을 갖추고 있으면 나머지 부족한 부분은 상사들이 메꾸어 줄 수 있기 때문입니다.

지금 이 부분까지 상세히 언급할 시간은 안될 것 같지만, 일단 '똑똑한 관리자'와 '현명한 리더'는 또 다르다는 점은 말씀드리고 싶습니다. 관리자가 똑똑하기는 해야지요. 그러나, 단순히 똑똑하기만 한 관리자는 주어진 일을 제대로 처리할 뿐이지만, 현명한 리더는 그 조직을 위해서 필요한 '올바른 일'을 한다는 차이가 있습니다. 또 다른 결정적 차이는 현명한 리더는 쉬운 일은 쉽게, 어려운 일도 쉽게 만들어서 직원들이 잘 소화할 수 있게 해줍니다. 직원들에게 그 일을 왜 해야 하는지 배경을 충분히 설명하고, 어려운 일도 이를 적절히 가르마를 타고 단순화시켜 직원들이 쉽게 처리할 수 있도록 하는 사람이 현명한 리더입니다.

많은 경우, 아무래도 팀원들보다는 팀장님들이 얻는 정보가 훨씬 고급정보가 많잖아요. 그렇죠? 그런데 '이런 건 나 정도나 되니까 알 수 있는 거야'라면서 과시한다거나, 반대로 혼자만 독점하고 팀원들에게 비밀로 감출 일이 아니라는 겁니다. 팀에게 부여된 업무를 보다 잘 해내는 데 필요한 정보라면, 이를 혼자 독점하고 있을 것이 아니라 직원들이 업무에서 충분하게 녹여낼 수 있도록 적극적으로 공유해주어야 합니다. 공유된 정보를 통해 직원들이 감을 잡고 한 번 더 고민하면서 이 업무를 이렇게 풀어가면 되겠다고 방향을 정할 수 있거든요. 한 번 더 쉽게 말씀드리면, '쉬운 일은 쉽게 하고 어려운 일도 쉽게 하도록 만든다'라는 것입니다. 바로 이런 역할을 우리 팀장님들이 하셔야 한다는 말씀을 드리고 싶습니다.

자, 그러면 이제 우리는 앞으로 무엇을 어떻게 할 것인가 한번 살펴보겠습니다. 아마 이 시간에 이어서 서울시의 창의행정 세부 추진계획에 대해 김수덕 정책기획관이 1시간 정도 설명해 드리는 순서도 있다고 들었습니다. 저는 큰 방향만 말씀드리고자 합니다. 아, 참. 이따 김수덕 국장이 설명할 때 보면 ppt 서식이 제 것과 똑같다는 사실을 발견하게 될 겁니다. 김 국장의 발표 순서가 제 뒤이긴 하지만, 김수덕 국장이 제 것을 베낀 것이 아님을 분명히 말씀드립니다. 제가 김수덕 국장님의 템플릿을 참고해서 이 PPT를 만들었기에 원저작권자를 분명하게 밝힙니다. (웃음) 물론, 형식만 빌어온 것이고 PPT 내용은 다 제가 직접 작성한 것입니다.

결론적으로 말씀드리면, 창의행정은 결코 어려운 것이 아니라 앞서 살펴본 복잡한 사회문제 해결을 위해 우리가 조금 더 적극적으로 창의적인 아이디어를 내고 이를 과감하게 실천에 옮기자는 겁니다. 이를 통해서 시민들에게 더 나은 행정서비스를 제공하고자 하는 것이 '창의행정'의 핵심 요체라고 할 수 있습니다.

한때 '1만 시간의 법칙'이라는 것이 큰 인기를 끌었습니다. 물론, 지금은 이 '1만 시간의 법칙'도 한때의 유행에 지나지 않은 것이고, 그 오류도 있다는 지적도 있습니다. 말콤 글래드웰(Malcolm Gladwell)이라는 작가가 '아웃라이어(Outliers)라는 책에서 소개하면서 유명해졌는데요. 실제로 이 법칙은 말콤 글래드웰이 아니라 스웨덴의 심리학자 안데르스 에릭슨(Anders Ericsson)에 의해 세상에 알려진 것입니다. 1만 시간의 법칙이란 어떤 분야의 전문가가 되기 위해서는 1만 시간의 체계적이고 정밀한 훈련이 필요하다는 것입니다. 그 의미가 확장되면서 어떤 일이든 1만 시간을 온전히 투입하면 그 분야에서 성공할 수 있다고 알려졌지요. 아마 많이들 기억하실 겁니다. 1만 시간이라는 것은 그럭저럭 대충 보내는 시간이 아니라, 정말 공을 들여서 매일 3시간씩 약 10년 정도 투입했을 때, 1만 시간이 확보된다고 합니다. 그런 점에서 여러분은 아까 살펴봤듯이 평균 재직기간 25년이 넘었으니까 이미 행정전문가로서의 역량은 기본적으로 갖추었다고 볼 수 있겠습니다. 다만, 급속하게 변화하는 행정환경 속에서 MZ세대들과 호흡을 하면서 계속 학습하고, 또 그럴 수 있도록 우리 조직문화를 개선하는 것이 팀장님들이 하셔야 할 역할이라고 봅니다.

아무튼, 오늘 이 자리에서 지속적인 학습에 대해서는 다 같이 결심을 한번 해주시면 좋겠습니다. 지속적 학습은 정말 중요하기 때문입니다. 과거 7, 80년대 시절에는 특정 법령이나 정책을 우리 공무원만큼 잘 아는 분들이 그리 많지 않았습니다. 그렇지만, 인터넷이 보급되고 스마트폰이 등장하면서, 지금은 그 업무를 처음으로 맡은 팀장보다 오히려 민원인들이 해당 분야에 대해서 훨씬 더 많은 전문지식을 가지고 있는 경우가 많습니다. 언제 관련 법령이 바뀌었고 언제 조례가 바뀌었는지를 너무도 잘 알고 계시거든요. 맡은 업무에 대해서도 꾸준히 학습하지 않으면 이제는 민원응대조차 제대로 할 수 없게 되었습니다. 그래서 학습이 정말 중요합니다. 지금부터는 제 자랑을 좀 하게 될 것 같네요. 듣기에 다소 거북하시더라도 꼭 참고 들어주시길 바랍니다. (웃음)

저 역시도 지금까지 익힌 정보와 지식만으로는 새롭게 변화하는 행정환경에 적응할 수가 없다는 것을 절감하고 그때그때 필요한 공부를 계속해 왔습니다. 제가 2015년 관광체육국장으로 일하던 시절의 일입니다. 그 무렵에는 메르스 파동이 서울 전역을 완전히 휩쓸었는데요. 당시 서울을 찾는 관광객의 50% 가까이가 중국 관광객이었는데 메르스 여파로 완전 반 토막이 났습니다. 그래서 메르스가 이제 종식되었다고 알리고 다시 관광객들을 불러와야 할 시점이었지요. 중국 여행 관계자들과 계속 접촉해야 했기에 중국어 공부를 시작하게 되었습니다. 당시 중국에 가서 여행 관계자들에게 서울관광 마케팅 전략을 소개하면서 어설프게나마 중국어를 했던 영상을 잠시 소개해 드리겠습니다.

(영상 소개)

앞서 다른 강의에서는 차마 부끄러워서 끝까지 틀어드리지 못하고 중간에 끊었는데, 오늘은 끝까지 다 봤네요. 아무튼 공부는 꾸준히 계속할 필요가 있다는 말씀을 드리기 위해 잠깐 깨알 자랑을 했습니다. 중국어를 전공하신 분들께는 참으로 민망하다는 말씀을 드리고 싶네요. (웃음)

다음으로는 책을 많이 읽는 것이 참으로 중요할 것 같습니다. 물론,

이것도 학습의 연장이라고 할 수 있겠지요. 화면에 나오는 문구는 해리 트루먼(Harry S. Truman)의 '책 읽는 모든 사람이 지도자는 아니지만, 모든 지도자는 책 읽는 사람이다(Not all readers are leaders, but all leaders are readers)'라는 명언입니다. 직접적으로 본인의 업무와 관계된 책은 물론이고, 직접 관련이 없는 예컨대 인문학 책이라도 읽다가 보면 그 책에서 지금 하는 일과 관련된 영감을 얻게 되는 경우가 많습니다.

또 깨알 자랑인데요. 화면 오른쪽에 있는 책들은 제가 참여하고 있는 책 읽는 모임에서 지난 1년간 읽고 토론했던 책들입니다. 맨 위의 책은 유영만 교수님의 '언어를 디자인하라'라는 책인데, 내용이 참 괜찮아서 우리 팀장님들도 알고 계시면 좋을 것 같아 추천해 드립니다. 그리고 '7가지 보고의 원칙'이라는 이 책, 막 승진한 과장님이나 팀장님들께 제가 가끔씩 선물해오던 책입니다. 업무에서 상당히 많은 부분을 보고가 차지하고 있는데, 정작 보고 때문에 스트레스를 받는 사람이 많은 것 같습니다. 저 역시도 과거에 보고를 잘해보고 싶은 마음에 보고에 관한 책을 찾아보거나 강의 같은 것을 많이 찾아봤는데, 이 책이 그중에서 가장 괜찮은 자료인 것 같습니다. 물론 이 책의 저자와 저는 아무 관계가 없습니다. (웃음)

그런데 저자는 공사 영역을 두루 넘나들면서 일한 경험이 있는 분입니다. 어느 지역에서 정무부지사도 지냈고, 민간기업 CEO도 역임을 했더라고요. 대부분 상사는 평소에도 늘 바쁘기 마련입니다. 그런 상사를 상대로 어떻게 하면 보고를 잘할 수 있을지, 즉 짧은 시간 내에 어떻게 하면 내가 전하고자 하는 메시지를 정확하게 전달할 수 있을지 고민한 결과를 담고 있습니다. 시간 나실 때 꼭 한번 읽어보시면 좋을 것 같습니다. 책 추천사를 보면 이런 내용이 나옵니다. '이 책은 제발 다른 사람이 보지 않았으면 좋겠다.

나 혼자만 이 비법을 알도록…' 재미있죠? 아무튼 책에서는 보고를 잘하기 위한 7가지 원칙을 소상하게 소개하고 있습니다. 혹시 기회가 된다면 이 보고의 원칙에 대해서도 제가 한 시간 정도는 강의를 할 수 있을 것 같은데, 오늘은 이렇게 제목 정도만 소개하고 지나가겠습니다.

창의적인 발상은 예술에서도 나올 수 있습니다. 밤늦게까지 그 업무를 계속해서 붙들고 있겠다고 해서 그것이 풀리는 것은 아닙니다. 문제가 풀리지 않을 경우, 때로는 시각을 달리해야 합니다. 오히려 머리를 식히면서 다른 활동을 하는 가운데 그 업무에 관한 해결책이 불현듯 떠오르는 일도 있습니다. 우리 서울시 팀장님들은 연극이나 뮤지컬, 무용 이런 분야에서 문화 향수의 기회를 많이 가지는 것이 결국 여러분이 업무를 하는 데 있어서도 새로운 인사이트를 주게 될 것임을 기억했으면 합니다.

자, 지금까지 죽 말씀을 드렸는데, 그러면 이제 구체적으로 어떻게 할 것인가를 이야기해보고자 합니다. 화면의 왼쪽 그림과 오른쪽 그림의 차이가 무엇인지 아시겠어요? (왼쪽 그림은 피트니스센터에 많은 사람이 운동하는 장면이고 오른쪽 그림은 운동 도구들만 있고 사람이 텅 빈 장면) 이것을 언제 한번 신규자들에게 보여주면서 같은 질문을 했더니 어떤 분은 '코로나!' 라고 답하더라고요. 정답은 이겁니다. 왼쪽은 1월 1일, 오른쪽은 12월 31일! 즉 처음에 했던 다짐을 꾸준히 밀고 나가셔야 한다는 겁니다. 여러분이 처음에 나도 이제 새롭게 학습도 하고 생활을 바꿔봐야지 했다가 이런 결심이 날이 가면서 서서히 옅어지게 됩니다. '작심 3일'을 3일마다 매번 꼭 다시 하시기 바랍니다.

이렇게 해서 스스로 리더로서의 역량을 갖추고 나면, 그다음으로 직원과의 소통이 중요합니다. 최근 영화 '헤어질 결심'에 나오는 장면을 짧게 한번 보시고 가겠습니다. (영화의 한 장면 소개) 아주 짧은 대사인데, 저는 이 대목을 보면서 이게 어쩌면 팀장들과 팀원들과의 관계일 수도 있겠다는 생각을 해봤습니다. 일 좀 하자고 팀장이 지시했더니 직원이 이에 따르지 않습니다. 그래서 팀장들은 '내가 그렇게 만만합니까?'라고 말할 수 있고요. 직원의 시각에서는 나름 열심히 한다고 했는데 '내가 그렇게 나쁩니까?'라고 이야기할 수 있을 것 같습니다.

또, 반대로 팀장들이 어떤 업무를 지시했는데 직원이 '내가 그렇게 만만합니까? 왜 나만 시킵니까?'라고 할 수도 있고, 그럴 때 팀장님들이 '내가 그렇게 나쁩니까?' 하고 항변할 수도 있겠지요. 혹시 '헤어질 결심'이라는 영화, 보신 분 있나요? 손 한번 들어보시겠어요? 꽤 있으시네요. 저번에 과장님 과정 때 물어보니 과장님들은 한 분인가 보셨더군요. 물론 영화의 내용은 이 강의와는 별로 관련 없습니다만, 유행하는 영화도 한 번쯤 감상해 보시는 것이 나쁘지는 않을 것 같습니다.

계속해서 변화에 관한 이야기입니다. 지금 화면에 나오는 표현은 알버트 아인슈타인(Albert Einstein)이 했던 Insanity(미친 짓)의 정의입니다. '똑같은 걸 계속 되풀이하고서는 다른 결과를 기대하는 것(doing the same thing over and over again and expecting different results)', 이게 바로 미친 짓이라는 것입니다. '우리의 조직문화를 바꿔야'라고 하면서 똑같은 방법을 계속 되풀이하면 아무런 변화도 기대할 수 없습니다.

어떻게 하면 내가 조금이라도 달라진 모습으로 업무에 임할 수 있을까? 이런 생각을 하면서 일상에서 작은 변화라도 시도해야 달라질 수 있습니다. 물론 아마도 그럴 가능성은 그다지 크지 않을 것 같습니다만, 소속팀 직원분 중에서 우리 팀장님이 이번 창의행정 교육을 다녀오더니 뭔가 달라지셨다는 이야기가 나온다면 좋겠습니다. 그렇다면 이 과정이 비록 하루짜리 교육이 긴 하지만 성공했다고 할 수 있을 겁니다.

직장인의 만성질환이라고 하는 '상사병'이라는 것이 있습니다. 어떤 직원이 병원에 가서 의사에게 자기 증세를 설명합니다. "늘, 가슴이 뛰고 불안합니다. 밤에 잠도 잘 못 자고요." 그러자 의사가 대답합니다. "상사병입니다." "예? 제가 사랑에 빠진 건가요? 그럴 리가…" 환자의 물음에 다시 의사가 대답합니다. "상사가 주는 병입니다." (웃음). 다 같이 일하자고 모였는데 굳이 이렇게까지 해야 하는 걸까요? 물론 적절한 스트레스는 필요할 것입니다. 또 직원이 일을 잘 처리하지 못했다면, 일정 수준의 외부적인 자극도 필요한 것이겠지요. 그렇지만 그렇다고 굳이 그렇게 원수지간처럼 지낼 필요는 없다고 생각합니다. 오른쪽에 있는 책이 바로 그런 내용을 다룬 책입니다. 현재 뉴욕 총영사로 계시는 분이 쓴 책입니다. 저자가 국민권익위원회에서 30년 동안 일하면서 만났던 상사들을 기술한 '명상사와 유상사'라는 책입니다. 앞에서 살펴봤던 리더십 유형에서 '똑게', '멍부'와도 비슷할 것 같은데, 멍청한 상사와 유능한 상사를 소재로 쓴 책입니다. 영광스럽게도 이 책의 제목을 제가 직접 손글씨로 썼습니다. 세 번째 깨알 자랑입니다. (웃음). 이 책도 한번 읽어 볼 만합니다. 참 쉽게 쓰인 책인데 책을 읽어가다 보면 저자는 다른 사람을 전제로 썼을 텐데 제 머릿속을 스쳐 지나가는 사람들이 있더군요.

새로운 조직문화를 위해서는 관리자들이 이른바 '꼰대'가 되지 말아야 합니다. 아까 살펴봤듯이 우리 팀장들의 연령대를 보면 꼰대로 비칠 가능성이 큽니다. 그런 연령대에 해당하는 분들은 의식적으로 꼰대가 되지 않기 위해 노력을 하셔야 합니다. 아마도 가끔씩 스스로 '내가 꼰대인가?'라는 생각이 들 때가 있을 겁니다. 만약 그런 생각이 들었다면… 예, 꼰대 맞습니다. 나는 아닐 것 같다는 생각이 들었다는 것도 한번은 생각해봐야 하는데요. 꼰대의 육하원칙이라는 게 있더라고요. 어떤 사람이 꼰대인가? 그 사람이 평소 즐겨 쓰는 말을 보면 꼰대인지 아닌지 알 수 있다고 합니다. 육하원칙이라면 '누가', '언제', '어디서', '무엇을', '왜', '어떻게' 이런 내용이잖아요. 여기에 대입해보면 이렇습니다. 누가: "내가 누군지 알아?" 언제: "왕년에 내가 말이야." 어디서: "어디서 나한테 대들어" 무엇을: "네가 뭘 안다고…" 어떻게: "어떻게 나한테 이럴 수가 있어?" 이러다가 '왜'가 나오면 "왜 내가 그걸 해?" 뭐 이런 거지요. (웃음) 이런 유의 말투는 앞으로는 좀 버려졌으면 좋겠다는 겁니다.

앞서 말씀드린 것처럼, 과거와 같은 패턴이 오랜 기간 반복되던 시절에는 오랫동안 그 업무를 해왔던 선배들의 노하우가 특별한 도움이 됩니다. 그러나, 일하는 환경이 급속하게 변화하고 과거에 없던 새로운 문제가 등장하는 오늘날에는 이제 과거의 선례 답습식 방법으로는 아무런 도움이 안 된다는 거죠. 직원들과 함께 고민해야 합니다. 특히 단군 이래 최대 스펙을 갖췄다는 MZ세대들이 마음껏 자기 생각을 펼칠 수 있도록 우리가 만들어줘야 한다는 것입니다. 직원들이 따르는 좋은 리더들은 여러 가지 특징을 가지고 있습니다. 먼저 솔선수범하고 선을 넘지 않습니다. 또 정확하게 방향을 제시하고, 열심히 일하는 직원이 있으면 그 직원을 아낌없이 칭찬하고 인정해 주지요. 함께 서로 발전하고 상생하는 상사가 되어야 합니다. 저부터도 일단 이런 이야기들이 나올 때마다 뜨끔뜨끔합니다. 다만 이런 자리를 통해 한번 스스로 내가 어떤 상사였는지를 되짚어보는 기회가 되었으면 좋겠습니다.

다음은 직원들에게 학습동아리 활동을 마음껏 허용해 줄 필요가 있습니다. 이미 창의행정 이야기가 나오기 이전부터 어떤 부서에서는 공부하는 모임을 만들어서 업무에 관한 토론도 하고, 외부 강사를 모셔다가 강의하게 하는 프로그램을 운영하기도 하더라고요. 앞으로 인력개발과에서 이런 부분을 더욱 과감하게 지원할 테니, 그런 부분을 잘 활용해 주시면 좋겠습니다. 아무래도 직원들은 행정 경험이 부족하다 보니 아이디어는 좋은데 현실 적용성이 떨어질 수도 있습니다. 조금 부족한 부분이 있으면 이 자리에 계신 팀장님들이 살을 좀 붙여 주는, 직원들의 작은 아이디어에 불을 지피는 역할이 필요할 것으로 봅니다.

지금부터 설명할 내용은 나중에 정책기획관이 따로 이야기할 테니 저는 그냥 가볍게 훑어만 보고 가겠습니다. 우리는 이미 창의행정을 시작했습니다. 지하철에서 잘못 내려 반대 방향으로 나갔을 때, 다시 다른 개찰구로 들어갈 수 있도록 일정한 시간 동안 요금을 면제하자는 아이디어도 나왔고요. 안전문에 도착지를 크게 표기해서 하차 지점을 놓치지 않도록 안내하는 것, 고령화 추세를 고려해 어르신들이 잘 볼 수 있도록 세금고지서의 금액 부분 글자를 좀 더 크게 키워서 인쇄하자는 의견도 나왔습니다.

시 공영주차장 이용자가 줄어드는 시간대가 있는데, 이 시간대에 주차요금을 50% 할인하면 오히려 많은 사람이 찾아오기에 결과적으로 시 수입 확보에도 도움이 된다는 아이디어, 반영구적인 덧유리창 시공으로 겨울철 에너지 취약계층의 뽁뽁이 노역을 덜어주자는 아이디어도 나왔습니다. 그 밖에도 중앙버스차로 정류장 주변에 추가로 건널목을 설치해 안전 보행을 유도하는 것, 공원에서 물선을 잃어버렸을 때 경찰에서 운영하는 유실물 시스템과 연계하자는 아이디어도 나왔습니다. 지하철에서는 물건을 놓고 내렸거나 잃어버렸을 경우, 경찰청 유실물센터 웹사이트를 통해서 습득 신고가 들어온 내용을 확인할 수 있습니다. 공원은 이런 시스템이 없어서 물건을 잃어버린 사람이 해당 공원까지 직접 가야만 확인할 수 있었는데, 이런 불편을 없애 보겠다는 것이지요. 앞으로도 이런 업무개선 노력은 계속될 것입니다.

시장님은 창의행정이 그렇게 어렵지 않을 거라고 하셨지만, 사실은 사안에 따라서 매우 어려운 일이 될 수도 있습니다. 그러나, 그렇다고 해서 우리가 이를 마냥 외면할 수는 없습니다. 우리 공직자들이 올바로 대처하지 않으면 어쩌면 영원히 도태되고, 시민들로부터 버림받을 수 있다는 어떤 위기의식 같은 것도 되새겨 볼 필요가 있겠습니다. 창의행정의 실현을 위해서는 앞에서 살펴본 것처럼 과거의 낡은 관행과 과감하게 헤어질 결심이 필요하다는 것입니다.

이제 혹시 질문 있으면 간단하게 질문받고 강의를 마칠까 하는데요. 그 전에 제가 마지막으로 준비한 동영상이 하나 있습니다. 아마 여러분도 기억하실 텐데, 패럴 윌리엄스(Pharrell Williams)가 부른 '해피(Happy)'라는 노래가 세계적으로 히트한 적이 있습니다. 2014년도 '빌보드 핫 100' 연말 차트 1위에도 올랐지요. 그때 유튜브에서 어떤 놀이가 유행했느냐하면, 이 노래에 맞추어 세계 각 도시를 배경으로 하는 뮤직비디오를 만드는 것이 당시 유행이었습니다. 제가 행정국장 시절이었는데요. 남아공 출신의 한 젊은 감독이 저를 찾아왔습니다. 서울이 정말 매력적인 도시인데 서울을 배경으로 하는 제대로 된 '해피' 뮤직비디오가 없다면서 본인이 촬영하겠다는 겁니다. 그러면서 '해피 서울 편'인 셈인데 서울시민들을 행복하게 만드는 서울시 공무원들이 출연했으면 좋겠다고 제안을 했습니다. 그 말도 맞는 것 같아서 얼떨결에 흔쾌히 수락은 했는데, 막상 그러고 나니 고민이 되었습니다. 서울시 공무원들을 동원해야 하는데, 그 당시 제가 행정국장 시절이라고 말씀드렸잖아요. 제가 이야기하면 직원들이 부담을 가질 것만 같았거든요. 그래도 어쩌겠어요? 이야기는 해봐야지요. "정말 미안한 일이지만 이번 토요일에 촬영하는데, 원하는 직원들만 좀 나오도록 해달라"고 부탁했지요.

이렇게 해서 대략 스무 명 정도의 직원들이 참여해서 만든 동영상이 있습니다. 유튜브에서 '해피 서울'이라고 한글이나 영어로 검색하면, 가장 상위에 대략 26만 명 정도가 본 영상이 바로 그겁니다. 그런데 제가 지금 보여드릴 영상은 그 뮤직비디오가 아니라, 서울시청 직원들이 출연한 부분만을 추려 따로 만든 것입니다. 제가 이 영상을 보여드리려는 이유가 있습니다. 우리가 평소 늘 과중한 업무에 시달리는 까닭에 서울시 공무원이라고 하면 왠지 엄·근·진(엄숙·근엄·진지)일 것이라는 이미지가 있습니다. 더구나 행정국장 강권에 따라 마지못해 촬영에 임하는 것인데, 그 분위기가 오죽하겠습니까? 그런데 뮤직비디오는 사실 엄·근·진 모드로 찍는 건 아니잖아요? 때로는 음악에 맞추어 춤도 춰야 하는데, 과연 이분들이 제대로 춤이나 출 수 있을까 사실은 걱정이 많이 되더라고요. 그랬는데, 완전 반전이 있었습니다. 아마 여러분이 아는 분들도 중간중간 나올 텐데, 이분들이 정말 대단한 춤 실력을 보여주셨거든요. 그런 관점에서 우리가 시민들을 행복하게 만들기 위해서는 우리가 좀 힘들더라도 이를 잘 이겨내고 먼저 즐거워져야 한다는 말씀을 드리고 싶어 영상을 준비해봤습니다.
(영상 소개)

제가 처음 공무원을 시작했을 때의 일을 앞에서도 잠깐 말씀드렸는데요.

제 첫 공식 보직은 용산구청 청소과장이었습니다. 행시에 합격하고 5급부터 일을 시작했기 때문에, 그때는 제가 어쩌면 상당히 건방진 생각을 했던 것 같습니다. 왜냐하면 매일 새벽 동네 구석구석 청소 상태를 순찰하고, 미화원 아저씨분들의 작업이 끝나면 그분들과 소주를 맥주 글라스에 부어 한잔 같이 마시는 것으로 일과를 시작했거든요. 그런 일을 하면서 '이게 과연 내가 선택했던 삶이 맞나?'라는 지금 보면 다소 건방진 생각을 했던 기억이 나요. 그러던 어느 날, 함께 일하는 분들하고 저녁 식사를 하고 한잔을 걸친 상태에서 당시 제가 살던 신림동 언덕의 자취방으로 올라가게 되었습니다. 그때만 하더라도 연탄을 때시는 분들이 꽤 많았어요. 그 연탄재를 명색이 청소과장이라는 사람이 발로 툭툭 걷어차면서 제 자취방까지 흐느적흐느적 올라갔습니다. 그때 제 손에는 그날 낮에 교보문고에서 샀던 시집 한 권이 쥐어져 있었습니다. 그 시집 제목은 '외롭고 높고 쓸쓸한'입니다. 지금은 매우 유명한 시인이 되신 안도현의 시집이었는데 거기에 '너에게 묻는다'라는 시가 수록되어 있었습니다. 지금도 제가 조금이라도 나태해졌다는 생각이 들 때마다 자신을 다잡기 위해 암송하는 시이기도 합니다. 이제 그 시를 낭독하면서 이 강의를 마치도록 하겠습니다. 여러분, 한번 상상해 보세요. 초창기 공직생활에 대한 실망과 불만에 찬 사람이 술에 취한 채 몸을 휘청거리면서, 연탄재를 발로 툭툭 차면서, 자취방까지 올라가는 모습은 어떠했을까요? 그런데 그 젊은이가 그날 낮 교보문고에서 사온 시집을 펼쳐 시를 읽습니다. 거기서 제 어깨를 죽비로 세차게 내리치는 듯한 시 한 수를 만납니다. 제가 한번 암송해 보겠습니다.

너에게 묻는다

안도현

연탄재 함부로 발로 차지 마라
너는
누구에게 한 번이라도 뜨거운 사람이었느냐

그 이후 제가 공직에 임하는 태도와 자세가 크게 달라졌다고 말씀드릴 수 있습니다. 이 자리에 계신 여러분들도 모두 뜨거운 시절을 보내시길 바랍니다. 고맙습니다. (박수)

언론이 보는
김의승

안동사람 김의승의 열정, 서울을 사로잡다

김의승 서울특별시 행정1부시장(차관급)은 누구?

"안동의 긍지를 품은 김의승은 배려 열정 뚝심의 3박자 사나이"

- 서울로 유학, 고려대 행정학과 졸업. 서울대 대학원 시절 제36회
  행정고시에 합격 후 서울시 역사에서도 몇 안 되는 정통 '행정
  관료'로 꼽혀
- 국외 훈련 대상자로 선발 미국 포틀랜드주립대 행정대학원 수석졸업
  한 수재
- 안동에서 태어나 초·중·고를 졸업해 공부 잘하고 남을 배려하는
  마음이 강하다는 학교 친구들의 기억

-영남신문 기사 발췌-

지방소멸과 도농상생: 서울·안동 교류강화 협약에 거는 기대

서울특별시 행정1부시장 김의승

내 고향 안동은 사라지고 마는가? 일본에서 2014년 처음 사용되었던 '지방소멸'이라는 단어가 이 땅에서도 이제 일상용어로 자리 잡고 있다. 한국고용정보원에서 발간한 '지방소멸 위험지역의 최근 현황과 특징'에 따르면, 올해 2월을 기준으로 전국의 소멸 위험지역은 총 118곳으로 전체 228개 시군구의 52%를 차지하는 것으로 나타났다. 20~39세 여성의 수를 65세 이상 고령자 수로 나눈 값을 지방소멸 위험지수로 정의하는데, 이 값이 0.2 미만이면 '소멸 고위험지역', 0.2~0.5 미만이면 '소멸 위험 진입지역'으로 분류된다. 안동시의 지방소멸 위험지수는 0.327로 이미 소멸 위험 진입단계로 진입한 지 오래다. 경북도청이 오고 신도시가 개발되었지만, 여전히 청년층의 인구 비율은 낮고 노년층의 비율은 27%로 매우 높다.

최근 지방소멸 위험지수의 개념 정의에 대한 반론도 제기되고 있다. 기존의 정의는 고령자가 많고 젊은 여성이 적은 지역은 소멸로 갈 수밖에 없다는 논리로 귀결된다. 자칫 고령자는 지역의 활력을 떨어뜨리는 부정적인 존재이고, 여성은 출산을 통해 기여에 도움을 주는 존재일 뿐이라는 그릇된 고정 관념을 확산시킬 우려가 있다는 것이다. 지방소멸을 단순히 인구의 문제로만 인식하면 근본적인 해결책이 나올 수 없다. 지방 인구감소는 교육·문화·의료 인프라 부족 등 복합적인 요인에서 기인한 것이기 때문이다. 출산장려금 등 현금지원을 앞세워 청년층의 인구를 끌어오겠다고 각 지역이 제로섬 게임을 벌이는 현재 상황은 국가 전체적으로도 바람직하지 않다.

지방소멸의 실질적인 대안은 제대로 된 도농 상생이다. 도시와 농촌이 손잡고 윈·윈(Win-Win)하는 포괄적이고 전략적인 접근만이 지방소멸을 막을 수 있다. 서울시는 지방자치단체 맏형으로서 소임을 다하기 위해 다양한 도농상생 정책을 추진하고 있다. 대표적인 사례가 안국역 인근의 '상생상회'이다. 이곳에서는 서울 도심에서 각 지역의 다양한 특산품들을 구매할 수 있다. 청년이 없는 지방, 일자리가 부족한 서울의 문제를 해결하기 위한 '넥스트 로컬' 사업도 시행하고 있다. 원하는 서울의 청년들을 지방으로 보내서 지역의 자원을 발굴토록 하고, 이를 사업화하여 창업하면 자금 지원을 하는 제도이다. 은퇴자들의 준비 없는 귀농·귀촌 실패 사례를 고려하여 체계적인 전문 교육 프로그램도 시행 중이다. 특히 각 지역에 '서울농장'을 설치, t미리 귀농·귀촌을 체험하게 하는 프로그램은 인기가 매우 높다.

도농상생은 이제 한 차원 더 진화할 필요가 있다. 도시에서 은퇴한 사람들이 인생 제2막을 지역에서 열어갈 수 있도록 지원하는 정책적 아이디어가 절실하다. 금년 1월 시행된 '인구감소지역지원특별법'에서는 '생활인구' 개념을 도입하고 있다. 주민등록을 이전하지 않더라도 통근, 통학, 관광 등 목적으로 지역을 찾는 인원, 즉 '도시 반, 지역 반'의 반반 거주자 등도 지역의 활력을 높이는 인원으로 보겠다는 것이다. 안동도 이제 KTX 등 교통인프라가 갖춰져 평일에는 서울·대구에서, 주말에는 안동에서 보내는 인원을 늘리는 것이 가능해졌다. 은퇴자를 위한 별장 단지를 조성하는 것도 고려할 만하다. 출향 인구만도 현재 정주 인구수를 훨씬 뛰어넘기에 수요는 충분할 것이다. 더구나, 지금의 노년층은 단군 이래 최대의 자산을 보유하고 있다는 세대 아닌가?

때마침 지난 10월 6일, 서울시와 안동시가 교류·협력 강화를 위한 협약을 맺었다. 고향사랑 기부제 활성화, 안동 우수 농특산물 판매전, 안동관광 안테나숍 운영 등을 공동으로 추진한다면 안동경제의 활력 제고와 지역발전에 큰 도움이 될 것이다. 앞으로 안동과 서울, 양 도시가 서로 긴밀히 협력해 더욱 크고 정교한 도농상생의 밑그림을 그려 지방소멸 을 막는 모범사례를 만들기 바란다. 이번 협약에 거는 기대가 큰 이유이다.

지방소멸과 도농상생 : 서울·안동 교류강화 협약에 거는 기대

김의승 —
서울특별시 행정부시장

내 고향 안동은 사라지고 마는가!? 일본에서 2014년 처음 사용되었던 '지방소멸'이라는 단어가 이 땅에서도 이제 일상용어로 자리 잡고 있다. 한국고용정보원에서 발간한 '지방소멸 위험지역의 최근 현황과 특징에 따르면, 올해 2월을 기준으로 전국의 소멸 위험지역은 총 118곳으로 전체 228개 시군구의 52%를 차지하는 것으로 나타났다. 20~39세 여성의 수를 65세 이상 고령자 수로 나눈 값을 지방소멸 위험지수로 정의하는데, 이 값이 0.2 미만이면 '소멸 고위험지역, 0.2~0.5 미만이면 소멸 위험 진입지역으로 분류된다. 안동시의 지방소멸 위험지수는 0.327로 이미 소멸 위험 진입단계로 진입한 지 오래다. 경북도청이 오고 신도시가 개발되었지만, 여전히 청년층의 인구 비율은 낮고 노년층의 비율은 27%로 매우 높다.

최근 지방소멸 위험지수의 개념 정의에 대한 반론도 제기되고 있다. 기존의 정의는 고령자가 많고 젊은 여성이 적은 지역은 소멸로 갈 수밖에 없다는 논리로 귀결된다. 자칫 고령자는 지역의 활력을 떨어뜨리는 부정적인 존재이고, 여성은 출산을 통해 지역에 도움을 주는 존재일 뿐이라는 그릇된 고정 관념을 확산시킬 우려가 있다는 것이다. 지방소멸을 단순히 인구의 문제로만 인식하면 근본적인 해결책이 나올 수 없다. 지방 인구감소는 교육·문화·의료 인프라 부족 등 복합적인 요인에 기인한 것이기 때문이다. 출산장려금 등 현금지원을 앞세워 청년층의 인구를 끌어오겠다고 각 지역이 제로섬 게임을 벌이는 현재 상황은 국가 전체적으로도 바람직하지 않다.

지방소멸의 실질적인 대안은 제대로 된 도농 상생이다. 도시와 농촌이 손잡고 윈·윈(Win-Win)하는 포괄적이고 전략적인 접근만이 지방소멸을 막을 수 있다. 서울시는 지방자치단체 맏형으로서 소임을 다하기 위해 다양한 도농상생 정책을 추진하고 있다. 대표적인 사례가 서울 안국역 인근의 '상생상회'다. 이곳에서는 서울 도심에서 각 지역의 다양한 특산품들을 구매할 수 있다. 청년이 없는 지방, 일자리가 부족한 서울의 문제를 해결하기 위한 '넥스트 로컬' 사업도 시행하고 있다. 원하는 서울의 청년들을 지방으로 보내서 지역의 자원을 발굴토록 하고, 이를 사업화하여 창업하면 자금 지원을 하는 제도이다. 은퇴자의 준비 없는 귀농·귀촌 실패 사례를 고려하여 체계적인 전문 교육 프로그램도 시행 중이다. 특히 각 지역에 '서울농장'을 설치, 미리 귀농·귀촌을 체험하게 하는 프로그램은 인기가 매우 높다.

도농상생은 이제 한 차원 더 진화할 필요가 있다. 도시에서 은퇴한 사람들이 인생 제2막을 지역에서 열어갈 수 있도록 지원하는 정책적 아이디어가 절실하다. 금년 1월 시행된 '인구감소지역지원특별법'에서는 '생활인구' 개념을 도입하고 있다. 주민등록을 이전하지 않더라도 통근·통학·관광 목적으로 지역을 찾는 인원, 즉 도시 반, 지역 반의 반반 거주자 등도 지역의 활력을 높이는 인원으로 보겠다는 것이다. 안동도 이제 KTX 등 교통인프라가 갖춰져 평일에는 서울·대구에서, 주말에는 안동에서 보내는 인원을 늘리는 것이 가능해졌다. 은퇴자를 위한 별장 단지를 조성하는 것도 고려할 만하다. 출향 인구만도 현재 정주 인구수를 훨씬 뛰어넘기에 수요는 충분할 것이다. 더구나, 지금의 노년층은 단군 이래 최대의 자산을 보유하고 있는 세대 아닌가?

때마침 지난 10월6일, 서울시와 안동시가 교류·협력 강화를 위한 협약을 맺었다. 고향사랑 기부제 활성화, 안동 우수 농특산물 판매전, 안동관광 안테나 숍 운영 등을 공동으로 추진한다면 안동경제의 활력 제고와 지역발전에 큰 도움이 될 것이다. 앞으로 안동과 서울 양 도시가 서로 긴밀히 협력하며 더욱 크고 정교한 도농상생의 밑그림을 그려 지방소멸을 막는 모범사례를 만들기 바란다. 이번 협약에 거는 기대가 큰 이유이다.

서울꿈새김판 캘리그래피가 '부시장의 솜씨'

김의승 행정1부시장 재능기부

"설레었나 봐, 네가 오니 붉게 물들어."

서울시는 최근 가을을 맞이해 서울도서관 외벽 대형 글판인 서울꿈새김판을 새롭게 단장했다. 2023년 가을편 공모전을 통해 선정된 김서현 씨의 문안에다 이미지 작업을 거쳐 가을 분위기를 물씬 느낄 수 있도록 했다.

김의승 서울시 행정1부시장이 이번 꿈새김판 작업에 직접 캘리그래피 (손글씨) 재능기부를 했다는 사실은 뒤늦게 알려졌다. 꿈새김판을 보며 가을의 청량감과 정취를 느끼면서도 부시장의 작품인지에 대해서는 시 내부에서도 거의 알려지지 않았다.

캘리그래피는 글씨나 글자를 아름답게 쓰는 기술로 좁게는 서예에서 활자 이외의 모든 서체까지 아우른다. 글씨의 크기·모양·입체감으로 미적 가치를 높이는 시각 예술로 예쁜 글씨를 넘어 메시지까지 담는다.

김 부시장은 혼자서 틈틈이 캘리그래피를 연습해 상당한 수준에 오른 것으로 전해졌다. 직원들이나 외부인들을 만날 때 카드로 만들어 캘리그래피를 선물하곤 한다. 덕담 같은 문구를 받으면 김 부시장의 섬세함에 놀라게 된다는 후문이다. 김 부시장은 12일 "같은 문구의 카드를 여러 명에게 줄 수는 없어 의미 있는 새 문구를 찾는 것이 가장 힘들다"고

웃었다.

한편 꿈새김판은 시민에게 따뜻한 위로와 희망의 마음을 전하고 시민들이 삶 속에서 공감할 수 있는 메시지를 나누기 위해 지난 2013년 서울도서관 정면 외벽에 설치한 대형 글판이다.

서울경제   **2023-10-13 (금) A23면**

서울꿈새김판 캘리그래피는 '부시장의 솜씨'

김의승 행정1부시장 재능기부

"설레었나 봐, 네가 오니 붉게 물들어"
서울시는 최근 가을을 맞이해 서울도서관 외벽 대형 글판인 서울꿈새김판을 새롭게 단장했다. 2023년 가을편 공모전을 통해 선정된 김서현씨의 문안에다 이미지 작업을 거쳐 가을 분위기를 물씬 느낄 수 있도록 했다.

김의승 서울시 행정1부시장이 이번 꿈새김판 작업에 직접 캘리그래피(손글씨) 재능기부를 했다는 사실은 뒤늦게 알려졌다. 꿈새김판을 보며 가을의 청량감과 정취를 느끼면서도 부시장의 작품인지에 대해서는 시 내부에서도 거의 알려지지 않았다.

캘리그래피는 글씨나 글자를 아름답게 쓰는 기술로 좁게는 서예에서 활자 이외의 모든 서체까지 아우른다. 글씨의 크기·모양·입체감으로 미적 가치를 높이는 시각 예술로 예쁜 글씨를 넘어 메시지까지 담는다.

김 부시장은 혼자서 틈틈이 캘리그래피

시민이 지난 10일 가을편으로 새롭게 단장한 '서울꿈새김판' 앞을 지나고 있다. 오승현 기자

를 연습해 상당한 수준에 오른 것으로 전해졌다. 직원들이나 외부인들을 만날 때 카드로 만들어 캘리그래피를 선물하곤 한다. 덕담 같은 문구를 받으면 김 부시장의 섬세함에 놀라게 된다는 후문이다. 김 부시장은 12일 "같은 문구의 카드를 여러 명에게 줄 수는 없어 의미 있는 새 문구를 찾는 것이 가장 힘들다"고 웃었다.

한편 꿈새김판은 시민에게 따뜻한 위로와 희망의 마음을 전하고 시민들이 삶 속에서 공감할 수 있는 메시지를 나누기 위해 지난 2013년 서울도서관 정면 외벽에 설치한 대형 글판이다.   황정원 기자

안동-서울 '인문·문화·관광·경제' 상생 교류 협약

양 도시 시장 '고향 사랑' 맞기부

안동시와 서울특별시가 상생발전의 맞손을 잡았다. 권기창(사진 왼쪽) 안동 시장은 6일 서울시청에서 오세훈 서울시장을 만나 상생협력과 교류강화를 위한 협약을 체결했다.

이날 업무협약은 지난 2016년 체결한 안동시와 서울특별시 간 우호교류협정에서 한발 나아가, 양 도시 간 인문·문화·관광·경제 등 다양한 분야에서 신규 교류사업을 추진하고 지역 상생발전을 이루기 위해 마련했다. 주요 협력사업은 ▷고향사랑기부제 활성화 추진 ▷21세기 인문가치포럼 등 행사 및 축제 상호 협력 ▷지역관광 안테나숍 설치 및 운영 ▷우수 농특산물 직거래 확대 ▷도시디자인 정책 교류 활성화 등이다.

이날 협약 체결에 이어 고향사랑기부제 활성화를 위한 양 도시 단체장의 맞기부 행사도 열어 상호 협력을 약속했다. 또, 서울시청 구내식당에서 가진 점심 메뉴에 안동간고등어가 올라와 지역 대표 먹거리로 소개했다. 오는 11월에는 종로구 안국동에 있는 복합문화공간인 서울 상생상회에서 '안동의 주간' 행사를 열고 안동 농·축·특산물 홍보를 본격화할 예정이다. 이같은 안동과 서울의 협약 체결에는 안동 출신인 김의승 행정1부시장이 결정적인 기교 어한요 힌 깃으로 앋거졌다.

권기창 안동시장은 "안동의 청정 농축특산물을 서울시민께 공급하는 한편 유네스코 세계유산의 도시 안동의 문화유산과 천혜의 관광명소를 알리고 체험할 수 있도록 최선을 다하겠다"고 했다.

안동-서울 '인문·문화·관광·경제' 상생 교류 협약

양 도시 시장 '고향사랑' 맞기부

안동시와 서울특별시가 상생발전의 맞손을 잡았다. 권기창(사진 왼쪽) 안동시장은 6일 서울시청에서 오세훈 서울시장을 만나 상생협력과 교류 강화를 위한 협약을 체결했다.

이날 업무협약은 지난 2016년 체결한 안동와 서울시 간 우호교류 협정에서 한발 나아가, 양 도시 간 인문·문화·관광·경제 등 다양한 분야에서 신규 교류사업을 추진하고 지역 상생발전을 이루기 위해 마련했다.

주요 협력사업은 ▷고향사랑기부제 활성화 추진 ▷21세기 인문가치포럼 등 행사 및 축제 상호 협력 ▷지역 관광 안테나숍 설치 및 운영 ▷우수 농특산물 직거래 확대 ▷도시디자인 정책 교류 활성화 등이다.

이날 협약 체결에 이어 고향사랑기부제 활성화를 위한 양 도시 단체장의 맞기부 행사도 열어 상호 협력을 약속했다. 또, 서울시청 구내식당에서 가진 점심 메뉴에 안동간고등어가 올라와 지역 대표 먹거리로 소개했다. 오는 11월에는 서울 종로구 안국동에 있는 복합문화공간인 서울 상생상회에서 '안동의 주간' 행사를 열고 안동 농·축·특산물 홍보를 본격화할 예정이다. 이 같은 안동과 서울의 협약 체결에는 안동 출신인 김의승 행정1부시장이 결정적인 가교 역할을 한 것으로 알려졌다.

권기창 안동시장은 "안동의 청정 농축특산물을 서울시민께 공급하고 안동의 문화유산과 관광명소를 알리고 체험할 수 있도록 최선을 다하겠다"고 했다.

엄재진 기자

[기고]

MZ세대가 공직 떠나는 시대, '창의행정'이 답이다

MZ세대(1980년대 초~2000년대 초 출생) 공무원이 공직을 떠난다는 소식이 연일 뉴스를 장식하고 있다. 공무원시험 경쟁률이 과거 10여 년 전보다 크게 떨어졌을 뿐만 아니라, 정부 핵심 부처의 젊은 사무관, 서기관들이 미련 없이 공직을 떠나 민간기업으로 자리를 옮기고 있다. 서울시도 공무원 임용 후 5년 내 퇴직 직원의 비율이 2019년 4.7%에서 지난해 8.6%로 약 2배나 증가했다. 미래 세대가 공직으로만 쏠리는 현상이 바람직하다고 할 수는 없다. 사회 여러 분야에서 인재 충원에 어려움을 겪게 되는 것은 국가 전체 인력운용 측면에서도 큰 손실이기 때문이다. 하지만 인재들이 조기에 공직을 떠나는 지금의 모습 또한 수수방관할 수만은 없다.

최근에 시는 민선 8기 시정 운영의 동력으로 '창의행정'을 재점화시켰다. 연초 오세훈 서울시장이 신년 직원 조례를 통해 직접 이를 공식화했고, 과장급 대상 교육과정에서도 '창의적으로 생각하고 혁신적으로 저지르자'라는 화두를 던졌다. 공무원들이 적극적인 시도와 새로운 시각으로 업무를 주도적으로 추진하고 이에 대한 보상체계를 세워 시민을 위해 제대로 된 행정서비스를 제공하자는 것이다. 시가 창의행정을 들고나온 배경은 첫째, 서울이 해결해야 할 사회문제의 복잡성 때문이다. 오늘날 많은 사회문제는 선례 답습식의 일 처리 방식으로는 해결할 수 없다. 또 어느

한 개 부서에서 접근한다고 쉽게 풀리지도 않는다. 어떤 문제들은 적기에 해결하지 않으면 세계도시들과의 무한경쟁에서 다시는 회복할 수 없을 정도로 도태되고 만다. 끊임없이 새로운 시도와 부서 간 협업이 필요한 이유이다.

둘째, 급속한 행정환경의 변화에 대처하기 위해서도 창의행정은 필수적이다. 이미 기술 혁신의 속도는 우리의 예측과 전망치를 뛰어넘은 지 오래다. 대체할 수 없는 인류의 마지막 영역으로 생각했던 창조성을 학습한 생성형 AI(인공지능)의 등장도 경제, 사회, 문화, 노동 전반에서 일대 파란을 일으키고 있다. 이에 더해 우리 사회의 구조적 문제인 양극화와 빈부격차부터, 도시의 존립 자체를 위협하는 저출생과 고령화에 이르기까지 과거 한 번도 경험해보지 못했던 복합 위기가 동시다발적으로 몰려오고 있다. 직원 한 명 한 명이 변화와 혁신의 주체가 되어 오래된 타성의 중력을 뚫지 않고서는 지금의 거센 시대적 파고를 넘을 수 없다.

마지막으로, 공직사회의 새로운 주축으로 등장한 MZ세대의 고유한 특성 역시 시가 창의행정을 도입한 이유다. 일각에서는 MZ세대 공무원들의 조기 퇴직 사유로 낮은 처우와 경직된 조직문화에 주목한다. 그러나 그 근저에는 자기 발전과 성취를 중시하는 젊은 공무원들의 근원적 불안과 불만이 깔린 것으로 보인다. 결국 '성공'이 아니라 '성장'을 원하는 이들의 욕구에 부응하기 위해서라도 공직사회에 새로운 혁신의 바람이 필요하다. 시의 창의행정은 급속한 환경의 변화에 대처해야 할 MZ세대 공무원에게 성과와 노력 가치에 상응하는 보상을 약속한다. 그간 할 수 없어서가 아니라 해야 할 유인을 찾지 못했던 이들에게 뚜렷한 동기를 부여하고, 이를 통해서 사회문제들을 적극적으로 해결하고 시민 행복을 보장하는

일이야말로 지금 우리 공직사회에서 창의행정이 필요한 가장 확실한

이유이다.

머니투데이   2023년 4월 19일 수요일 008면 오피니언

MZ세대 공무원과 창의행정

기고

김의승
서울시 행정1부시장

MZ세대(1980~2000년대 초 출생) 공무원이 공직을 떠난다는 소식이 연일 뉴스를 장식한다. 공무원시험 경쟁률이 10여년 전보다 크게 떨어졌을 뿐만 아니라 정부 핵심부처의 젊은 사무관, 서기관들이 미련 없이 공직을 떠나 민간기업으로 자리를 옮기고 있다. 서울시도 공무원 임용 후 5년 내 퇴직직원의 비율이 2019년 4.7%에서 지난해 8.6%로 약 2배 상승했다.

미래세대가 공직으로만 쏠리는 현상이 바람직하다고 할 수는 없다. 사회 여러 분야에서 인재충원에 어려움을 겪는 것은 국가 전체 인력운용 측면에서도 큰 손실이기 때문이다. 하지만 인재들이 조기에 와 부서간 협업이 필요한 이유다.

둘째, 급속한 행정환경의 변화에 대처하기 위해서도 창의행정은 필수다. 기술혁신 속도는 우리의 예측과 전망치를 뛰어넘은 지 오래다. 대체할 수 없는 인류의 마지막 영역으로 생각한 창조성을 학습한 생성형 AI(인공지능)의 등장도 경제, 사회, 문화, 노동 전반에 일대 파란을 일으키고 있다. 이에 더해 우리 사회의 구조적 문제인 양극화와 빈부격차부터, 도시의 존립 자체를 위협하는 저출생과 고령화에 이르기까지 과거 한 번도 경험하지 못한 복합위기가 동시다발적으로 몰려온다. 직원 한 명 한 명이 변화와 혁신의 주체가 돼 오래된 타성 공직을 떠나는 지금의 모습 또한 수수방관할 수만은 없다.

최근 시는 민선 8기 시정운영의 동력으로 '창의행정'을 재점화했다. 연초 오세훈 서울시장이 신년 직원조례에서 직접 이를 공식화했고 과장급 대상 교육과정에서도 "창의적으로 생각하고 혁신적으로 저지르자"는 화두를 던졌다. 공무원들이 적극적인 시도와 새로운 시각으로 업무를 주도적으로 추진하고 이에 대한 보상체계를 세워 시민을 위해 제대로 된 행정서비스를 제공하자는 것이다.

시가 창의행정을 들고나온 배경은 첫째, 서울이 해결해야 할 사회문제의 복잡성 때문이다. 오늘날 많은 사회문제가 선례를 답습하는 식의 일처리 방식으론 해결할 수 없다. 또 어느 한 부서에서 접근한다고 쉽게 풀리지도 않는다. 어떤 문제들은 적기에 해결하지 않으면 세계 도시들과의 무한경쟁에서 다시는 회복할 수 없을 정도로 도태되고 만다. 끊임없는 새로운 시도 의 중력을 뚫지 않고는 지금의 거센 시대적 파고를 넘을 수 없다.

마지막으로 공직사회의 새로운 주축으로 등장한 MZ세대의 고유한 특성 역시 시가 창의행정을 도입한 이유다. 일각에서는 MZ세대 공무원들의 조기퇴직 사유로 낮은 처우와 경직된 조직문화에 주목한다. 그러나 그 근저에는 자기발전과 성취를 중시하는 젊은 공무원들의 근원적 불안과 불만이 깔린 것으로 보인다. 결국 '성공'이 아니라 '성장'을 원하는 이들의 욕구에 부응하기 위해서라도 공직사회에 혁신의 바람이 필요하다.

시의 창의행정은 급속한 환경의 변화에 대처해야 할 MZ세대 공무원에게 성과와 노력의 가치에 상응하는 보상을 약속한다. 그간 할 수 없어서가 아니라 해야 할 유인을 찾지 못한 이들에게 뚜렷한 동기를 부여하고 이를 통해 사회문제들을 적극적으로 해결하고 시민의 행복을 보장하는 일이야말로 우리 공직사회에서 창의행정이 필요한 이유다.

안동사람 김의승의 열정, 서울을 사로잡다

김의승 서울특별시 행정1부시장(차관급)은 누구?

"안동의 긍지를 품은 김의승은 배려 열정 뚝심의 3박자 사나이"

- 서울로 유학, 고려대 행정학과 졸업. 서울대 대학원 시절 제36회 행정고
  시에 합격 후 서울시 역사에서도 몇 안 되는 정통 '행정 관료'로 꼽혀
- 국외 훈련 대상자로 선발 미국 포틀랜드주립대 행정대학원 수석졸업한
  수재
- 안동에서 태어나 초·중·고를 졸업해 공부 잘하고 남을 배려하는 마음이
강하다는 학교 친구들의 기억

　김의승(金意承) 서울특별시 행정1부시장(차관급)은 1966년 안동군
길안면 천지리에서 의성김씨 전서공파(사직공파) 가문에서 태어났다.
전서공은 경주부윤 시절이던 조선 초 경상도 관찰사의 명으로 삼국사기를
중간(重刊)한 김거두. 일선 경찰공무원이던 부친 김명진(金明鎭, 21년
작고) 씨와 현재도 안동에 살고 있는 안동김씨 모친 김희옥(金熙玉) 씨의
2남 1녀 중 장남. 외가는 의성군 옥산으로 김병일 전 공정거래위원회
부위원장이 모친과 재종간.

　경북 안동시에 있는 안동초등학교(구 안동중앙국민학교)와 경안중·고
등학교를 졸업, 1984년 고려대 행정학과 입학 때까지 줄곧 안동에서

유년기와 학창시절을 보냈다. 경안고 동기들의 이야기를 들어보면 학창시절 김의승은 공부도 곧 잘했지만, 유머 감각도 있고 남을 배려하는 마음도 강해 따르는 친구들이 많았다고 한다. 당시 직접 제작한 학급신문을 지금까지도 보관하고 있는 친구들이 있다고 들려온다.

김의승은 1990년 서울대학교 행정대학원(석사과정, 정책학 전공)에 진학하면서 본격적으로 고시 공부에 매진하여 1992년 제36회 행정고시에 합격했다. 1993년 대학원 졸업과 함께 공직에 입문했다. 첫 보직이었던 청소과장을 필두로 용산구청에서 건설관리과장, 기획예산과장, 총무과장 등을 거쳐, 지난 2000년 서울시 본청으로 입성했다. 행정과 민간협력팀장이 서울시 첫 보직이다. 이후 행정팀장, 행정과장, 행정국장을 거쳐 이번에 행정1부시장까지 올라 보직에 '행정'이라는 타이틀이 들어가는 자리들은 모두 거친 서울시 역사에서도 몇 안 되는 정통 '행정 관료'이다.

국장 승진 이후 일자리기획관, 행정국장, 관광체육국장, 대변인, 기후환경본부장, 경제실장, 기획조정실장 등 그가 거쳐 간 자리마다 굵직굵직한 업적을 남겼다. 특히, 기획조정실장으로서 2022 본예산 편성작업을 총괄 지휘하던 지난해 말, 민주당이 압도적인 우위(110명 시의원 중 102명이 민주당 소속)를 보이던 서울시의회에서 국민의힘 소속 오세훈 시장의 주요 공약사업 예산을 끝까지 관철시킨 것은 그의 열정과 뚝심을 보여주는 대표적인 사례로 회자되고 있다.

2007년 국외훈련 대상자로 선발되어 미국 오레건주 포틀랜드주립대(Portland State University) 행정대학원에서 2년간 공부하면서 석사학위를 취득했다. 최고 학점으로 수석졸업을 하게 되자 지도교수가 훌륭한 공무원을 보내주어서 고맙다는 편지를 서울시장에게 직접 보냈다고 한다.

2015년 메르스 파동으로 서울의 관광시장이 반토막이 났을 때 초대 관광체육국장을 맡아 필사적으로 대중국 관광마케팅 활동에 나섰는데, 그런 과정에서 틈틈이 중국어도 공부해 지금도 중국의 주요 인사들과 간단한 대화는 웨이신으로 소통하는 등 노력파의 기질을 유감없이 보여주고 있다. 탁월한 기획력과 원만한 인간관계로 무장한 그는 오세훈 서울시장으로부터도 매우 두터운 신임을 받고 있다. IMF 당시 대기업을 희망 퇴직한 부인 이창희 여사와 슬하에 외동아들을 두고 있다.

"이동률 서울시 정책기획관이 보는 김의승은?"

- '불타는 고구마'에서 '의승대사'로 별명이 바뀐 까닭은?
- 행정팀장 시절, 직원들과 함께 퇴근하고 다시 사무실에 복귀해 보고서 쓴 일은 지금도 회자
- 작은 고충까지 들어주고 풀리지 않는 업무도 자상하게 해법을 제시해 해탈한 고승 같다고 붙은 신별명은 '의승 대사'
- 지난 연말 기획조정실 260명 전원에게 캘리그래피 카드 선물

서울시 용산구청 시절부터 서울특별시 행정1부시장이 된 김의승을 25년간 가까이에서 혹은 먼발치에서 지켜보아 왔다. 한마디로 그는 '열정남'이라고 표현할 수 있다. 사무관 시절부터도 서울시의 모든 현안이 마치 자기 일 인양 무한 책임을 가지고 임해왔다.

30대 중반 행정팀장 시절, 고생하는 직원들을 격려하는 자리를 만들어주고 밤늦게 파한 뒤에 홀로 다시 사무실에 복귀해 보고서를 쓰던 날이

하루 이틀이 아니었다는 것은 지금도 회자되는 유명한 일화다.

젊은 시절 별명은 '불타는 고구마'였는데, 일을 할 때는 불같이 뜨겁게 일을 하지만, 막상 해놓고 보면 결과물은 맛있는 고구마 같다고 해서 붙여졌다고 한다. 최근에는 직원들 사이에서 '의승 대사'로 불리는데, 직원들의 작은 고충까지 잘 들어주고 풀리지 않는 업무도 자상하게 해법을 제시해주는 모양새가 마치 해탈한 고승과도 같다 해서 붙여진 별명이다. 업무에는 불같은 열정을 보여주면서 그 밖의 자리에서는 직원들 한 사람 한 사람의 이름을 기억해주는 자상하고 세심한 인간미를 보여준다.

종종 손수 만든 캘리그래피 카드를 격무로 고생한 직원들에게 나누어주곤 하는데, 지난 연말에는 몇 날 며칠 동안 밤잠을 줄여가며 기획조정실장 시절 기조실 직원 260명 전원에게 캘리그래피 카드를 선물한 이야기는 서울시청 안에서는 큰 화제가 됐다.

서울시민의 살림살이를 총괄하는 행정직 최고위직에 오른 김의승 부시장, 서울시의회 안팎에서는 국회의원을 하면 잘하겠다는 말이 나올 정도다. 앞으로의 행보가 더욱 기대된다.

안동사람 김의승의 열정, 서울을 사로잡다

"이동휘 서울시
정책기획관으로 보는
김의승은?"

'불타는 고구마'에서
'의승대사'로
별명이 바뀐
까닭은?

김의승 서울특별시 행정1부시장(차관급)은 누구?

"안동의 긍지를 품은
김의승은
배려 열정 뚝심의
3박자 사나이"

영남신문

2022년 8월 23일~24일(화~수요일) / jyoungnam.com

경북도, '이웃사촌마을' 특별위원회 구성 선정 나서

지역 맞춤형 차별화된 거점 조성을 위해 분야별 전문가 컨설팅 머리 맞대

도는 행정인전후, 향후 4년 간 지방소멸대응기금 광역분 총 200억원 투입

이철우 경북도지사
대한민국시도지사협의회 회장 취임

이철우 도지사, 추경호 부총리 만나
2023년 예산(안) 반영 위해 동분서주

안동인의 긍지를 드높이는 한국 행정통행정관료
김의승 서울특별시 행정1부시장 대담

6~7

도전하는
청년

꿈을 키우는
아이

힘기찬
노후

행복한
가정

쾌적하고 행복한 도시
살고싶은

내게 딱 맞는 인구정책으로 시민이 행복한 도시를 만들어가겠습니다. 대구광역시

대통령이 중책 맡긴 이유는?

"공직자 정도(正道) 걸어온 우직함을 인정해준 결과…"

- 안동인의 자긍심 높여준 김의승 서울특별시 행정1부시장
- 17개 시도 부단체장 중 유일한 차관급으로 대통령이 임명하는 직책

　경상북도 안동 출신으로 지난 8월 1일자로 대통령이 임명하는 차관급 서울특별시 행정1부시장에 오른 김의승 신임 부시장(56)은 '작은 정부'라고 불리는 대한민국 수도 서울시에서 30년을 근무해온 정통 전문 행정관료다. 언론 인터뷰를 정중히 사양해온 그를 경북지역 연고를 강조하며 거듭 부탁해 본지 취재진이 지난 8월 19일 서울시청사에서 만났다.(편집자 주)

Q : 안동 출신으로서 대통령이 임명하는 차관급 서울특별시 행정1부시장에 오른 배경에 대해 전국 공직사회에서 궁금해 하는데?

A : "개인적으로는 과분한 직위에 오르게 되어 어깨가 몹시도 무겁습니다. 여러모로 부족한 점이 많은 저에게 이런 중책을 맡겨준 이유가 무엇이었을까 생각해봤는데, 어쩌면 직업공무원으로서 정도(正道)를 걸어온 우직함을 인정해 준 결과가 아닐까 싶습니다. 흔히 인동사람들의 기본적 특성 중 하나가 이른바 아부를 잘하지 못하는 것이라고 합니다. 시쳇말로 비비는

(?) 재주가 없다는 것인데, 저는 그런 점에서는 전형적인 안동사람인 것 같습니다. (웃음) 더욱 낮은 자세로 노력하고 봉사하겠습니다."

Q : 지금까지 서울시에서 여러 요직들을 거쳤는데, 주로 어떤 일을 해왔나?

A : "제36회 행정고시에 합격하여 '93년 공직에 입문한 이후 줄곧 서울시에서만 몸을 담아 왔습니다. 첫 보직은 용산구청 청소과장이었습니다. 이후 정말 다양한 분야에서 일했습니다. 구청에서는 건설관리과장, 기획예산과장을 거쳐 총무과장을 맡았고, 서울시 본청으로 옮겨와서는 행정과장, 인사과장, 심사평가담당관, 경제정책과장을 거쳐 2014년 국장으로 승진했습니다. 국장이 된 이후 일자리기획관, 행정국장, 관광체육국장, 대변인, 기후환경본부장을 거쳤고 경제정책실장이 되면서 1급 승진을 했습니다. 작년에 서울시 업무를 총괄 조정하는 기획조정실장을 맡은 이후, 이번에 행정1부시장까지 오르게 되었습니다."

Q : '작은 정부'라고 하는 서울시에서 근무할 때 인상 깊었던 일을 소개해달라.

A : "흔히, 서울시를 '작은 정부'라고 해서 외교와 국방 기능을 제외한 모든 정부 기능을 다 수행한다고 하는데, 가만히 들여다보면 심지어 외교와 국방 기능도 서울시가 수행하고 있다고 봐야 합니다. 예컨대 도시외교 차원에서 해외의 다양한 도시들과 우호·자매 결연을 맺고 있고, 통합방위 차원에서 군부대와의 협력도 진행하고 있기 때문이지요. 서울시에 몸담아 오면서 가장 기억에 남는 것은 2015년 초대 관광체육국장을 맡아 메르스로 침체된 서울관광을 활성화시키기 위해 노력했던 일입니다. 메르스로 서울을 찾는 해외관광객이 반토막이 났을 때, 직접 중국 3대 도시를 방문하여 서울관광 마케팅 활동에 나섰습니다. 한강에서 삼계탕 파티를 하면서

중국의 유커(遊客)들을 불러 모으기도 했지요. 그 결과, 이듬해에 서울을 찾는 해외관광객 숫자가 1,400만 명을 돌파하기도 했습니다."

Q : 윤석열 대통령이 최근 강조한 행정 부분은 어떤 것이 있나?

A : "윤석열 정부에서는 무분별한 공무원 증원을 억제하고 정부 산하 공공기관의 혁신을 강조하고 있습니다. 올바른 방향이라고 봅니다. 혹 지금 공직을 준비하는 청년들이 들으면 섭섭할 수도 있겠지만, 공무원의 월급은 국민 세금에서 나온다는 점을 생각해야 합니다. 따라서 공무원 조직은 능률과 효율을 지향해야 합니다. 그런 점에서 그간 무분별한 증원으로 방만해진 조직을 슬림화하고 정부 및 공공기관의 운영에서 낭비적인 요소를 걷어내는 것은 꼭 필요하다고 봅니다."

Q : 서울에서 안동 출신 또는 경북 출신 공직자 모임이 있지 않나?

A : "안동 출신 공직자 모임으로 '상락회' 등이 있습니다. 늘 바쁜 업무에 쫓겨 모임에 자주 함께하진 못했지만, 동향(同鄕)이라는 점이 주는 푸근함과 정겨움이 있습니다. 특별히 이해관계를 따지지 않는 고향 출신 공직자 모임에서 여러 분야 공직자들과 정보교류도 하고 배우는 점도 많았던 것으로 기억합니다."

Q : 지난 '91년에 부활한 지방자치가 시행된 지 30여 년이 지났지만 아직 정착을 하지 못하고 있다…

A : 흔히 지방자치를 풀뿌리 민주주의 로 표현합니다. 시민의 적극적인 관심과 참여가 있을 때, 우리 지방자치의 수준도 올라갈 것이고 성공할

수도 있을 것입니다. 매번 선거가 있을 때만 반짝 관심을 가졌다가 선거가 끝난 후에는 아무도 돌아보지 않는다면, 결국 지방자치의 본래적인 의미는 퇴색이 되고 말 것입니다. 아울러, 오랜 중앙집권의 전통도 지방자치의 큰 걸림돌이라고 봅니다. 중앙정부의 권한을 과감하게 지방에 이양하고, 지방정부 스스로도 이러한 권한을 합리적으로 행사하는 노력을 꾸준히 기울여야만 할 것입니다."

Q : 역대 정부에서 공직 생활했는데, 지방정부에 대해서 조언한다면

A : 저는 김영삼 대통령이 집권했던 1993년부터 공직생활을 시작했습니다. 중앙정부와 달리 지방정부는 주민들의 일상생활과 가장 밀착되어 있습니다. 중앙 정치무대의 진영논리에서 벗어나 오로지 주민들만 보고 앞으로 나아갈 필요가 있습니다. 우리 정치 현실에서 이게 말처럼 쉽지는 않지만, 실제 서울 지역의 경우에도 특정 정당 바람이 거세게 부는 선거판에서도 어떤 구청장은 살아남았습니다. 그 배경을 보면 평소에 주민들을 어떤 자세로 섬겨왔는지가 승패를 갈랐다고 합니다. 어떻게 하면 주민들의 삶이 보다 편리하고 윤택해질 수 있는지를 꾸준히 연구해야 할 것입니다."

Q : 존경하는 한국의 행정가는?

A : "개인적으로는 서울시를 거쳐 간 역대 시장님과 지금의 제가 있도록 가르치고 키워준 서울시 선배님 몇몇 분이 떠오르긴 합니다. 그렇지만, 전 세계에서 가장 가난하고 힘없는 나라에서 오늘날 대한민국을 세계 10위의 경제 대국으로 일구어온 이 땅의 모든 선배 공직자분들께 감사와 존경의 마음을 전하고 싶습니다."

Q : 간부 공무원(행정고시 등 사무관)을 꿈꾸는 이들에게 전하고 싶은 말이 있다면…

A : "공직자는 국민에게 봉사해야 할 무한 책임을 안고 있습니다. 자칫 겉모습만 보고 공직을 지망한다면 실망할 수도 있고 어쩌면 좌절할지도 모릅니다. 저 역시 공직을 준비하던 시절에는 이런 인식이 부족하지 않았나 반성해봅니다. 그렇지만, 본인이 노력하면 우리 사회가 보다 좋아질 수 있다는 일에 대한 보람은 그 어떤 분야보다 클 것입니다. 이런 생각을 가진 분들이라면 과감히 공직에 도전해보시길 바랍니다."

Q : 공직 입문 시기와 요즈음 공직사회를 보면 어떤 생각이 드나?

A : "최근 공직사회의 역동성이 예전만 못하다는 이야기도 나오고, 공무원의 책임의식이 옅어졌다는 우려도 있는 것으로 압니다. 세월을 따라 어느 조직이든 구성원의 특성이나 전반적인 조직문화는 변화하기 마련이지요. 중요한 것은 달라진 시대 상황에 맞게 젊은 세대들도 이해하면서, 공직사회의 조직문화를 바꿔가야 할 때라고 생각합니다. 우선 나 자신부터 달라져야 한다고 생각합니다."

Q : 아버지에 대한 기억을 소개한다면…

A : "아버지는 일선 경찰공무원이셨습니다. 일생을 강직하고 청렴하게 살아오셨습니다. 제가 공무원이 되고 보니 아버지가 어떤 세월을 살아오셨는지 어렴풋이나마 이해할 수 있게 되었습니다 불의와 타협하지 않고 올곧은 공직자의 길을 꿋꿋이 걸어오신 그 모습이 항상 저를 비추는 거울이었습니다. 오랫동안 앓으시다가 작년에 세상을 떠나셨는데, 저는

아버지의 훈육대로 살려고 노력했습니다. 아마도 하늘에서 지금의 제 모습을 자랑스러워하실 것 같습니다."

Q : 마지막으로 하고 싶은 말은?

A : "고향이 안동이라는 사실이 큰 위안과 힘이 되는 때가 많습니다.

고향 안동 땅에서 많은 분이 저를 응원하고 있다는 사실을 항상 기억하면서, 안동인으로서의 긍지를 가지고 최선을 다해 일하겠습니다."

[서울 인싸]

서울시 예산, 민생회복·미래 도약의 마중물

　장장 38일에 걸친 지난한 예산심의 과정을 거쳐 지난해 12월 말 2022년 서울시 예산이 확정됐다. 올해 서울시 예산은 총계 기준 44조 2,190억 원으로 전년 대비 10.1%(4조 628억 원) 증가한 역대 최대 규모다. 소상공인과 취약계층 지원(2조 9,895억 원), 사회적 안전망 구축(3조 4,856억 원), 서울의 성장동력 마련(2조 2,210억 원) 등 3대 중점 투자 방향에 총 8조 6961억을 투입한다.

　우선 그 어느 때보다 혹독한 겨울을 맞고 있는 소상공인을 위해 서울시가 맞춤형 대책을 마련했다. 경영 위기에 처한 소기업 및 소상공인을 대상으로 1조 원 규모의 4무(無) 안심금융을 제공하고, 골목상권을 되살려 제2의 연트럴파크, 샤로수길을 조성하기 위한 '로컬 브랜드 상권육성' 사업을 추진하는 등 소상공인 지원에 총 8,153억 원을 집행할 계획이다. 이로 인한 재정효과는 4조 원에 달한다.

　이에 더해 시의회와 함께 마련한 약 8,000억 원 규모의 민생·방역대책도 전격 시행된다. 50만 개의 소상공인 사업체에 각 100만 원의 소상공인 지킴 자금이 지급된다. 또한 병상 부족 문제 해소를 위해 긴급 모듈병상 100개를 확충하고 폭증하는 검사 수요에 대응하기 위해 자치구별 1곳씩 총 25곳의 코로나19 검사소도 추가 마련한다.

　취약계층에 대한 지원도 잊지 않았다. 7월부터 근로의욕을 고취하면서도 저소득층을 집중지원할 수 있는 차세대 복지제도인 안심소득이 500명을 대상으로 시범 실시된다. 서울형 온라인 교육 플랫폼인 서울런을 확대 보강해 교육을 통한 계층이동 사다리를 견고하게 할 예정이다.

우리 사회의 누적된 불공정에 절망한 청년층을 위한 종합대책도 마련했다. 빅데이터, 인공지능(AI) 등 디지털 신기술을 교육하는 청년취업사관학교 3곳을 추가 개관하고, 1,000명의 청년에게 현장 실무 경험을 제공하는 '청년일자리 1,000개의 꿈'도 추진한다. 또 저소득 청년의 주거안정을 위해 다세대·다가구주택 2,100호를 매입해 저렴하게 임대한다.

올해부터 서울에서 아이 키우기가 더 쉬워진다. 3월 개원과 동시에 서울 전역의 모든 유치원에서 무상급식이 시작된다. 이와 더불어 '서울형 공유어린이집'이 서울시 전역 150곳(40개 공동체)으로 확대되며 누구나 저렴하게 이용 가능한 '서울안심 키즈카페'를 25곳 조성해 부모님들의 돌봄 부담을 경감한다.

예산과 정책은 동전의 양면이라 한다. 예산을 통해 그해 서울시정의 방향을 알 수 있다. 짜임새 있게 편성된 2022년 서울시 예산이 올해 민생회복의 마중물 역할은 물론 글로벌 선도도시로 발돋움하는 데에 큰 보탬이 될 것으로 믿어 의심치 않는다.

서울시 예산, 민생회복·미래도약의 마중물

서울인싸

김 의 승
서울시 기획조정실장

장장 38일에 걸친 지난한 예산심의 과정을 거쳐 지난해 12월 말 2022년 서울시 예산이 확정됐다. 올해 서울시 예산은 총계 기준 44조 2190억원으로 전년 대비 10.1%(4조 628억원) 증가한 역대 최대 규모다. 소상공인과 취약계층 지원(2조 9895억원), 사회적 안전망 구축(3조 4856억원), 서울의 성장동력 마련(2조 2210억원) 등 3대 중점 투자 방향에 총 8조 6961억을 투입한다.

우선 그 어느 때보다 혹독한 겨울을 맞고 있는 소상공인을 위해 서울시가 맞춤형 대책을 마련했다. 경영 위기에 처한 소기업 및 소상공인을 대상으로 1조원 규모의 4무(無) 안심금융을 제공하고, 골목상권을 되살려 제2의 연트럴파크, 샤로수길을 조성하기 위한 '로컬 브랜드 상권육성' 사업을 추진하는 등 소상공인 지원에 총 8153억원을 집행할 계획이다. 이로 인한 재정효과는 4조원에 달한다.

이에 더해 시의회와 함께 마련한 약 8000억원 규모의 민생·방역대책도 전격 시행된다. 50만개의 소상공인 사업체에 각 100만원의 소상공인 지킴자금이 지급된다. 또한 병상 부족 문제 해소를 위해 긴급 모듈병상 100개를 확충하고 폭증하는 검사 수요에 대응하기 위해 자치구별 1곳씩 총 25곳의 코로나19 검사소도 추가 마련한다.

취약계층에 대한 지원도 잊지 않았다. 7월부터 근로의욕을 고취하면서도 저소득층을 집중지원할 수 있는 차세대 복지제도인 안심소득이 500명을 대상으로 시범 실시된다. 서울형 온라인 교육 플랫폼인 서울런을 확대 보강해 교육을 통한 계층이동 사다리를 견고하게 할 예정이다.

우리 사회의 누적된 불공정에 절망한 청년층을 위한 종합대책도 마련했다. 빅데이터, 인공지능(AI) 등 디지털 신기술을 교육하는 청년취업사관학교 3곳을 추가 개관하고, 1000명의 청년에게 현장 실무 경험을 제공하는 '청년일자리 1000개의 꿈'도 추진한다. 또 저소득 청년의 주거안정을 위해 다세대·다가구주택 2100호를 매입해 저렴하게 임대한다.

올해부터 서울에서 아이 키우기가 더 쉬워진다. 3월 개원과 동시에 서울 전역의 모든 유치원에서 무상급식이 시작된다. 이와 더불어 '서울형 공유어린이집'이 서울시 전역 150곳(40개 공동체)으로 확대되며 누구나 저렴하게 이용 가능한 '서울안심 키즈카페'를 25곳 조성해 부모님들의 돌봄 부담을 경감한다.

예산과 정책은 동전의 양면이라 한다. 예산을 통해 그 해 서울시정의 방향을 알 수 있다. 짜임새 있게 편성된 2022년 서울시 예산이 올해 민생 회복의 마중물 역할은 물론 글로벌 선도도시로 발돋움하는 데에 큰 보탬이 될 것으로 믿어 의심치 않는다.

"4년간 캠퍼스타운에서 창업한 기업 646개"

올해는 혁신 이끌 시스템 구축, 서북·서남·동북에 창업밸리 조성

  세계적으로 혁신의 출발점이 대학인 경우가 많다. 대학시절 창업해 기술과 서비스의 패러다임을 바꾼 빌 게이츠(마이크로소프트 창업자), 마크 저커버그(페이스북 창업자)는 물론 미국의 실리콘밸리나 중국의 중관춘 등 실제 사례를 쉽게 찾을 수 있다. 하지만 우리나라에서는 예외다. 대학 캠퍼스에서 창업을 시작해 굴지의 기업으로 성장한 사례는 아직은 찾기 어렵다.

  우리나라에서도 대학가에서 창업을 메카로 키워보자는 지적과 시도가 이어지고 있다. 특히 50개 이상의 대학이 집중된 서울에서 이 같은 시도는 현재진행형이다. 대표적인 사업이 서울시가 추진 중인 '캠퍼스타운'이다. 캠퍼스타운 사업을 이끌고 있는 김의승 서울시 경제정책실장(사진)은 13일 "지난 2009년 서울의 가장 큰 자산이라 할 수 있는 대학과 협력해 의미 있는 성과를 만들어보자고 시작한 지 벌써 10년이 넘었다"며 "창업지원을 본격적으로 시작한 지난 2017년부터 4년간 646개 창업팀이 배출됐고 기업 매출은 3억8,000만 원에서 347억 원으로 90배 이상 증가했다"고 밝혔다.

  이뿐만이 아니다. 창업지원시설은 24개소에서 72개소로 3배 증가했고 투자유치 금액은 44억 원에서 252억 원으로 5배 이상 늘어났다. 그는

"눈여겨봐야 하는 것은 속도다. 캠퍼스타운 자체적인 창업성장 노하우가 쌓이면서 기업의 성장과 발전이 가속화되고 있는 상황"이라고 '캠퍼스타운'의 성과를 확신했다.

이 같은 성과를 바탕으로 올해 캠퍼스타운 사업의 2.0버전이 제시됐다. '캠퍼스타운 2.0'은 △3개 권역(서북·서남·동북)에 캠퍼스타운과 연계한 창업밸리 조성 △유니콘 기업(기업가치 1조 원 이상의 스타트업) 성장 지원 △청년들의 사회문제 해결 아이디어 역량 집중 △캠퍼스타운 성과평가 도입 등 성과를 낸 대학엔 인센티브도 부여하는 등의 방법으로 혁신을 이끌어낼 시스템 구축 등이 기본적인 방향이다.

김 실장은 "혁신창업에 집중하고 있는 서울시가 캠퍼스타운이 나아갈 방향에 대한 비전을 제시하고 49개 대학교 총장에게 의견을 듣는 과정을 진행 중"이라며 "궁극적으로 '창업하기 좋은 청년도시 서울' 비전을 구체화할 수 있는 구상을 고민하고 있다"고 설명했다.

그는 "누구나 도전할 수 있는 창업을 통해서 청년들이 원하는 꿈을 이룰 수 있도록 지원하는 목표는 오세훈 서울시장이 취임사에서 강조한 '공정과 상생의 청년서울'과도 맞닿아 있는 방향"이라고 강조했다. 그는 "캠퍼스타운 현장을 방문할 때마다 행정가의 눈으로 꼼꼼하게 현장을 둘러보려고 노력하는데 매번 열기는 뜨거워지고 노하우는 축적되고 있다"며 "성장과 발전의 태동을 미리 보는 기분이 들어 사무실로 돌아오는 길에는 지원할 방법을 열심히 구상하게 된다"고 털어났다.

"4년간 캠퍼스타운서 창업한 기업 646개"

김의승 서울시 경제정책실장

세계적으로 혁신의 출발점이 대학인 경우가 많다. 대학시절 창업해 기술과 서비스의 패러다임을 바꾼 빌 게이츠(마이크로소프트 창업자), 마크 저커버그(페이스북 창업자)는 물론 미국의 실리콘밸리나 중국의 중관춘 등 실제 사례를 쉽게 찾을 수 있다. 하지만 우리나라에서는 예외다. 대학 캠퍼스에서 창업을 시작해 굴지의 기업으로 성장한 사례는 아직은 찾기 어렵다.

우리나라에서도 대학가에서 창업을 메카로 키워보자는 지적과 시도가 이어지고 있다. 특히 50개 이상의 대학이 집중된 서울에서 이 같은 시도는 현재진행형이다. 대표적인 사업이 서울시가 추진 중인 '캠퍼스타운'이다. 캠퍼스타운 사업을 이끌고 있는 김의승 서울시 경제정책실장(사진)은 13일 "지난 2009년 서울의 가장 큰 자산이라 할 수 있는 대학과 협력해 의미 있는 성과를 만들어보자고 시작한지 벌써 10년이 넘었다"며 "창업 지원을 본격적으로 시작한 지난 2017년부터 4년간 646개 창업팀이 배출됐고 기업 매출은 3억8000만원에서 347억원으로 90배 이상 증가했다"고 밝혔다.

이뿐만이 아니다. 창업지원시설은 24

올해는 혁신 이끌 시스템 구축
서북·서남·동북에 창업밸리 조성

개소에서 72개소로 3배 증가했고 투자유치 금액은 44억원에서 252억원으로 5배 이상 늘어났다. 그는 "눈여겨봐야 하는 것은 속도다. 캠퍼스타운 자체적인 창업성장 노하우가 쌓이면서 기업의 성장과 발전이 가속화되고 있는 상황"이라고 '캠퍼스타운'의 성과를 확신했다.

이 같은 성과를 바탕으로 올해 캠퍼스타운 사업의 2.0버전이 제시됐다. '캠퍼스타운 2.0'은 △3개 권역(서북·서남·동

북)에 캠퍼스타운과 연계한 창업밸리 조성 △유니콘 기업(기업가치 1조 원 이상의 스타트업)성장 지원 △청년들의 사회문제해결 아이디어 역량 집중 △캠퍼스타운 성과평가 도입 등 성과를 낸 대학엔 인센티브도 부여하는 등의 방법으로 혁신을 이끌어낼 시스템 구축 등이 기본적인 방향이다.

김 실장은 "혁신창업에 집중하고 있는 서울시가 캠퍼스타운이 나아갈 방향에 대한 비전을 제시하고 49개 대학교 총장에게 의견을 듣는 과정을 진행 중"이라며 "궁극적으로 '창업하기 좋은 청년도시 서울' 비전을 구체화할 수 있는 구상을 고민하고 있다"고 설명했다.

그는 "누구나 도전할 수 있는 창업을 통해서 청년들이 원하는 꿈을 이룰 수 있도록 지원하는 목표는 오세훈 서울시장이 취임사에서 강조한 '공정과 상생의 청년서울'과도 맞닿아 있는 방향"이라고 강조했다. 그는 "캠퍼스타운 현장을 방문할 때마다 행정가의 눈으로 꼼꼼하게 현장을 둘러보려고 노력하는데 매번 열기는 뜨거워지고 노하우는 축적되고 있다"며 "성장과 발전의 태동을 미리 보는 기분이 들어 사무실로 돌아오는 길에는 지원할 방법을 열심히 구상하게 된다"고 털어놨다.

예병정 기자

[서울 인싸]

캠퍼스타운, 대학과 지역 혁신동력으로

올해 '서울캠퍼스타운' 창업기업이 1000호를 돌파한다. '서울캠퍼스타운'은 (예비)창업가에게 창업공간을 제공하고 대학 캠퍼스를 주민과 주변 상권을 아우르는 지역활성화의 구심으로 만드는 사업이다. 2018년 134개였던 창업기업 수는 지난해 코로나19 위기 상황에서도 646개로 늘었고 올해 360개가 넘는 기업이 창업을 준비 중이다. 이제 모두 1,000여 개 창업기업이 캠퍼스타운에 둥지를 틀고 도전의 여정에 나서는 것이다.

전통적 학부 구분이 무의미해진 4차 산업혁명 시대, 대학은 특정 단일 분야의 최고자, 독립형 인재를 필요로 하지 않는다. 세계 대학들이 전공과 무관한 자유로운 교육기회를 보장하고, AI, IoT, 빅데이터, 생명공학 등 새 시대의 기술과 융합 교육의 기회를 제공하는 이유다. 대학이 창업의 전초기지 역할을 하고 청년이 과감하게 도전할 수 있는 여건을 조성해야 한다. 지역사회와의 연계도 중요하다. 스위스 취리히연방공과대 리노 구젤라 전 총장은 미래 대학의 역할에 대해 '소수의 엘리트 양성과는 다른 방식으로 대학이 지역사회에 기여할 수 있도록 고민한다면 활용방안은 무궁무진하다'고 했다. '캠퍼스타운'은 이런 시대적 변화에 대한 서울시의 응답이다.

대학기 유휴공간을 활용해 만든 창업공간은 캠퍼스타운의 상징이자 창업문화의 중심이다. 난치성 질환을 치료하는 신약을 개발 중인 엔테라퓨

릭스(서울대), 기존 지불방식의 불편함을 개선해 대기업 투자유치를 이끌어 낸 올링크(경희대) 등 기술창업이 이어지고 있다. 학생들뿐만이 아니다. 호흡기 질환 치료제, 초음파 조영제 등 다년간의 연구 성과와 기술경쟁력으로 무장한 교수진도 혁신창업 전선에 뛰어들고 있다. 사회적 거리두기에 따른 지역관광산업 침체, 비대면 장기화로 인한 사회적 약자 보호 공백, 택배 포장재 환경오염 등 사회적 문제에 관심을 갖고 더 나은 공동체를 만들기 위한 노력도 이어지고 있다. 코로나19로 몸살을 앓고 있는 지역상권 활성화도 현재 진행형이다. 지역상인과 연계한 반찬세트 정기구독 플랫폼 사업, 도매시장 전자상거래 애플리케이션 개발 등 '지역상권과 함께 성장하는 기업가 정신'도 캠퍼스타운을 깨어 있게 만든다

선순환 창업생태계를 만들려는 노력도 캠퍼스타운만의 스타일로 진화하고 있다. 안암캠퍼스타운 기업 '에이올코리아'는 후배기업을 위해 영업이익의 3% 기부를 약속했다. 자체 공장을 열어 연 16만여 대 제품 생산 역량을 갖춘 이 기업은 창업 초기에 캠퍼스타운 사업으로 성장한 만큼 창업 선배로서 후배 창업가를 돕겠다며 직접 투자자를 섭외해 투자유치 지원군으로도 활약하고 있다. 연구 성과를 나누기 위해, 지역과 더불어 성장하기 위해, 더 나은 공동체를 만들기 위해, 사람을 위한 기술 개발을 위해 도전과 모험을 두려워하지 않고 오늘도 힘껏 전진하는 캠퍼스타운 혁신가들에게 큰 응원의 박수를 보낸다.

캠퍼스타운, 대학과 지역 혁신동력으로

서울 인싸

김의승
서울시 경제정책실장

올해 '서울캠퍼스타운' 창업기업이 1000호를 돌파한다. '서울캠퍼스타운'은 (예비)창업가에게 창업공간을 제공하고 대학 캠퍼스를 주민과 주변 상권을 아우르는 지역활성화의 구심으로 만드는 사업이다. 2018년 134개였던 창업기업 수는 지난해 코로나19 위기 상황에서도 646개로 늘었고 올해 360개가 넘는 기업이 창업을 준비 중이다. 이제 모두 1000여개 창업기업이 캠퍼스타운에 둥지를 틀고 도전의 여정에 나서는 것이다.

전통적 학부 구분이 무의미해진 4차 산업혁명 시대, 대학은 특정 단일 분야의 최고자, 독립형 인재를 필요로 하지 않는다. 세계 대학들이 전공과 무관한 자유로운 교육기회를 보장하고, AI, IoT, 빅데이터, 생명공학 등 새 시대의 기술과 융합 교육의 기회를 제공하는 이유다. 대학이 창업의 전초기지 역할을 하고 청년이 과감하게 도전할 수 있는 여건을 조성해야 한다. 지역사회와의 연계도 중요하다. 스위스 취리히연방공과대 리노 구젤라 전 총장은 미래 대학의 역할에 대해 '소수의 엘리트 양성과는 다른 방식으로 대학이 지역사회에 기여할 수 있도록 고민한다면 활용방안은 무궁무진하다'고 했다. '캠퍼스타운'은 이런 시대적 변화에 대한 서울시의 응답이다.

대학가 유휴공간을 활용해 만든 창업공간은 캠퍼스타운의 상징이자 창업문화의 중심이다. 난치성 질환을 치료하는 신약을 개발 중인 엔테라퓨틱스(서울대), 기존 지불방식의 불편함을 개선해 대기업 투자유치를 이끌어 낸 올링크(경희대) 등 기술창업이 이어지고 있다. 학생들뿐만이 아니다. 호흡기 질환 치료제, 초음파 조영제 등 다년간의 연구 성과와 기술경쟁력으로 무장한 교수진도 혁신창업 전선에 뛰어들고 있다. 사회적 거리두기에 따른 지역관광산업 침체, 비대면 장기화로 인한 사회적 약자 보호 공백, 택배 포장재 환경오염 등 사회적 문제에 관심을 갖고 더 나은 공동체를 만들기 위한 노력도 이어지고 있다. 코로나로 몸살을 앓고 있는 지역상권 활성화도 현재 진행형이다. 지역상인과 연계한 반찬세트 정기구독 플랫폼 사업, 도매시장 전자상거래 애플리케이션 개발 등 '지역상권과 함께 성장하는 기업가 정신'도 캠퍼스타운을 깨어 있게 만든다.

선순환 창업생태계를 만들려는 노력도 캠퍼스타운만의 스타일로 진화하고 있다. 안암캠퍼스타운 기업 '에이올코리아'는 후배기업을 위해 영업이익의 3% 기부를 약속했다. 자체 공장을 열어 연 16만여대 제품 생산 역량을 갖춘 이 기업은 창업 초기에 캠퍼스타운 사업으로 성장한 만큼 창업 선배로서 후배 창업가를 돕겠다며 직접 투자자를 섭외해 투자유치 지원군으로도 활약하고 있다.

연구 성과를 나누기 위해, 지역과 더불어 성장하기 위해, 더 나은 공동체를 만들기 위해, 사람을 위한 기술 개발을 위해 도전과 모험을 두려워하지 않고 오늘도 힘껏 전진하는 캠퍼스타운 혁신가들에게 큰 응원의 박수를 보낸다.

2021년 2월 11일 목요일 027면 종합

"市, 350명 청년 직고용, 일은 스타트업에서"

<서울형 청년인턴 직무캠프>

인터뷰

김의승 서울시 경제정책실장
민생경제대책 체감효과 높일 것

코로나19가 장기화되면서 민생경제가 위기 수준으로 악화됐다. 민생경제의 악화는 안그래도 나빴던 채용시장을 더욱 얼어붙게 만들고 있다. 이에 지자체들은 민생경제를 회복시키고 일자리를 지키기 위한 다양한 지원책을 지난 1년 동안 시행해오고 있다.

서울시의 경우도 어느 때보다 일자리 지표가 어려운 상황 속에서도 한정된 재원을 가지고 피해가 큰 업종과 취약계층을 선별해 정부의 사각지대를 보완하는 민생경제 지원 대책을 지난 1년간 이어오고 있다. 지난 2일에는 고용유지 지원, 일자리 창출 등의 내용이 담긴 '민생경제 온기대책'을 발표했다.

서울시의 민생경제 상황과 올해 구상 등에 대해 들어보기 위해 10일 김의승 서울시 경제정책실장(사진)을 만났다. 그는 어려운 시기에 서울시 민생경제대책을 총괄하고 있다.

최근 서울 민생경제 분위기에 대해 김 실장은 "방역을 위해 서로의 거리가 멀어질수록 소비심리는 얼어붙게 되고 소기업, 소상공인들은 매출급락과 생계절

벽을 마주하게 되는 상황"이라며 "임대료, 인건비 등 고정비 감당이 어려워지면서 소상공인 3분의 1이 폐업을 고려중이라는 조사 결과도 나왔다"고 밝혔다. 이처럼 어려운 상황이 지속되고 있지만 그동안 서울시 민생경제정책이 효과를 내고 있어 긍정적이라고 그는 지적했다.

김 실장은 "지난해 하반기에 무급휴직 고용유지지원금을 지급할 당시 고용유지율이 100%였다"며 "신청자가 일정 기간까지 고용보험을 유지해야 지급이 가능한데, 실제로 고용유지의 효과로 이어지고 있다는 것을 확인할 수 있었다"고 언급했다.

그는 "큰 피해를 감수하고 방역에 동참해주신 소기업, 소상공인 여러분 덕분에 코로나19의 확산을 막을 수 있었다"고 덧붙였다.

김 실장은 올해도 지원규모 확대를 통해 체감도가 높아질 수 있도록 민생경제대책을 설계했다고 자평했다. 특히 위기 상황에서도 새로운 일자리를 만들어보겠다는 의지가 남달랐다는 평가다.

그는 고용시장에서 소외된 실업자·어

르신 등에게 상반기에만 6378개 '안심일자리'를 제공하겠다는 계획을 소개했다. 인심일자리는 버스정류장 등 사람의 이용이 많은 장소의 생활방역, 안전관리 등의 행정서비스를 지원하는 일이다.

서울시는 올해 '서울형 청년인턴 직무캠프'를 처음 시작한다. 이는 구직을 원하는 청년들이 글로벌기업과 신산업 분야 유망 스타트업에서 인턴으로 일하면서 일 경력을 쌓을 수 있도록 청년구직자와 기업을 매칭하는 새로운 유형의 일자리 정책이다. 350명의 청년(만 18∼34세)을 서울시가 직접고용 해 기업에 투입, 3개월 간 인턴십으로 참여할 수 있도록 운영한다. 전문직무교육과 인턴십 급여(월 220만 원)는 전액 서울시가 지원한다.

김 실장은 "이제 막 사회에 나온 청년들은 일 경험을 쌓을 기회조차 잡기 힘든 현실 앞에서 절망하고 신산업 분야 기업 현장에서는 실무능력을 갖춘 인재 기근을 호소하는 상황"이라며 "기업이 청년에게 일경험을 쌓을 기회를 제공하면 서울시는 청년인턴이 실무에 바로 투입될 수 있도록 교육과 인턴십 비용까지 책임지는 구조다 이를 통해 기업과 청년구직자의 미스매치를 해소해 획기적인 청년 일자리 사업으로 정착시켜 나가겠다"고 힘주어 강조했다.

coddy@fnnews.com 예병정 기자

| 기고　'서울스타트업 스케일업' 원년될 2021년

2021년 하얀 소의 해가 밝았다. 농경사회에서 소를 가장 귀한 자산으로 꼽았던 이유는 풍요로운 가을의 추수를 위해, 묵묵하게 밭을 갈아 봄을 맞이하는 '소'의 천성 때문일 것이다. 한해의 먹거리를 책임지는 소의 우직한 발걸음은 성장의 동력이 되어 미래 먹거리를 만드는 스타트업의 혁신과 닮았다.

전세계를 움츠러들게 만들었던 2020년, 하지만 변화를 포착하고 현장에 기술력을 도입하는 속도는 그 어느 때보다 빨랐다. 사회적 거리두기, 비대면이란 단어가 만든 삶의 방식 속에서도 빠른 검사와 신속한 진단, 의료진의 안전과 교육격차 등의 문제 해결책을 찾기 위해 산업간 칸막이는 낮아졌다. 낮아진 칸막이 속에서 다양한 융합 시도가 이뤄졌다. 혁신의 최전선에서 민첩하게 움직이며 기술변화의 척도가 되고 있는 스타트업 생태계는 '코로나19의 극복동력'으로 주목받고 있다.

스타트업 활약의 원동력은 지난 10년간 시도한 혁신창업생태계 발전을 위한 꾸준한 투자에서 찾을 수 있다. 2012년부터 시작된 대규모 공공기관 지방이전으로 발생한 공간을 활용해 혁신창업 거점으로 조성했다. 홍릉의 서울바이오허브, 양재의 AI혁신허브, 여의도의 서울핀테크랩 등 거점마다 서울의 미래 먹거리이자 우리나라의 산업을 선도할 스타트업이 성장 중이다.

전세계 인정받은 서울 창업생태계

서울 창업생태계의 경쟁력은 세계적으로 인정받고 있다. 글로벌 창업생태계 분석기관인 스타트업 지놈(Startup Genome)이 매년 발표하는 글로벌 창업생태계 순위에 따르면 '서울'이 전세계 270개 도시 중 20위를 차지했다. 서울 창업생태계의 가치(Ecosystem Value)는 47조로 평가됐다.

구글 페이팔 같은 글로벌 혁신기업을 키워낸 미국 실리콘밸리 최대 글로벌 투자사인 '플러그앤플레이'(Plug and Play)는 서울의 유망 창업기업 해외진출과 서울의 창업 생태계 발전을 위한 협력을 약속하고 서울에 지사를 설립했다.

이렇게 10년간 성장한 창업생태계도 코로나19 장기화로 전례 없는 충격을 받았다. 서울은 창업생태계가 후퇴하지 않도록 인재, R&D 등 분야별로 과감한 지원을 결정했다. 코로나 보릿고개를 이겨내고 예비유니콘, 유니콘 기업으로까지 성장할 수 있도록 성장 잠재력이 풍부한 바이오, 비대면 유망 분야 스타트업을 대상으로 인건비 500억원을 지원해 기술인력 1만2000명 이상의 일자리를 지켰다.

제품화 R&D 인력고용 판로개척 등 기업이 필요한 부분을 맞춤지원하는 '성장촉진종합패키지'를 100개 기업에 각 1억원씩 총 100억원을 지원해 기업의 성장동력을 시켰니.

서울시는 위드코로나 포스트코로나의 시간인 2021년을 '서울창업생태계의 글로벌 스케일업'의 원년으로 만들 채비를 하고 있다. 성장가도를 달리고 있는 스타트업이 코로나19 어려움 속에서도 중단없이 커나가도록 장기 스타트업을 지원하는 4800억원의 펀드를 조성해 1월부터 투자를 시작했다. 이름도 규모(scale)를 확대(up)한다는 뜻의 '스케일업 펀드'다.

장기 스타트업 지원할 4800억 펀드 조성

이렇게 발굴하고, 투자해서 키운 우리 스타트업의 혁신적인 서비스와 기술이 해외시장을 선점할 수 있도록 글로벌·대기업과 네트워킹도 구축 중이다. 우리 스타트업이 우직하게 멀리 걸어갈 수 있도록 '서울'이 혁신가를 위한 동반성장플랫폼이 되겠다.

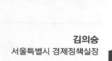

김의승
서울특별시 경제정책실장

서울경제　　　　　　　　　　　2020년 10월 26일 월요일 A28면 지역

"기술사업화 적극 지원으로 죽음의 계곡 극복 도울 것"

바이오 창업 허브 꿈꾸는 서울 　＜5＞ 김의승 서울시 경제정책 실장

"신종 코로나바이러스 감염증(코로나19)을 계기로 'K방역'이 전 세계로부터 주목받으면서 우리나라의 높은 의료수준과 바이오 기술에 대한 신뢰도가 높아졌습니다. 지속적인 투자를 통해 인프라를 확충하고 바이오헬스케어 스타트업의 기술사업화 기반 강화와 해외시장 진출을 적극 지원하겠습니다." 김의승 (사진) 서울시 경제정책실장은 서울경제와의 인터뷰에서 "서울바이오허브를 3년 남짓 운영하면서 바이오 클러스터로서의 가능성을 확인한 만큼 투자를 더 늘려 바이오헬스케어를 서울의 미래 먹거리로 키우겠다"며 이같이 강조했다.

동맹 의료기관 늘려 저변 넓히고 기술사업화 실무조직 구성 계획

산학협력센터·혁신커뮤니티 등 공간수요 증가로 인프라도 확충

바이오펀드 3,000억으로 증액 R&D·해외시장 공략 적극 지원

"

서울시는 지난 2015년 4월 발표한 '홍릉 바이오·메디컬 클러스터 조성계획'에 따라 우수한 바이오헬스케어 스타트업을 발굴·육성하기 위해 서울바이오허브를 짓는 등 투자를 이어가고 있다. 성과는 괄목할 만하다. 서울바이오허브에 입주한 68개 기업이 지금까지 1,238억원의 투자를 유치했고, 485명의 일자리를 창출했다. 서울바이오허브가 입주 기업들을 위해 실시한 역량 강화 교육과 투자유치·네트워킹 지원 프로그램이 큰 힘을 발휘했다.

스타트업은 크게 4개의 장벽을 넘어야 살아남는다. 아이디어를 기술화하는 악마의 강, 기술을 제품화하는 죽음의 계곡, 제품을 시장화하는 다윈의 바다, 실패 후 재도전하는 재도전의 사막이다. 서울바이오허브 입주기업들은 이제 겨우 악마의 강을 건넌 경우가 대부분이다. 죽음의 계곡과 다윈의 바다를 건널 수 있도록 다리를 놓아주고 항로를 안내하는 것이 서울바이오허브에게 주어진 역할이다. 김 실장은 "기업 성장에 따른 공간수요에 맞춰 지원 인프라를 지속적으로 확충하고 임상연구와 기술사업화 지원을 위해 주요 병원과의 협력체계를 강화해 나갈 것"이라고 강조했다.

우선 인프라 확충이 지속적으로 이뤄진다. 민간 시설을 임차해 조성한 서울바이오산학협력센터와 서울바이오혁신

커뮤니티센터가 내달 문을 연다. 입주기업 모집신청을 마감한 결과 각각 2.3대1과 1.84대1의 경쟁률을 기록할 만큼 큰 호응을 얻었다. 앞서 지난해 11월에는 삼성서울병원 등 서울 주요병원 9곳과 업무협약을 맺고 임상연구와 기술사업화 지원을 위한 협력체계를 구축했다. 김 실장은 "올해는 코로나19로 인해 의료기관과의 협력사업을 제대로 진행하기 힘들었다"면서 "경희대·고려대 등과 진행하고 있는 사업화 기술 발굴 지원사업을 내년에는 더욱 확대해 나가겠다"고 말했다.

특히 김 실장은 서울바이오허브를 포함한 홍릉 일대가 지난 7월 정부가 추진하는 강소연구개발특구로 지정되면서 바이오헬스케어 분야 신기술의 빠른 실증과 사업화가 가능해질 것으로 기대했다. 서울시는 조만간 연구개발특구지원재단, 기술핵심기관이 참여하는 협력체계를 구축하고 내년부터 연구소기업 창업 등 가시적인 성과를 창출하기 위해 각 핵심기관의 기술사업화 전문인력이 참여하는 실무조직을 구성할 계획이다. 김 실장은 "중앙정부 지원과 서울시 지원 사업을 효율적으로 연계해 서울바이오허브 입주기업은 물론 KIST, 경희대, 고

려대 등 3개 핵심기관에서 보유한 원천기술을 사업화하고 창출된 수익이 재투자되는 선순환 생태계를 구축할 것"이라고 설명했다.

김 실장은 강소특구 지정으로 더욱 탄력을 받게 된 바이오 클러스터 조성사업에 대한 투자를 확대해 코로나 사태로 침체된 지역경제를 활성화하는 동력으로 삼겠다고 강조했다. 그는 "당초 2,000억원 규모로 조성하려던 서울바이오펀드 규모를 3,000억원으로 늘리고 연구개발에서 사업화까지 성장주기별로 자금을 적시에 지원하겠다"면서 "기존 60억원 규모의 바이오분야 R&D 지원에 더해 코로나로 주목받은 방역·의료기기·언택트 의료서비스 분야를 대상으로 매년 20억원 규모의 R&D 지원을 추가로 진행할 계획"이라고 밝혔다.

스타트업이 개별적으로 추진하기 힘든 해외진출을 돕기 위해 존슨앤드존슨, 노바티스, MSD 등 글로벌 제약사와의 협력을 강화한다. 김 실장은 "지금도 글로벌 제약사와의 협업을 통해 인·허가와 특허출원 등 해외진출을 위한 맞춤형 컨설팅을 지원하고 있지만 앞으로 더욱 강화해 나갈 것"이라면서 "비대면 의료 등 코로나19 사태로 주목받고 있는 분야를 중심으로 글로벌 시장에서 사업기회를 선점할 수 있도록 적극 지원하겠다"고 밝혔다. 그는 이어 "서울은 우수한 인적 자원과 임상시험 인프라를 바탕으로 초기 스타트업의 발굴·육성에 집중하고 오송·대구·원주·송도 등 지역 바이오 클러스터는 대규모 산업단지를 기반으로 R&D와 생산에 집중하면 서로 윈윈할 수 있을 것"이라면서 "홍릉에서 성장한 스타트업이 지방 바이오 클러스터로 이전해 공장을 짓고 일자리를 창출하는 과정을 통해 우리나라 바이오 산업 생태계가 더욱 풍성해질 것"이라고 강조했다. 　／성행경기자 saint@sedaily.com

한겨레　　2020년 10월 16일 금요일 S02면 기획/특집

서울시, 여의도 금융 중심지 2.0 시대 연다

기고
김의승 서울시 경제정책실장

2020년은 전례 없는 도전의 순간을 끊임없이 마주하게 되는 해다. 이처럼 불확실성이 클수록 내일을 향한 투자는 지속돼야 하고, 미래를 위한 대비도 포기하지 않고 이어가야 한다.

미래를 준비하는 방향성과 지속적인 실행력을 바탕으로 서울시는 세계 주요 도시의 금융 경쟁력을 측정하는 대표 지수인 '국제금융센터지수'(GFCI) 순위에서 121개 도시 중 25위를 기록했다. 지난해보다 11단계 오른 수치다. 또한 서울은 핀테크 경쟁력 부문에서 18위를, 미래 부상 가능성이 높은 도시 순위에선 6위를 차지했다. 홍콩(10위), 뉴욕(15위)보다 발전 가능성 부문에서 더 높은 평가를 받았다.

사실 그동안 서울시는 해외 유수의 금융 도시와의 경쟁에서 불리한 위치에 놓여 있었다. 엔화, 위안화 같은 국제통화의 부재, 높은 환율 변동성, 예측 불가능한 규제 등 다양한 이유로 금융 허브의 꿈은 멀어져가는 것으로 보였다.

그러나 이번 GFCI 발표는 코로나19로 인한 세계경제의 팬데믹 상황이 역설적으로 서울의 금융 경쟁력을 높일 중요한 기회가 될 수 있음을 보여줬다. 미래 금융의 가능성을 '혁신' '인재' '집적'을 통해 열어갈 수 있다고 보고 서울시의 준비된 도전이 전례 없는 위기 상황을 기회로 만든 것이다.

금융 '혁신'을 위해 서울시는 여의도에 국내 최대 핀테크(Fin+Tech) 스타트업 육성 공간인 '서울핀테크랩'을 조성했다. 올해 100개 핀테크 기업, 금융 혁신가 1천여 명이 근무하게 되는 대규모 핀테크 생태계인 서울핀테크랩은 국내 금융 혁신을 선두에서 이끌고 있다. 코로나19로 인한 위기 상황에서 서울핀테크랩에 입주한 스타트업들은 빠르게 성장해 1년 반 만에 490억원 투자, 460억원 매출, 350명 추가 고용, 11개 국가 진출을 이끌어냈다.

서울시가 미래 금융을 이끌 '인재'를 육성하기 위해 금융위원회, 카이스트(KAIST)와 함께 조성한 '여의도 디지털금융전문대학원'에선 이미 15:1의 치열한 경쟁을 뚫고 입학한 1기 학생들이 인공지능(AI), 데이터 사이언스, 빅데이터와 금융을 접목한 체계적인 교육 프로그램을 배우고 있다. 핀테크에 특화된 엠비에이(MBA·경영전문석사) 과정은 국내뿐 아니라 세계적으로도 매우 앞선 전문 교육과정으로, 앞으로 전세계 디지털금융을 이끄는 교육 모델이 될 것이다.

이밖에도 여의도 금융 중심지 내 국내외 금융기관을 '집적시키기' 위한 '서울시 국제금융 오피스'도 조성 중이다. 금융 중심지인 여의도로 진입을 희망하는 국내외 금융기관에 사무·회의·네트워킹 공간을 지원하고 최대 5년간 임대료·관리비 70% 이상을 지원한다. 여의도 금융 중심지로 진입 비용을 크게 낮춰 우수한 금융기관을 유치하고 금융기관 간의 교류·협업이 활성화되면 서울 금융 경쟁력이 더욱 높아질 것으로 기대된다.

'혁신'과 '인재' '집적'을 통한 변화는 여의도 금융 중심지 2.0을 여는 서울시의 도전이다. 증권사, 자산운용사, 보험사 등 전통적인 금융기관의 중심지였던 여의도가 지금은 핀테크와 기존 금융기관이 융합된 새로운 금융 중심지로 변화하고 있다.

GFCI를 발표한 영국 시장조사기관 Z/Yen그룹의 지수 총괄 책임자인 마이크 월들은 코로나19로 인해 금융 도시가 양극화되는 추세가 나타났다고 분석했다. 재택근무가 일상화되고 도시 간 지리적 경계가 약화하면서 많은 도시의 경쟁력이 크게 떨어지는 대신 주요 금융 도시의 경쟁력은 오히려 증가했다는 것이다. 실제로 상위 10위권의 도시 평가 점수는 올랐지만, 20위권 이하의 도시는 평가 점수가 큰 폭으로 내렸다.

이번에 서울은 평가 순위와 점수 모두 상승했다. 금융 도시 간 격차가 양극화되는 위기의 시대, 서울시의 미래를 향한 과감한 도전이 서울 금융 산업을 성장시키고 금융 허브로 발전시키는 돌파구가 되기를 기대해 본다.

아이에프시(IFC) 서울 전경.　　　　　　　　　서울시 제공

머니투데이　　2020년 10월 12일 월요일 ◎

창업생태계 글로벌 20위… 서울형 스타트업, 뿌리 튼실해졌다

■ 인터뷰　　김의승 서울시 경제정책실장

"IT(정보기술) 기반의 첨단산업 기업을 키워야 한다는 6년 전 서울시의 믿음은 틀리지 않았습니다. AI(인공지능), 빅데이터 등 각 분야의 스타트업을 꾸준히 지원하는 서울시의 정책적 방향성은 지속돼야 합니다. 네이버와 같은 유니콘 기업의 탄생을 위해 총력을 기울이고 있습니다."

김의승 서울시 경제정책실장은 코로나19(COVID-19)라는 사상 초유의 위기 속에서 스타트업의 생존을 위한 적극적인 지원이 무엇보다 중요하다고 밝혔다.

김 실장은 지난 8일 머니투데이와 인터뷰에서 "서울시의 지속적인 지원으로 서울형 스타트업이 뿌리내리고 있다"며 "코로나19 위기 속에서 적극적인 조치가 이어지지 않으면 더 스타트업 생태계 조성이 물거품이 될 수 있다"고 이같이 밝혔다.

김 실장은 2014년 4월 발표돼 서울시 스타트업 정책의 시발점으로 불리는 '경제비전 2030' 조성에 주도적 역할을 했다. 경제정책과장으로 재직한

2013년부터 1년여간 정책의 기본 뼈대 설계부터 주요 계획 수립 등 전과정에 참여했다. 서울형 스타트업 육성에 애정이 남다를 수밖에 없는 이유다.

그는 "네이버가 그 시절을 기억할지는 모르겠지만 네이버 역시 초창기 서울시 창업 지원에서 인큐베이팅을 받았다"고도 소개했다.

이같은 서울시의 전방위 노력에 힘입어 서울형 스타트업의 성장과 생태계가 전세계로부터 주목받기 시작했다.

최근 가장 큰 성과 중 하나는 글로벌 창업생태계 분석기관 '스타트업지놈'(Startup Genome)이 발표한 글로벌 창업생태계 순위에서 서울이 20위를 차지한 것

이다. 이번 평가는 100개국 270개 도시를 대상으로 진행됐으며 서울시가 top 30위에 포함된 것은 처음이다.

김 실장은 서울의 역동적 순위 상승의 원인으로 '유니콘(기업가치 1조원 이상 비상장사)'으로 불

스타트업지놈 "서울 창업생태계 가치 47조원"
AI·핀테크등 적극투자… 亞 기술혁신 허브로
6년전 '경제비전 2030' 선포, 지속지원 '성과'

여의도·홍릉·양재·마곡 '혁신창업거점' 조성
"코로나19 장기화속 비대면 투자유치 등 최선"

리는 고성장 스타트업의 등장과 아시아의 기술혁신 허브로서 높은 R&D(기술·개발)역량 보유, 높은 특허출원율 등을 꼽았다. 특히 서울시의 AI, 핀테크(금융기술), 생명과학에 대한 적극적인 투자를 높이 평가했다.

김 실장은 "지놈은 서울시의 창업생태계가 가진 가치를 47조

원으로 분석했다"며 "꾸준하고 집중적인 '창업 생태계'에 대한 서울시의 투자로 인한 성과"라고 강조했다.

그러면서 "서울은 2012년 시작된 대규모 공공기관 지방이전으로 발생한 공간을 활용, 여의

도(핀테크) 홍릉(바이오의료) 양재(AI) 마곡(R&D) 등을 혁신창업거점으로 조성해 서울시 경제지도를 새롭게 만들고 있다"고 밝혔다.

최근 코로나19 사태 장기화로 전세계 스타트업이 크게 위축됐다. 글로벌 스타트업의 74%가 종사자 감원을 시행하고 67%는 투

자·지출을 감축했다.

서울시는 선택과 집중을 통해 기업들에 대한 지원을 더욱 확대했다.

김 실장은 "기술인력 1만명에 500억원의 인건비 지원, 유망 스타트업 100개사에 1억원씩 성장 촉진 종합패키지(총 100억원), 성장기 스타트업 전용펀드 조성(1250억원+α) 등 후속 지원에 총력을 기울인다"면서 "비대면 해외투자 유치를 위해 잠재투자자와의 비대면 접촉 노력도 이어가고 있다"고 밝혔다.

김 실장은 "위기는 위협이면서 기회를 내포한다"며 "'위드 코로나'(With Corona) 시대에 살아남기 위해 차분히 성찰하며 위기를 기회로 만들도록 최선을 다할 것"이라고 말했다.

오세훈 기자 danch@

김의승 서울시 경제정책실장.　　/사진 제공=시

바이오 클러스터 떠오른 홍릉
"글로벌 의료·제약사들도 눈독"

김의승 서울시 경제정책실장
지난달 '강소연구개발특구' 지정
"디지털 헬스케어 집중 육성할것"

한국과학기술연구원(KIST)과 한국개발연구원(KDI) 등을 시작으로 국책 연구기관이 밀집했던 서울 홍릉 일대가 최근 바이오·의료 산업의 연구개발(R&D) 핵심지로 부상 중이다. 세종시 등으로 떠난 국책연구기관을 대신해 바이오·의료 기업들이 속속 자리 잡고 있기 때문이다. 이는 서울시가 홍릉 일대를 '경제기반형 도시재생 뉴딜사업'으로 선정하고 바이오·의료 관련 산업을 집중 육성한 결과다.

지난달 홍릉 일대는 정부의 강소연구개발특구로 지정되면서 한 단계 더 도약할 수 있는 기회가 생겼다. 강소연구개발특구는 혁신역량을 갖춘 대학·정부출연연구기관 등 지역 기술핵심기관을 중심으로 소규모·고밀도 공공기술 사업화 거점을 육성하는 연구개발특구 모델이다. 특구로 지정이 되면 기술사업화 자금, 인프라, 세제혜택, 규제특례 등 행정적, 재정적 지원을 받게 된다.

이번 강소연구개발특구 지정에 대해 김의승 서울시 경제정책실장(사진)은 "홍릉 일대는 1966년부터 조성된 국내 최초의 연구단지로 국가경제발전에 큰 기여를 해왔으나 2000년대 이후 공공기관이 이전됨에 따라 지역경제 활성화를 위한 새로운 혁신 모델이 절실한 상황이었다"며 "강소연구개발특구 지정이 지역경제 활성화를 앞당기는 계기가 될 것"이라고 밝혔다.

이미 홍릉 일대는 바이오·의료 분야에서 지난 2018년 이후 투자유치 955억원, 신규고용 408명, 기업 매출 138억원의 성과를 내고 있었다. 이번 강소연구개발특구 지정으로 불씨나 비가 마련 가능성이 높아진 것. 홍릉의 강소연구개발특구 지정은 쉽지 않았다. 김 실장도 "홍릉 일대가 가진 자원과 잠재력이 있기 때문에 좋은 결과를 기대했지만 확신하기 어려운 상황이었다"고 언급했

다.

그럼에도 특구 지정이 가능했던 것은 KIST와 경희대, 고려대 등 대학교와 연구기관이 두루 위치한 홍릉 지역의 탁월한 R&D 역량과 바이오·의료 분야 스타트업 육성 기관인 서울바이오허브 덕분이었다.

김 실장은 "지난해 11월 완공된 서울바이오허브는 홍릉 바이오·의료 클러스터의 핵심시설이자, 대학·병원·연구소 및 지방 클러스터 등 관계 기관과의 협력으로 바이오 창업 생태계 조성의 구심점 역할을 수행하고 있다"며 "현재 총 68개 스타트업이 입주해 R&D, 컨설팅, 투자유치 등 사업 전 주기별 맞춤형 프로그램을 지원받고 있다. 고가의 연구장비를 입주기업들이 공용으로 사용할 수 있도록 조성한 '연구실험동'은 입주한 스타트업이 가장 최고로 손꼽는 지원방식"이라고 설명했다.

아울러 오송과 대구, 원주 등에도 전국에 바이오·의료 산업 관련 특구와의 중복 투자 우려를 불식시키기 위해 지난해 9월 오송, 대구, 원주 등 국내 바이오 클러스터와 업무협약(MOU)도 체결했다. 서로 상호보완적 협력 관계를 확대해 우리나라 전체 바이오의료 산업 발전에 기여하자는 내용이다.

김 실장은 강소연구개발특구로 지정된 홍릉의 미래에 대해 "디지털 헬스케어를 특화분야로 선정하고 스마트 진단 의료기기, 인공지능(AI) 기반 의료 소프트웨어 등 세부분야를 집중적으로 육성해나갈 계획"이라며 "특구 지정 이후 세계적인 제약회사나 의료업체를 포함한 국내의 기업들이 입주나 투자하겠다는 의지를 보이고 있다"고 말했다.

그는 "세계적인 디지털 헬스케어 특화 혁신클러스터를 조성하고 국내 바이오 의료기업 성장과 해외시장 진출을 위한 교두보를 구축해 나가겠다"고 덧붙였다.

coddy@fnnews.com 예병정 기자

한겨레　2020년 7월 3일 금요일 S02면 기획/특집

서울시, 코로나 위기 넘어 유니콘 기업 키운다

기고
김의승 서울특별시 경제정책실장

100개국 이상, 270개 도시의 창업 생태계를 분석해 매년 순위를 발표하는 창업 생태계 분석기관 '스타트업 게놈'은 서울이 글로벌 창업 생태계 톱 20에 진입했다고 발표했다. 2019년 차세대 유망 창업 생태계 '넥스트 30'에 선정된 데 이어 글로벌 수준의 창업 생태계를 인정받은 셈이다. 서울의 창업 생태계 가치는 약 390억달러(47조원)에 이르는 것으로 평가됐다. 특히 연구개발(R&D)에 대한 지속적이고 장기적인 투자, 국외 진출 지원, 역량 있는 인재 등의 요소가 높은 주목을 받았다.

서울시, 글로벌 창업 생태계 톱 20 진입

서울시는 지난 8년간 꾸준하게 혁신 창업 생태계 발전을 지원하고 있다. 홍릉 바이오 허브, 양재 R&D허브, 마포 창업허브, 여의도 핀테크랩 등 주요 거점에서 서울의 경제 지도를 바꿀 미래 먹거리 산업이 성장 중이다. 국적과 관계없이 뛰어난 인재가 도전할 수 있는 환경을 위해, 지하철, 한강 교량, 병원, 도로, 학교 등 서울의 다양한 현장을 핀테크, 인공지능(AI), 블록체인 등의 혁신 기술을 위한 테스트베드로 개방돼 있다. 기업이 원하는 현장형 인재, 미래 산업을 리드할 경쟁력 있는 인재 육성을 위한 투자도 강화하고 있다. 유니콘 기업 10개사 중 9개사, 예비 유니콘 27개사 중 20개사가 서울에 있다는 사실은 서울이 국내 스타트업 생태계 허브 구실을 하고 있다는 증명이기도 하다.

그러나 이렇게 빠르게 성장 중인 서울의 창업 생태계도 최근 후퇴할 위기를 맞이했다. 서울만 겪는 어려움은 아니다. 코로나19 장기화에서 비롯한 국내 창업 생태계 전체가 흔들리고 있기 때문이다. 스타트업은 매출 감소, 투자 차질, 국외 사업 난항의 어려움을 겪고 있고, 대기업·중소기업 할 것 없이 고용 계획이 축소되고 있다. 고용 수준은 2008년 글로벌 금융위기 이후 최악의 상황이다.

코로나19 대유행은 사회, 경제, 문화 등 모든 분야에서 이전과는 전혀 다른 '뉴노멀' 사회의 문을 열었다. 당연하게 여겨지던 것들이 더는 당연하지 않은 시대, 그래서 혁신과 기업가 정신의 가치가 더욱 중요해지는 시대의 시작이다. 서울시도 코로나19가 몰고 온 경제, 민생, 고용의 3대 위기를 경제 활력의 기회로 바꾸기 위한 전략으로 '유망 스타트업 스케일업'에 집중하고 있다.

'스타트업'이 더 많은 양질의 일자리를 만들기 위한 미래 투자의 핵심 승부처가 되도록 사람을 키우고, 경영 애로를 해결하고, 투자금을 확대해 서울의 유망 스타트업이 전례 없는 위기와 급변하는 산업 속에서도 미래 시장을 선점할 수 있도록 지원하는 것이 핵심이다.

유망 스타트업에 7명까지 인건비 지원

글로벌 스타트업의 74%가 종사자 감원을 시행 중인 상황이지만, 서울시는 기술개발 분야 인력의 고용 안정과 신규 채용 활성화를 위해 약 2천 개 유망 스타트업에 대해 한시적으로 최대 7명까지 인건비를 지원한다. 바이오·의료, 비대면 분야 스타트업 기술 인력 1만 명의 고용 유지와 신규 인력 확보를 위해 총 500억원의 예산이 투입된다. 스타트업의 가장 큰 자산이 '인재'인 만큼 어려운 시기에 미래성장 동력을 포기하지 않도록 지원하는 것이 목적이다.

전문가, 민간 투자자 등의 엄격한 검증 절차를 통해 경쟁력 있는 스타트업 100개사를 선정해 예비 유니콘으로 키운다. 높은 기술 성숙도를 가지고, 대내외적인 투자 유치에 성공했지만 코로나19로 일시적인 경영상 애로를 겪는 성장 창업 기업을 집중적으로 지원하는 전략이다.

코로나 위기 넘을 '자금 징검다리' 자처

1천억원 규모의 성장기 스타트업 전용 펀드도 조성한다. 변수가 많은 환경에서 투자 안전망을 강화하기 위해서다. 갑작스러운 경제 충격으로 우수한 기술을 보유한 스타트업이 제때 투자를 받지 못해서 조기 도산하는 일을 막을 수 있도록 서울시가 자금 '징검다리'가 돼, 초기 스타트업부터 성장기 스타트업 등 성장 주기에 맞춰 전략 투자한다.

서울의 과감한 지원은 그동안 스타트업이 한 번도 겪어보지 못했던, 새로운 죽음의 계곡(Death-Valley)을 무사히 건너는 길잡이가 돼줄 것이다. 예비 유니콘, 유니콘 기업으로 성장하게 되는 도전과 기회의 도시, 대한민국 서울에서 스타트업 르네상스가 시작되길 기대한다.

2020년 3월 20일 금요일 027면 종합

코로나 피해업종 실직자에 2700개 일자리 제공"

인터뷰 김의승 서울시 경제정책실장

"관광, 문화예술, 소상공인 같은 코로나19 피해업종 종사자와 직장을 잃은 취약계층이 참여할 수 있도록 공공일자리 2700개를 확보했다." 코로나19 감염증이 전국을 휩쓸면서 경제 침체가 커지고 있는 가운데 서울시가 최근 발표한 민생경제대책 내용이 주목을 끌고 있다. 이번 대책을 기획한 김의승 서울시 경제정책실장(사진)은 "이번 대책은 정부의 민생경제대책을 서울시에 적합하게 재설계한 정책"이라며 "앞으로도 실효적인 대책을 마련하는데 집중하겠다"고 강력한 의지를 천명했다. 무엇보다 서울시는 골든타임을 놓치지 않기 위해 즉각적이고 강력한 지원 방안을 쏟아내고 있다. 특히 피해 주체와 경제 현장이 가장 절실하게 필요로 하는 대책이 중심이 돼야 한다는게 김실장의 판단이다.

2차 민생경제대책에서 한 단계 강화되고, 직접적인 피해보상을 담은 실효적인 지원 방향을 제시한 김의승 서울시 경제정책실장을 19일 서소문청사에서 만났

다중이용 시설 집중방역 투입
확진자 방문점포에 휴업보상금
소상공인 업체 무급휴직 지원

다. 김 실장은 서울시 대변인, 기후환경본부장을 거쳐 지난 1월 부터는 경제정책실을 이끌고 있다.

김 실장은 코로나19로 직장을 잃거나 생계에 어려움을 겪는 취약계층에 대한 지원에 우선 집중하겠다는 입장이다. 애써 마련한 2700개의 공공일자리중 약 절반 가량은 유동인구가 많은 장소, 방역 사각지대에 놓여 있는 버스정류장 등 다중이용 시설 1만개 소에 대한 집중방역에 투입하고 있다. 그는 "이번 2차 민생경제대책은 정부의 민생·경제 종합대책에서 좀 더 서울에 적합하게 사각지대 발굴과 추가지원에 중점을 둔 것으로 방향을 정리할 수 있다"며 "종전 감면, 유예의 방식에서 벗어나 서울시장의 직권으로 정부대

책의 사각지대에 있는 기업과 자영업자에 대한 피해 보상에 주력하겠다는 것이 정부정책과 다른 점"이라고 설명했다.

서울시는 확진자 방문점포에 대한 보상 지원 방안을 최근 내놨다. 확진자 방문 영업장 중 소상공인, 가맹점사업자를 대상으로 방역을 포함한 휴업기간동안의 임대료와 인건비를 지원하는 방식으로 휴업보상금을 지급하겠다는 계획이다. 확진자 방문 영업매장 휴업기간 5일, 최대 195만원을 지원할 계획이다. 김 실장은 이에 대해 "외출 자제·접촉 기피 등 실질적인 '소비행위 중단'으로 폐업 위

기에 처한 소상공인, 중소기업을 위한 특단의 조치라"고 설명했다.

정부 정책의 사각지대를 위한 대안에 대해서 그는 "정부가 발표한 고용유지지원 대책에서는 '5인 미만 소상공인' 업체가 사각지대다. 이들을 위해서는 무급휴직자를 대상으로 고용유지 지원금을 지원할 계획"이라고 밝혔다. 무급 휴직자에 대해 업체당 1명, 월 최대 50만원씩 2개월 간 지원할 계획인데, 2020년 2월 기준 5일 이상 무급 휴직자가 지원 대상이다. 그는 "정부가 발표한 고용유지지원 대책의 경우 '5인 이상 사업장 근로자의 유급휴직에 대한 지원' 중심이고, 무급휴직 지원조건도 소상공인에게는 진입장벽이 높은 상황인 만큼 사각지대 자영업자를 위해서는 절실한 지원이 될 것"이란 답변이다. 김 실장은 "지역경제에 전례 없었던 피해가 심화되고 있는 만큼 중소기업, 자영업자 등이 이 상황을 버티고, 이겨낼 수 있도록 서울시 차원에서 지원 가능한 모든 수단과 방법을 활용해 지원할 것"이라고 강조했다.

ahnman@fnnews.com 안승현 기자

"내달 시행되는 미세먼지 시즌제, 시민 참여·협력이 중요"

인터뷰
김의승 서울시 기후환경본부장

공공기관 차량 2부제 등 시행
초미세먼지 배출량 20%감축
"미세먼지는 안전·생명에 직결
시민과 함께 정책성과 높일것"

지난 3월 초순, 꽃향기가 가득해야 할 봄이었지만, 전국을 덮친 사상 최악의 미세먼지 때문에 한국에서는 일주일 이상 맑은 하늘을 보기 힘들었다. 특히 서울의 피해가 가장 컸다. 이런 재난을 반복하지 않기 위해 서울시는 지난 수개월간 미세먼지 대책을 수립하고 오는 12월부터 내년 3월까지 첫 번째 '미세먼지 계절관리제'(시즌제) 시행에 시행에 본격 들어간다.

공공기관 차량 2부제, 시영주차장 주차요금 할증 등을 통해 도심 차량 진입을 줄이고 초미세먼지 배출량도 20%가량 줄인다는게 이번 정책의 핵심 목표다.

미세먼지 시즌제를 진두지휘한 김의승 서울시 기후환경본부장을 28일 서울시 서소문 청사에서 만나 그동안의 진행 경과를 들어봤다. 김 본부장은 시 대변인을 거쳐 지난 7월 기후환경본부장으로 자리를 옮기면서 기후변화라는 중책을 맡아 시 안팎에서 비상한 관심을 끌었다. 고도

의 전문분야인 만큼 행정전문가인 김 본부장이 이를 잘 이끌지 반신반의하는 분위기가 팽배했다. 뚜껑을 연 결과 그가 추진한 미세먼지 시즌제는 일단 합격점을 받았다. 문제는 정책의 성과를 지속적으로 창출할수 있느냐에 달렸다.

김 본부장은 "미세먼지 시즌제에서 가장 중요한 점은 시민들과 함께 관련 제도 및 대책을 만들어야 한다는 것이다"며 "시민들은 미세먼지를 발생시키기도 하지만, 가장 큰 피해도 바로 시민들이기 때문"이라며 시민들과 협력해 정책 성과를 높이겠다는 의지를 표명했다.

시즌제가 시작되면 서울지역 미세먼지 3대 발생원인 수송(교통)과 난방, 사업장 부문의 배출량을 줄이기 위한 각 분야 저감책이 강력 시행된다.

김 본부장은 "남녀노소를 막론하고 우리 사회에서 미세먼지는 이제 가장 절박하고 고통스러운 삶의 문제가 됐다"며

지난 3월처럼 장기간에 대기질 악화로 시민들이 고통받는 것을 최대한 줄여 보기 위해 도입한 특단의 대책이지만, 일부 시민들은 환영과 함께 우려의 목소리도 내고 있는 것이 현실이다.

"그만큼 미세먼지 해결을 위해서는 특단의 대책이 필요하다는 시민들의 공감대가 컸다"고 말했다.

시에 따르면 최근 발표된 각종 여론조사에서 경제적 부담과 불편을 감수하고라도 미세먼지를 줄이는 데 동참하겠다는 의견들이 많았다. 지난해 처럼 단순히 해외유입 요인만 탓하던 때와는 분위기가 많이 달라 졌다는 것.

김 본부장은 "사전에 국내 미세먼지 발생원을 줄여 고농도 상황을 예방하는 게 미세먼지 시즌제의 취지"라며 "시민들과 함께 만든 미세먼지 시즌제는 그동안 자칫 소홀히 생각하던 국내 미세먼지 발생원에 대해 시민 스스로가 줄이겠다는 강한 의지를 보여주는 것으로 의미가 적지 않다"고 강조했다.

올해 최악의 미세먼지 사태를 겪으면서 사후적으로 취해지는 '비상저감조치'의 한계를 절감한 것도 시즌제 도입의 배경으로 작용했다. 지난 11월 1일 정부는 미세먼지 고농도 시기 대응 특별대책을 의결했다. 서울시가 내놓은 시즌제는 이에 대한 지방자치단체의 첫 구체적 실행

방안이다.

서울시는 현재 국회에서 미세먼지법 개정안이 계류돼 있어 당초 12월 시행하기 어려운 배출가스 5등급 차 운행제한을 제외하고, 시가 할 수 있는 대책을 다음 달부터 시행하겠다는 장이다.

김 본부장은 "미특법 개정만을 기다 보면 자칫 이번 겨울과 봄철은 대책으로 지나갈 수 있다"며 "서울시민의 안전, 생명과 직결된 미세먼지에 대해 담당 이번 시즌부터 강력히 시행할 수 있도록 만반의 준비를 해왔다고 밝혔다. 김 본부장은 "미세먼지 시즌제를 통해 서울지역 초미세먼지 배출량을 20% 감축하겠다는 것이 우선적인 라고 힘주어 말했다.

그는 "4개월간 시행되는 미세먼지 시즌제는 긴 불편이 따를 수 있지만 터 동참하지 않으면 미세먼지는 결코로 나아질 수 없다는 점에서 시민 참여과 협력이 절대적으로 중요하다"고 의 참여와 협력의 중요성을 재차 강다.

ahnman@fnnews.com 안승현

"MICE 키워 소비 촉진·일자리 창출"

김의승 서울시 관광체육국장
메르스 효율적 대처… 국제회의 개최 오히려 증가
2020년 삼성동 12만㎡ 전시시설 완공땐 세계 최고

서울이 최근 미국 로스엔젤레스에서 열린 글로벌 트래블러 어워즈에서 싱가포르를 제치고 세계 최고의 MICE 도시로 선정됐다.

글로벌 트래블러는 세계에서 최고로 인정받는 여행 전문 잡지다.

서울은 또 이 잡지의 경쟁사인 비즈니스트래블러 US가 선정하는 베스트 인 비즈니스 트래블 어워즈에서도 4년 연속 세계 1위를 차지했다.

서울시는 지난 6월 발생한 중동호흡기증후군(메르스)으로 관광 경기의 위축을 우려했지만 다행히 지난해보다는 좋아진 것으로 판단하고 있다.

서울 관광시장을 책임지고 있는 김의승 서울시 관광체육국장(사진)을 만나 관광산업 육성에 대한 구상을 들었다.

▲서울시가 MICE 도시로서 빠르게 성장한 이유는

―MICE 도시로서 서울이 가진 고유의 매력과 MICE 선진도시로 발돋움하기 위한 서울시의 정책적 노력이 결합한 결과다. 서울은 2000년의 수도 역사와 한강과 산들로 둘러싸인 천혜의 자연환경, 24시간 잠들지 않는 역동성이라는 고유의 매력을 가진 도시다. 여기에 한류, IT(정보기술) 강국 등의 이미지로 세계에서 인정받고 있다. G20 정상회의, 핵안보정상회의 등 굵직한 국제행사를 성공적으로 개최해 MICE 도시로서 '신뢰'라는 최대의 매력까지 확보하고 있다.

▲메르스로 MICE시장이 크게 위축됐는데 어떻게 극복했나.

―관광·MICE는 서울의 핵심 먹을거리 산업이다. 또 핵심 일자리 산업이다. 동시에 서울경제에 활력을 불어넣을 유력한 대안이다. 때문에 관련 인프라 건설에 집중적으로 투자하고 있다. 관광체육국 신설 당시 메르스로 인해 MICE 관련 행사가 많이 취소되거나 연기됐지만 'MICE 특별지원 프로모션'을 실시함으로써 조기에 시장을 회복시켰다. 지난 11월 말 기준 국제회의 개최 건수를 잠정집계해 본 결과 작년보다 다소 증가할 것으로 전망됐다.

▲명성과는 달리 MICE 인프라가 부족하다는 지적인데

―그렇다. 서울의 MICE 인프라는 1979년 3월 지어진 코엑스 뿐이다.

때문에 2020년까지 총 12만㎡의 전시·컨벤션 시설을 공급할 계획이다. 코엑스~잠실운동장 일대를 MICE 핵심 거점으로 육성하고 특히 잠실종합운동장, SETEC 등을 포함한 동남권 지역에 10만㎡ 이상의 대규모 전시·컨벤션 시설을 확충할 것이다. 특히 국제교류복합지구의 중심에 위치한 현대차 GBC(옛 한전부지)의 경우 1만 5000㎡ 규모의 전시·컨벤션 시설 확보를 위해 현대측과 협상하고 있다.

▲MICE산업의 발전계획은.

―서울은 지난해 국제협회연합(UIA) 기준 310건의 국제회의를 개최해 5년 연속 '세계 5위권 국제회의 도시'로 성장했다. 2005년 103건에 불과했던 국제회의에 비할때 10년간 300% 가량 성장했다. 서울시는 앞으로 MICE 유치정보를 체계적으로 관리할 수 있는 'MICE 종합정보시스템'을 개발해 보다 많은 수요창출을 발굴할 계획이다. 서울을 찾는 관광객들의 소비창출을 유도하기 위한 특화관광 프로그램, 프리미엄행사, MICE 카드 등도 운영하겠다. 또 이 산업을 통해 청년일자리를 만들어 가겠다.

dikim@fnnews.com 김두일 기자

삶터 /

'튀는 공무원' 김의승 씨

서울시 자치행정과 김의승 민간협력팀장(37)은 '튀는' 공무원이다. 조회수 20만을 넘은 그의 개인 홈페이지 주소 이름 '아싸(assa.new21.net)'에서부터 공무원답지 않은 분위기가 느껴진다. 본인 스스로를 스스럼없이 '정부미'라 일컫기도 한다. 그러나 이런 표현은 자기비하가 아니다. 오히려 '양질의 정부미'가 되자는 자기 다짐이다.

1993년 제36회 행정고시에 합격해 공직을 시작한 김 팀장. 공무원 생활이 만만하지도, 재밌지도 않았다. 94년 용산구 청소과장으로 일하던 나날은 짜증스러웠다. 그러던 어느 날 그는 우연히 읽은 짧은 시 한 편에서 깨우침을 얻는다.

"퇴근길에 너무 지치고 짜증 나 길바닥에 놓인 연탄재를 마구 걷어차며 집으로 올라갔어요. 명색이 청소과장이라는 사람이 말이죠. 집에 들어와 안도현 시인의 시를 읽게 됐습니다" '연탄재 함부로 발로 차지마라/너는/누구에게 한 번이라도 뜨거운 사람이었느냐(너에게 묻는다)' 연탄재를 걷어찬 날에 읽은 '연탄재 함부로 발로 차지 마라'는 시는 그의 생각을 바꿔놓았다. "저 자신에게 공무원으로서 민원인에게 뜨거웠느냐, 열정이 있었느냐고 물었습니다. 할 말이 없더군요. 반성 많이 했습니다"

그 뒤 그의 신조는 '퇴직하는 그날까지 민원인에게 뜨겁게 봉사하자'는 것. 용산구 기획예산과장 시절에는 정보화 업무를 담당하기도 했지만 온라인에서도 '봉사'하기 위해 유쾌한 주소의 홈페이지를 만들었다.

지난해 7월 서울시 민간협력팀장을 맡은 그가 하는 일은 시민단체 지원과 협력 업무다. 공무원이 바라보는 시민단체는 어떤 것일까? "지원의 대상이기보다는 협력의 파트너죠. 아쉬운 점은 때때로 전문성이 떨어지고, 조직체계가 허술한 단체도 몇 있습니다. 이들 스스로도 노력해야 할 것이고, 시민들도 후원금이나 기부를 통해 시민단체와 함께 하면 좋을 것 같습니다"

〈김종목 기자〉

〈사랑방〉

개인 홈페이지 조회 4만 건 돌파 용산구청 김의승 과장

'철밥통', '정부미'란 검색어를 우리 마음속에 입력해본다. 3초도 채 걸리지 않아 '공무원'이라는 결과가 화면에 '짠'하고 뜰 거다. 용산구청 총무과 김의승(金意承.36·사진) 과장은 일반 시민들의 선입견을 풍선처럼 유쾌하게 터뜨리는 공무원이다. 인터넷환경이 황무지였던 지난 97년 그가 만든 개인 홈페이지(http://assa.new21.net)의 조회 건수는 이미 4만4,000건을 넘어섰다.

눈에 띄게 훌륭한 홈페이지가 많은 인터넷세상에서 그의 홈페이지만을 골라낸다는 것은 특혜 의혹을 받을 수도 있다. 그러나 홈페이지 방문객들은 '정부미' 공무원이 구민들을 위해 홈페이지 만드는 방법과 용산구 관내의 맛집기행 등을 상세히 소개하고 있는 이 홈페이지에서 반가운 당혹감을 맛본다. 그는 구청에서 정보화업무를 담당하는 기획예산과장을 맡게 되면서 개인홈페이지에 관심을 갖게 됐다. 정보화업무를 진두지휘하는 자신이 정작 인터넷에 대해 아는 것이 없었던 것이다. '지피지기면 백전백승'이라는 손자병법을 되새겼다. 자기계발이 부족하다는 공무원들의 항변은 핑계로 생각하고 잠자는 시간을 줄여서 홈페이지 제작에 필수적인 포토숍과 플래시를 공부했다.

고시 공부하던 학창시절 자신이 직접 테이프에 녹음한 유머 모음을 고시원 주변 학생들에게 나눠 돌릴 정도로 '톡톡'튀던 그는 근무하는 구청 부서마다 '1공무원 1이메일 갖기'를 추진하고 있다. 오프(off) 상태에서의 대면(對面)은 최소화하고 이메일로 세부사항을 보고하는 'e행정'을 시작한 것이다. 그가 매일 오전 출근하자마자 컴퓨터를 켰을 때 직원들에게 받는 이메일은 평균 14~15통. 인터넷에 막연한 두려움을 갖고 있던 나이든 공무원들도 이제는 인터넷이 마냥 재미있어졌다. 홈페이지를 방문했던 구민들로부터 '고맙다'는 팬레터 성격의 전화도 종종 받는다.

지난 93년 행정고시 36회에 합격해 서울시 공직사회에 발을 들여놓은 지 이제 6년째. 어떤 공무원이 되고 싶으냐고 질문했더니 '진공 같은' 공직사회에 신바람을 불어 넣고 싶단다.

〈김선미 기자〉

맺음말

너에게 묻는다

이 책이 발간될 무렵까지 내가 공직에서 계속 일하고 있을지는 모르겠다. 서울시의 부시장으로서 1년 반 동안 일했기에 내일 당장 그만둔다고 해도 이상할 건 없다. 황동규 시인의 '즐거운 편지'라는 시에 나오는 것처럼 '다만, 그때 내 기다림의 자세를 생각하는 것뿐이다.' 요즘 흔히 '100세 인생'이라고 하는데, 공직 이후 또 어떤 가슴 설레는 일들이 기다리고 있을지 기대도 된다. 신규 공무원 과정 또는 신임 간부과정 등 서울시 직원들을 상대로 강연을 할 기회가 있을 때면, 초임 시절 내 영혼을 온통 뒤흔들어 놓았던 시 한 편을 소개하는 것으로 마무리하는 경우가 많다.

1994년에 발간된 안도현 시인의 〈외롭고 높고 쓸쓸한〉이라는 시집에 수록된 '너에게 묻는다'라는 시이다.

연탄재 함부로 발로 차지 마라
너는
누구에게 한 번이라도 뜨거운 사람이었느냐

짧지만 오래도록 강렬한 울림을 남기는 시다. 용산구청 청소과장으로 일하던 시절, 하는 일에 대한 확신과 애정이 없어 하루하루가 짜증스럽기만 했다. 지치고 힘든 몸을 이끌고 퇴근하던 중에도 그날 시내 서점에서 구매한 시집을 손에 쥐고 있었다. 직원들과 한잔하고 취기에 휘청거리는 몸을 추스르면서 신림동의 고시촌 초입 어느 담벼락 앞에 놓인 연탄재 하나를 발로 툭 툭 차면서 올라갔다. 그날 밤 자취방에서 책을 펼치다 '너에게 묻는다'라는 시를 만났다. 죽비로 어깨를 세게 얻어맞은 듯한 큰 충격을 받았다. 모름지기 공직자란 연탄처럼 자신의 온몸을 불살라 누군가를 따뜻하게 해주고 하얗게 재만 남기듯 살아야 한다는 숙명을 다시 한번 제대로 인식하게 되었다.

앞으로의 내 삶도 그렇게 연탄처럼 쓰임 받기를 바란다. 그게 정치의 길이라 해도 이젠 피하지 않기로 했다. 한때는 여야의 끝없는 이전투구에 진절머리가 났다. 우리 국민이 거기에서 무슨 희망을 찾을 것이며, 거기서 무슨 미래를 논할 수 있다는 말인가? 그래서 주변에서 덕담으로라도 정치를 해보라고 하면 손사래를 쳤다. 그러나 시간이 흐르면서 조금씩 깨닫게 되었다. 그 길은 내가 원한다 해서 갈 수 있는 길도 아니고, 또 피한다고 해서 피해지는 길도 아니라는 사실을 말이다. 그리고, 기왕에 피할 수 없는 길이라면, 정말 제대로 한번 부딪혀서 국민이 정치를 걱정하는 것이 아니라 정치가 국민을 아끼고 걱정하는 토양을 만들고 싶다.

세계 최빈국에서 전 세계인이 부러워하는 경제·문화강국으로 부상한 대한민국의 정체성을 끝없이 흔들고, 자신들의 부정부패는 외면한 채 입으로만 정의를 외치는 위선자들은 확실히 단죄해야 한다. 아울러, 성장의 그늘에서 고통받는 계층을 따뜻하게 감싸 안아주는 시스템을 우리 사회에 정착시켜야 한다. 어려운 사람들의 고통과 좌절을 우리 사회가 마냥 방치한다면 차라리 세상이 뒤집히길 바라는 극단적인 분노로 표출될 수 있다.

이런 움직임이 선전 선동만을 일삼는 정치집단과 결합하는 상황은 생각만 해도 아찔하다.

대한민국의 성장동력에 다시 불을 붙이고, 4차산업혁명이 가져올 새로운 미래를 차분하게 준비해야 한다. 그것이 오늘날 국민이 정치권에 바라는 정치의 참된 역할일 것이다. 지금 우리는 앞으로 나아갈 것인가, 아니면 퇴보의 나락으로 떨어지고 말 것인가의 중차대한 갈림길에 서 있다. 그 선택은 물론 지금 우리 손에 놓여 있다.

저출생과 고령화의 여파로 지역에서는 '지방소멸'의 위기론이 비등하고 있다. 그렇지만, 지금처럼 모든 지역이 '제 살 깎아먹기'식으로 소모적인 경쟁을 벌이면 근원적 문제해결에서는 멀어진다. 경제적인 파이 자체를 키우지 않고 아랫돌 빼서 윗돌 괴는 식의 접근으로는 재정 낭비와 비효율만을 가져오기 때문이다.

수도권이 지금의 모습을 갖추게 된 그간의 과정을 면밀히 살펴서, 지역이 수도권과 같은 자족 기능을 갖출 수 있도록 균형발전의 패러다임을 획기적으로 바꾸어야 한다. 그런 관점에서 최근 정치권에서 제기되고 있는 메가시티에 관한 논의도 수도권뿐만이 아니라 지역의 대도시와 농촌지역의 유기적인 연계강화 차원에서 접근해야 할 것이다.

이러한 일련의 국가 대개조의 갈림길에서 불쏘시개로서 역할이 있다면, 나는 주저 없이 나설 것이다. 다시 황동규의 시로 돌아와서, '그동안에 눈이 그치고 꽃이 피어나고 낙엽이 떨어지고 또 눈이 퍼붓고 할 것을 믿는다.'